W0367469

SUSANNE KRONENBERG

Wiesbadener Visionen

RAUCH AUF DER RUE Beherzte Verkehrsgegner kämpfen für ihre Vision einer zukunftsfähigen Innenstadt. Doch ist die Gruppe auch für die Autobrandserie in Wiesbadens Straßen verantwortlich? Im Hintergrund der Initiative hält der Maler Fredo die Fäden in der Hand. Sein Mäzen ist ein bekannter Immobilienmogul. Dass dessen Gemäldesammlung verkauft werden soll, weckt das Misstrauen der Privatdetektivin Norma Tann.

Die 20-jährige Ona schließt sich der Initiative an. Nach dem Tod des Großvaters verließ sie die spanische Heimat und folgte ihrer Großmutter Jorinde in deren Geburtsstadt Wiesbaden. Jorinde Ruiz Alvarez sorgt sich um ihren Bruder Lothar, einen wohlhabenden Immobilieninvestor. Hat er auf eigenen Wunsch den Kontakt zu ihr abgebrochen oder schottet seine Lebensgefährtin ihn ab? Jorinde bittet die Privatdetektivin Norma Tann um Hilfe. Als auf dem Neroberg, Wiesbadens Wahrzeichen, ein SUV ausbrennt und im Wrack eine Leiche gefunden wird, geraten Ona und die anderen Aktivisten unter Verdacht, in den Mord verwickelt zu sein. Normas Auftrag erfährt eine ungeahnte Wendung.

© Fotostudio Marlies, Bad Camberg

Susanne Kronenberg, geboren in Hameln und im Taunus heimisch, lässt sich gern vom historischen Hintergrund ihrer Wahlheimat inspirieren. Welcher Stellenwert Bürgerinitiativen gebührt, erwies sich bereits in den 1960er-Jahren, als Wiesbaden zur »Autostadt« umgebaut werden sollte. In das derzeitige Milieu junger Verkehrsaktivisten führt der zehnte Fall der Wiesbadener Privatdetektivin Norma Tann. Neben Kriminalromanen veröffentlichte die Autorin Kurzgeschichten für verschiedene Anthologien, eine Reihe von Jugendbüchern sowie Fachbücher und Bücher zu regionalen Themen. Als Dozentin für Kreatives Schreiben gibt sie Kurse und Workshops. Sie ist Mitglied des »Syndikats« und Mitgründerin der Wiesbadener Autorengruppe »Dostojewskis Erben«.

SUSANNE KRONENBERG

Wiesbadener Visionen

NORMA TANNS ZEHNTER FALL

GMEINER

Immer informiert

Spannung pur – mit unserem Newsletter informieren wir Sie regelmäßig über Wissenswertes aus unserer Bücherwelt.

Gefällt mir!

Facebook: @Gmeiner.Verlag
Instagram: @gmeinerverlag
Twitter: @GmeinerVerlag

MIX
Papier | Fördert gute Waldnutzung
FSC® C014496
www.fsc.org

Besuchen Sie uns im Internet:
www.gmeiner-verlag.de

© 2023 – Gmeiner-Verlag GmbH
Im Ehnried 5, 88605 Meßkirch
Telefon 07575/2095-0
info@gmeiner-verlag.de
Alle Rechte vorbehalten
1. Auflage 2023

Herstellung: Mirjam Hecht
Umschlaggestaltung: U.O.R.G. Lutz Eberle, Stuttgart
unter Verwendung eines Fotos von: © Branko Srot / stock.adobe.com
Druck: GGP Media GmbH, Pößneck
Printed in Germany
ISBN 978-3-8392-0426-9

Personen und Handlung sind frei erfunden.
Ähnlichkeiten mit lebenden oder toten Personen
sind rein zufällig und nicht beabsichtigt.

PROLOG

Schritt für Schritt taucht sie tiefer in die nächtliche Stille ein. Schwer und schwarz reihen sich die Stämme im Licht des aufgehenden Monds aneinander. Der Pfad führt steil bergauf. Norma hält inne, schöpft Atem. Sie rückt den Tragegurt der Fototasche zurecht und betrachtet den blass schimmernden Himmelskörper. Das sich im Wind wiegende Geäst übt eine beruhigende Wirkung auf sie aus. Bald setzt sie den Weg fort. Das Stativ schlägt im Gleichmaß ihrer Bewegungen gegen ihre Hüfte.

Vom Waldparkplatz bis hinauf zum Nerobergtempel brauchen Fußgänger in der Regel keine zehn Minuten – am hellichten Tag zumindest. Im schwarzblauen Zauber der Vollmondnacht scheinen sich die Sekunden zu Minuten auszudehnen. Etwas Kleines, Dunkles huscht vor ihr über den Pfad. Endlich öffnet sich der Wald und gibt den Blick auf die baumlose Bergkuppe frei. Schon kann sie das helle Säulenrund des Pavillons erkennen. In seinem Hintergrund erstreckt sich das nächtliche Panorama der Stadt wie ein aus blinkenden Lichtpunkten gewebter Teppich.

Soll sie das Stativ im Tempelchen aufstellen? Sie öffnet die Fototasche und holt die Nikon hervor. Gewichtig und fremd liegt ihr die Kamera in der Hand. Sie freut sich auf ihre ersten Nachtaufnahmen. Der prüfende Blick durchs Objektiv weiß nicht zu überzeugen. Die Kronen der hangabwärts stehenden Bäume drängen sich in den

Bildausschnitt hinein. Jahr für Jahr rückt der Wald näher an den Aussichtspunkt heran. Sie beschließt, ihr Anfängerglück ein Stück weiter unten zu versuchen: auf der Löwenterrasse, die sich über den städtischen Weinbergen erstreckt. Zuversichtlich nimmt Norma ihre Sachen auf und verlässt den Monopteros.

Der Weg führt auf die obere Station der Nerobergbahn zu, deren Betrieb zur Nachtzeit eingestellt wird. Der Biergarten am Turm und der Weinstand zwischen den Reben sind längst geschlossen. Vor der Bergstation wendet sie sich nach links und steigt die Stufen hinunter. Wie ein riesiger, finsterer Sarg liegt der Monolith des Kriegerdenkmals im silbrigen Licht da. Ein Nachtvogel breitet die Flügel aus und hebt geräuschlos ab. Norma muss aufpassen, um nicht über Äste und Steinkanten zu stolpern. Das grobe Pflaster leitet sie zur Terrasse hinab. Dort flankieren zwei steinerne Löwen den Aussichtsplatz. Beinahe lebendig erscheinen ihr die grob gehauenen Köpfe. Die Gesichter, die bei Tag betrachtet von einfältigen Zügen geprägt sind, weisen im Zwielicht der Mondnacht eine wohlwollende Güte auf.

Die Aussicht: verheißungsvoll. Ob die Kamera die vielfarbigen Lichter wohl einfangen kann? Norma baut das Stativ auf, schraubt die Nikon fest. Die Testaufnahmen lassen die nötige Tiefenschärfe vermissen. Ein Spickzettel hilft weiter. Sie vertieft sich in das Einstellen, Anvisieren und Auslösen und das kritische Begutachten der Ergebnisse, bis ein explosiver Knall sie aus der Konzentration reißt. Schon riecht es scharf nach Rauch, nach schwelendem Kunststoff. Oben am Tempel lodern gleißende Flammen empor. Intuitiv schaltet sie die Kamera auf die Videofunktion um und richtet den Apparat auf das Feuer aus, während sie zugleich 112 auf dem Handy wählt. Hastig gibt sie die Position durch und stürmt los. Die Flammen vernichten ein Auto, einen massigen Geländewagen. Das lässt die qualmende Silhouette erkennen.

Was ihr der Anblick nicht verrät: Im Kofferraum verbrennt ein Mensch.

EINE WOCHE ZUVOR

1

Samstag, der 21. Oktober
Wiesbaden

Ein Schuss.

Das Echo hallte an den Fassaden wider. Schlagartig verstummten die Kinderstimmen, die der Abendwind in die Wohnung hinaufgetragen hatte. Ein Kläffer schwieg unverhofft. Über den Baumkronen der Allee erhob sich das panische Rauschen Tausender flatternder Flügel. Durch das offene Fenster schaute Norma den schwarzen Vogelschwärmen nach, die in unschlüssigem Auf und Ab über den Hausdächern kreisten. Sie spürte, wie sich ihre Schultern entspannten. Ein krachender Böller hatte sie in Alarm versetzt, was nicht verwunderlich war. Als ehemaliges Mitglied der Wiesbadener Mordkommission befürchtete sie bei einem Knall zunächst das Schlimmste. Die aufgescheuchten Stare erinnerten sie daran, was sie im Wiesbaden-Magazin gelesen hatte: Dass sich die Stadtverwaltung bemühe, die Vögel aus ihren Nachtquartieren zu vertreiben. »Vergrämen« war der Fachausdruck dafür, wenn sie sich richtig erinnerte. Die Beschwerden der Anwohner der Adolfsallee machten drastische Maßnahmen unausweichlich, nachdem vom Band abgespielte Falken- und Habichtschreie nicht zum erwünschten Erfolg geführt hatten.

Die Frau neben Norma – eine feenhafte, zarte Person mit stahlgrauem Haarknoten, die von einer inneren Kraft beseelt schien – beugte sich weit über die Fensterbrüstung und deutete auf die Kastanien, deren Kronen sich als grünbauschiges Band entlang der Hausfassaden zogen. »Ich mag das Spektakel, mit dem sich die Stare abends in ihren Schlafbäumen niederlassen. Wussten Sie, dass die Adolfsallee einst zum Autobahnzubringer ausgebaut werden sollte? Stellen Sie sich die Blechlawine vor, die sich heute unter diesem Fenster entlangwälzen würde! Da sind mir die Vögel lieber. Trotz ihrer Hinterlassenschaften.« Sie rümpfte die Nase.

Norma wusste, worauf sie anspielte. Der erbärmliche Zustand der Autos, die unter den Kronen abgestellt waren, ließ sich nicht leugnen. Manche Karosserien trugen einen richtigen Panzer aus Starenkot. Das stank den Besitzern gewaltig – im wahrsten Sinn des Wortes.

»Von diesen Plänen in den 1960er-Jahren habe ich gehört«, antwortete sie, während sie auf die begrünte Allee hinunterblickte, in der sich ein Spielplatz für die jungen und rund um das Rondell eines Brunnens ein Biergarten für die älteren Anwohner befand. »›Autobahnisierung‹ nannte man das. Zum Glück hat eine Bürgerinitiative damals das Schlimmste verhindert. Sonst wäre Wiesbaden zur Autostadt umfunktioniert worden. Dabei gab es zu der Zeit viel weniger Verkehrsprobleme als heutzutage.«

Die Stare schlugen weiterhin ihre aufgeregten Bögen am Himmel. Ob sich die Vertreibungsaktionen gleichermaßen gegen Wiesbadens farbenprächtige Einwanderer richteten? Die Papageien und Großsittiche fühlten sich in den Parks und Villengärten längst wie zu Hause, Norma hatte ihren Spaß an den gewitzten Krakeelern.

Ihre Gastgeberin empfand offensichtlich ähnlich. »Hoffentlich stören sich die Papageien nicht an dem Geknalle. Solch prachtvolle Exoten haben wir selbst in Gerona nicht.«

»Sie kommen aus Spanien, Frau ...?«, verhaspelte sich Norma. »Entschuldigen Sie bitte, mir ist Ihr Name entfallen.«

Die Dame war auf sie zugekommen, als Norma erfolglos an Lothar Wiedbrechts Wohnungstür geklingelt hatte. Ob sie sich kurz unterhalten könnten? Unschlüssig war Norma der Unbekannten in die Nachbarwohnung gefolgt. Nun befanden sie sich im Erker eines geräumigen Wohnraums. Neben der Zimmertür stapelten sich Umzugskartons. In einer Ecke lehnte ein großformatiger Bilderrahmen, dessen Vorderseite vom Betrachter abgewandt war und Normas Neugier weckte. Als Private Ermittlerin interessierte sie sich insbesondere für die kleinen Details.

»Ruiz Alvarez, ich trage den Familiennamen meines spanischen Ehemanns. Mit Vornamen heiße ich Jorinde. Ich bin eine geborene Wiedbrecht, Lothar ist mein Bruder. Er hat mir diese Wohnung überlassen, in die ich erst kürzlich eingezogen bin. Ihm gehört dieses wunderschöne Haus«, fügte sie mit stolzem Lächeln hinzu.

Der Mann besaß nicht allein dieses beachtliche und mehrstöckige Jugendstilbaudenkmal. Er war außerdem im Besitz einer stattlichen Reihe von Mietshäusern neben zahlreichen Bürogebäuden. Genau deswegen wollte Norma zu ihm. Lothar Wiedbrecht schien gefühlt die halbe Stadt zu gehören. Aus bescheidenen Verhältnissen stammend, hatte er in jungen Jahren begonnen, mit Immobilien zu spekulieren.

»Können Sie mir sagen, wann Ihr Bruder nach Hause kommt? Oder wo ich ihn finde?«

Jorinde Ruiz Alvarez atmete hörbar aus. »Das weiß ich leider nicht. Aus diesem Grund habe ich Sie hereingebeten. Ich hoffte, diese Fragen würden Sie mir beantworten.«

»Wie kamen Sie auf diesen Gedanken?«, wunderte sich Norma. »Ich bin Ihrem Bruder nur ein Mal persönlich begegnet. Dabei hat er mir seine Hilfe angeboten, falls ich irgendwann eine Wohnung suchen sollte, was mittlerweile der Fall ist. Ein guter Freund hatte uns miteinander bekannt gemacht.«

Das kurze Aufeinandertreffen lag mehrere Wochen zurück. Lothar Wiedbrecht hatte zu einem klassischen Konzert im Kurhaus eingeladen, um mit den Einnahmen ein Heim für minderjährige Geflüchtete zu unterstützen. Man schätzte ihn in der Stadt für sein karitatives Engagement. Der gute Freund war Lutz Tann, ein in der Wiesbadener Gesellschaft bestens vernetzter Verleger und der Vater von Normas verstorbenem Ex-Mann Arthur. Sowie seit vielen Jahren ihr väterlicher Vertrauter. Die Wohnung sollte für sie und Timon sein. Endlich wollten sie das Zusammenleben wagen. Doch dies war nicht der Augenblick, vor einer Fremden ihre Familienverhältnisse und Zukunftspläne mit ihrem Lebensgefährten auszubreiten.

»Bitte halten Sie mich nicht für aufdringlich«, sagte Jorinde Ruiz Alvarez und fügte erklärend hinzu: »Sie sind Lothars erster Besuch, seit ich hier eingezogen bin, und mein spontaner Gedanke war, Sie könnten ihn vielleicht näher kennen und mir sagen, was mit ihm los ist. Nehmen Sie doch Platz!« Einladend wies sie auf eine helle Ledercouch.

Halbherzig folgte Norma der Bitte. War Jorinde Ruiz Alvarez in Sorge um ihren Bruder oder fühlte sie sich einfach nur einsam? Fraglos wünschte sie sich jemanden zum Reden. Norma legte ihre Jacke über die Sofalehne und stellte den Rucksack auf dem Teppich ab. Im Sitzen warf sie einen verstohlenen Blick auf die tickende Wanduhr. Noch zehn Minuten, dann würde sie sich höflich, aber bestimmt verabschieden. Ihr Gegenüber ließ sich Zeit. Schweigend war Jorinde in einem Ohrensessel versunken, dessen wuchtige Rundungen ihre fragile Gestalt noch zerbrechlicher erscheinen ließen.

Norma studierte währenddessen den Aufmacher des Wiesbaden-Magazins, das auf dem Couchtisch lag. »Feuerteufel hat wieder zugeschlagen«, lautete die Headline, und die Zeilen darunter beschrieben die Details: »SUV ging auf der Rue in Flammen auf. Polizei weiterhin ohne Spur.« Warum nicht »Polizei tappt im Dunkeln«? Norma amüsierte sich im Stillen. Andererseits, diese Autobrände waren alles andere als komisch. Die Wilhelmstraße, von den Einheimischen »Rue« genannt, zählte zu Wiesbadens ersten Adressen. Innerhalb weniger Wochen hatten Brandstifter mehrere Fahrzeuge im Stadtgebiet abgefackelt und waren dabei durchaus wählerisch vorgegangen. Jedes Mal hatte es ein Modell der Luxusklasse getroffen.

Endlich begann Jorinde zu sprechen. »Ich bin über 70. Wiesbaden ist meine Heimatstadt. In der ›Paulinen Klinik‹ habe ich Krankenschwester gelernt. Doch mit Anfang 20 schien mir in Deutschland alles zu eng. Ich bin viel herumgekommen. Zuletzt gehörte mir ein Café in Gerona, aber nach Juans Tod …«

»Juan – Ihr Mann?«, fragte Norma behutsam.

»Ein Autounfall in den Bergen, es herrschte dichter Nebel. Er starb an der Unfallstelle.«

Draußen hatten die Kinder ihr Spiel wieder aufgenommen. Ihr Lachen wurde beinahe von dem Bellen übertönt, das sich zu einem sirenenartigen Jaulen steigerte. Soll die Stadt den Hund doch als Vogelschreck engagieren, dachte

Norma ironisch. Neben der Haustür war ihr beim Eintreten ein buntes Firmenschild mit der Aufschrift »Jeannes Fellkids – Schönheit für deinen haarigen Liebling« aufgefallen. Vielleicht waren Herrchen oder Frauchen Kunde des Hundesalons.

Flink stemmte sich Jorinde aus dem Sessel, schloss das Fenster und bemerkte, nachdem sie erneut Platz genommen hatte: »Ist es nicht merkwürdig? Je älter ich werde, umso öfter denke ich an früher. Wie es war als Kind. Nach Juans Beerdigung überkam mich eine tiefe Sehnsucht nach dem Rhein und dem Taunus, nach seinem intensiven Grün. Diese Wohnung hatte mir mein Bruder seit Langem versprochen, aber sie war gut vermietet. Als sie kürzlich unverhofft frei wurde, ist mir das wie ein Zeichen erschienen. Wie ein, ja, Weckruf! Jetzt oder nie! Also habe ich Nägel mit Köpfen gemacht und das Café verkauft.«

»Kein leichter Schritt, so ein Neuanfang«, meinte Norma, um etwas zu sagen. Der große Zeiger der Wanduhr schien wie eingerostet, wollte kaum weiterziehen.

»Zum Glück bin ich nicht allein gekommen«, berichtete Jorinde lebhaft. »Meine Enkelin hat mich begleitet. Ona ist in Gerona aufgewachsen, zum nächsten Semester will sie sich an der Hochschule RheinMain einschreiben. Sie hat ihren Großvater sehr geliebt, was sage ich, sie hat ihn vergöttert. Die Trauer hat sie aus der Bahn geworfen. Ich hoffe, der Ortswechsel wird sie auf neue Gedanken bringen.«

»Und Sie haben Ihren Bruder hier«, ergänzte Norma. »Machen Sie sich Gedanken um seine Gesundheit?«

Der Immobilieninvestor müsste um die 80 sein, schätzte sie.

Jorinde wedelte aufgeregt mit den Händen. »Ehrlich gesagt, habe ich keinen Schimmer, wie es Lothar gerade gesundheitlich geht. Vor dem Umzug standen wir telefonisch in Kontakt. Seit ich in Wiesbaden bin, habe ich ihn nicht ein einziges Mal zu Gesicht bekommen.«

»Demnach ist Ihr Bruder verreist?«

»Nein, nein«, widersprach Jorinde heftig. »Lothar ist zu Hause. Ich höre seine Stimme, wenn ich an der Tür … nicht, dass ich lauschen würde, sicher nicht. Ich habe wieder und wieder geklingelt, und entweder macht Cordula gar nicht erst auf oder sie wimmelt mich ab. Nicht einmal Ona will sie zu ihm lassen, seine Großnichte, die hat er zuletzt als Neunjährige gesehen. Das gehört sich doch nicht!« In ihrer Empörung straffte sich ihr Körper, und sie wuchs ein Stück aus dem klobigen Polstermöbel heraus.

»Cordula ist seine Frau?«

»Nein, seine Frau, das war Ellen! Lothar ist Witwer. Cordula ist seine Lebensgefährtin. Mehr als 20 Jahre jünger! Wo die Liebe hinfällt, wie man so sagt.« Ihr unsteter Blick ließ darauf schließen, für wie suspekt sie diese Lebensweisheit hielt.

»Cordula würde mit Lothar lieber heute als morgen zum Standesamt gehen«, ergänzte sie nach einer Gedankenpause. »Eine zweite Ehe käme meinem Bruder jedoch wie ein Verrat vor. Mit Ellen wird er auf ewig innig verbunden bleiben.«

Auch Norma und Timon waren nicht verheiratet. Eine Entscheidung aus freien Stücken von beiden. Ob Cordula darunter litt, als zweite Wahl zu gelten? Womöglich ließ sich die Kränkung auf finanzielle Weise besänftigen. Wiedbrecht galt als überaus wohlhabender Mann. Norma ärgerte sich über sich selbst, wie schnell sie mit derartigen Vorurteilen war. Genauso gut konnte es sich um ehrliche Gefühle handeln.

Der Minutenzeiger hatte das im Stillen gesetzte Ziel erreicht. Bevor Norma sich erhob, legte sie eine Visitenkarte auf den Couchtisch. »Darf ich Sie um einen Gefallen bitten? Wenn Sie Ihren Bruder sprechen, könnten Sie ihm bitte ausrichten, dass ich eine Wohnung suche?«

»Sehr gern, sofern ich ihn zu sehen bekomme«, versprach Jorinde und griff nach der Karte. »Sie sind Privatdetektivin, Frau Tann!«

Ein gewisses Misstrauen begegnete Norma häufig. Sie hatte eben keinen Allerweltsberuf. Um keine falsche Annahme aufkommen zu lassen, erklärte sie aufrichtig: »Ich bin Private Ermittlerin und lebe in gesicherten finanziellen Verhältnissen.«

Jorinde ließ ein leises, sympathisches Lachen hören. »Ich zweifle weder an der Seriosität Ihres Berufs noch an Ihrem Einkommen, Frau Tann. Meinem Bruder werde ich Sie gern empfehlen.«

Als Norma ihr in den Flur folgte, öffnete sich dort eine Zimmertür, und eine junge Frau spähte durch den Türspalt. Ein kaffeefarbener Lockenflaum umrahmte ihr missmutiges, nein, wohl eher trauriges Gesicht. Ihr schmaler Oberkörper steckte in einem übergroßen blauen Männerhemd, als sollte der Stoff seine Trägerin von der Außenwelt abschotten.

»Meine Enkelin Ona«, erklärte Jorinde in liebevoller Tonlage.

Unwillkürlich fragte sich Norma, ob das voluminöse Hemd ein Erbstück von Onas verstorbenem Großvater war.

»Ona möchte etwas mit Medien studieren«, flötete Jorinde, ganz die wohlwollende Großmutter, an Norma gewandt.

»Aha«, antwortete diese, die sich unter »etwas mit Medien« wenig vorstellen konnte – streng genommen gar nichts.

Offenbar erging es der Großmutter kaum besser. »Was ist das genau, Ona?«

»Hat mit Film und Computern zu tun«, antwortete sie lakonisch mit sympathischem Akzent, was Norma nicht wesentlich schlauer machte.

Mit einem genervten Augenrollen und ohne ein weiteres Wort zu verlieren, schlüpfte das Mädchen durch die Wohnungstür. Durch das Treppenhaus hallte das Trappeln eiliger Schritte.

Jorinde schickte einen resignierten Seufzer hinterher. »Wer könnte Onas Trauer um ihren Großvater besser verstehen als ich? Auch mir fehlt er sehr. Aber sie steigert sich so hinein. Ona hat sogar seine Hemden mitgebracht und trägt kaum etwas anderes.« Sie wünschte Norma einen schönen Tag und schloss die Tür.

Norma hielt vor der Nachbarwohnung inne. Unter einem Messingschild mit der Aufschrift »L. und E. Wiedbrecht« prangte ein größeres, glänzenderes mit der Gravur »Cordula von Schwenk«. Anhaltend betätigte Norma den Klingelknopf. Drinnen rührte sich wieder nichts.

Das Mädchen war außer Sicht, als sie aus dem Haus trat. Aus den Baumkronen drang vielstimmiges Zwitschern und Piepen. So viel zum Erfolg der Bölleraktion. Beim Blick zurück erspähte sie hinter einem Fenster eine Gestalt: Jorinde Ruiz Alvarez winkte ihr zum Abschied zu. Als Norma grüßend die Hand hob, bemerkte sie eine Bewegung hinter einer Scheibe der Nachbarwohnung. Eilig zog jemand die Gardine vor. Eine Frau? Norma konnte es nicht genau sagen.

2

Die Umzugspläne hatten Norma in eine Zwickmühle gebracht. Seit der Trennung von Arthur vor vielen Jahren wohnte sie im Wiesbadener Stadtteil Biebrich. Die Vorstellung, demnächst anderswo zu Hause zu sein, ließ sie schon jetzt das Panorama hinter dem Küchenfenster vermissen: der Anblick des Rheins mit seinen Ausflugsdampfern und Frachtkähnen, die behäbig an der Rettbergsaue, der Insel mitten im Strom, vorüberschipperten. Durch die Dachfenster konnte sie bis zum Schloss hinüberschauen und den Ring der Götterfiguren auf der barocken Rotunde erspähen. Wenn ihr nach frischer Luft und Bewegung war, musste sie nur vor die Tür gehen, um eine Runde durch den Schlosspark oder entlang des Ufers zum Schiersteiner Hafen zu joggen. Liebend gern hätte sie die Wohnung behalten. Leider war es keine Option, dass Timon bei ihr einzog. Beide lebten seit geraumer Zeit allein und schätzten Rückzugsorte, die in der Dachwohnung mit zwei Zimmerchen nicht vorhanden waren. Zudem wünschten sie sich eine deutlich geräumigere Küche. Lange genug hatten sie sich beim gemeinsamen Kochen gegenseitig auf den Füßen gestanden. Letztendlich wog der Wunsch zusammenzuleben mehr als der Verlust des vertrauten Nests. Timon konnte sich zurzeit nicht aktiv an der Suche beteiligen. Er war von seinem Arbeitgeber, dem Hessischen Landeskriminalamt, für mehrere Wochen nach Brüssel beordert worden.

Bisher war die Suche nach einer passenden Bleibe nicht erfolgreich gewesen. Während Norma auf die Innenstadt zuschritt, beschloss sie, Wiedbrecht in den nächsten Tagen noch einmal einen Besuch abzustatten. Unterwegs schlug sie weite Bögen um die Kastanienbäume. Der Vogelkot breitete sich unterhalb der Baumkronen aus, und sein Geruch stieg ihr beißend in die Nase. Nichtsdestotrotz genossen die Gäste des nahen Biergartens ihren Aperol Spritz oder eine andere Erfrischung in den späten Sonnenstrahlen. Die Tische reihten sich rund um den plätschernden Brunnen. Für die zweite Oktoberhälfte waren die Tage ungewöhnlich warm, doch die Abendluft schien bereits den Herbst mit sich zu bringen.

Wiedbrechts Jugendstilhaus stand in einer Reihe weiterer Baudenkmäler der Gründerzeit, mit denen sich die Adolfsallee schmückte. Die Prachtbauten mit ihren stattlichen Erkern, Schmuckgiebeln und typischen historistischen Elementen säumten den Boulevard auf beiden Seiten. Die Dämmerung senkte sich über die Allee, und hinter den Fenstern gingen die Lichter an. Im Vorübergehen las Norma die Schilder von Arztpraxen und Kanzleien. Neben den Geschäftsräumen beherbergten die Häuser vor allem Wohnungen, durch deren Fenster Norma einen Blick auf die überhohen Wände und reich verzierten Stuckdecken warf. Residieren vom Feinsten – sofern man zu den Glücklichen zählte, die ein solches Domizil ergattern und sich leisten konnten.

Mit einer nüchterneren Architektur zeigte sich die Adolfstraße, die sich der gleichnamigen Allee anschloss. Stoßstange an Stoßstange staute sich eine Autokarawane auf die Rheinstraße zu, eine der Hauptverkehrsadern Wiesbadens. Dass sich auch dort kaum ein Rad rührte, lag nicht allein am Feierabendverkehr. Grund für den Stillstand war eine Demonstration. Aus der Ferne hallten Norma Sprechchöre und das schrille Getöse unzähliger Fahrradklingeln entgegen. Schilder wurden in den Abendhimmel gereckt, und über den Köpfen der Protestierenden spannten sich bunt beschriftete Transparente. »Weg mit dem Blech«, »Freiheit fürs Fahrrad« und »Verkehrswende jetzt« lauteten einige Forderungen. Neugierig näherte sich Norma dem Aufmarsch und mischte sich unter die Passanten, bis der Zug auf dem Luisenplatz ins Stocken geriet.

Zu Füßen des Oraniendenkmals bemerkte Norma zwei sportliche junge Männer. Der eine – in Pluderhosen und breit kariertem Hemd, die flachsfarbenen Dreadlocks zu einem Dutt aufgetürmt – machte die Räuberleiter für den anderen, um diesen auf den gut zwei Meter hohen Sandsteinsockel hinaufzuhieven. Der zweite trug ein weißes Hemd unter einem schwarzen Sakko. In Verbindung mit einem adrett gegelten Kurzhaarschnitt wirkte es unpassend, dass seine Jeans über dem Knie aufgerissen war. Halt suchend umklammerte der Sakkoträger mit einem Arm die Vorderbeine des Rosses aus Bronze, das sich über ihm aufbäumte, und ließ sich von einer schwarz gekleideten jungen Frau ein Mikrofon reichen. Eine zweite Aktivistin befestigte ein tiefschwarzes Banner am Sockel des Denkmals. Darauf prangte das knallrote Emblem der Aktivistengruppe »AntiCar aktiv«.

Der Mann unter dem Bronzepferd benötigte nur wenige Worte, um sich Gehör zu verschaffen. Bald lauschten die Umstehenden, so wie Norma selbst, aufmerksam seiner leidenschaftlichen Rede. Nachdem er gegen die seiner Meinung nach rückständige und verschlafene Verkehrspolitik der Wiesbadener Stadtpolitik gewettert hatte, breitete er seine Vorstellungen von einer zukunftsfähigen City aus.

Ob Verbrenner-, Hybrid- oder Elektromotor: Kein einziges motorbetriebenes Privatfahrzeug solle in Zukunft einen Platz in der gesamten Innenstadt haben. Die Blechlawine, die sich Tag für Tag über den Ersten und Zweiten Ring wälze, sei eine Zumutung für die Anwohner. Völlig aus der Zeit gefallen erschienen ihm die von abgestellten Autos verstopften Straßen der Wohnviertel. Die wenigen autofreien Aktionstage, die bislang im Zentrum stattgefunden hätten, seien ein löblicher Anfang, würden aber keinesfalls ausreichen.

Der täglichen Autolawine und den giftigen Abgasen müsse endlich und ein für alle Mal ein Ende gesetzt werden, verlangte er unter dem Beifall seiner Anhänger und rief mit klarer, volltönender Stimme: »Stellt euch vor, überall da, wo jetzt Autos parken, würden Kinder spielen, könnten sich Freunde treffen. Wie viel Platz wäre dort für Gärten. Blumen statt Blech. Das ist meine Vision einer lebenswerten Stadt. Meine Vision eines lebenswerten Wiesbadens.«

In die frenetische Zustimmung seiner Anhänger mischten sich die Pfiffe und das Gejohle der Teilnehmer einer Gegendemonstration, die sich ebenfalls auf dem Luisenplatz eingefunden hatte. Was die Anliegen dieser Protestler waren, ließ sich ihren Transparenten entnehmen. Parolen wie »Mein Auto bleibt mobil« und »Autogegner – nicht mit uns!« entdeckte Norma mehrmals.

»Ich habe ein Recht auf meine Unabhängigkeit«, schrie eine Frau und schwenkte angriffslustig ihr Pappschild. »Freie Fahrt für freie Bürger*innen«, stand darauf.

»Du raubst mir meinen Parkplatz nicht, du linksgrün versiffter Utopist«, brüllte ein Mann aufgebracht und stemmte die Fäuste in die Seiten. Seine Begleiter stimmten begeistert ein und wiederholten das Statement lautstark.

Die folgenden Kommentare gingen in ohrenbetäubenden Pfiffen und Pöbeleien der Gegenseite unter. Polizisten marschierten auf, um die Kontrahenten auf Abstand zu halten. Unter den Leuten, die sich zu Füßen des Denkmals versammelt hatten und jedes Wort des flammenden Appells in sich aufzusaugen schienen, entdeckte Norma ein bekanntes Gesicht: Jorindes Enkeltochter lauschte dem Redner mit leuchtenden Augen.

3

Was mochte die fremde Besucherin von Jorinde gewollt haben? Diese Frage beschäftigte Ona, während sie einfach drauflosllief. War sie eine Bekannte von Onkel Lothar oder eine Freundin von Cordula? Sollte sie zwischen Jorinde und der Verwandtschaft vermitteln? Der Onkel war ihnen seit dem Einzug nicht begegnet, obwohl die Großmutter alles daransetzte, ein Treffen zu viert zu arrangieren. Ona hatte Lothar zuletzt als Neunjährige bei einem der seltenen Besuche in Jorindes deutscher Heimatstadt gesehen. Ihr grauste davor, im Treppenhaus zufällig auf ihn zu treffen. Wie sollte sie ihn ansprechen? Außerdem könnte sie nicht einmal sicher sein, ob er es überhaupt wäre. Wie peinlich! Cordula dagegen begegnete ihr öfter, seit Ona im Hundesalon jobbte. Jeanne, die Hundefriseurin, war Cordulas Tochter. Die Mutter beherrschte es in Perfektion, Ona wie Luft zu behandeln.

Gleich für den zweiten Abend im neuen Zuhause hatte Jorinde den Bruder samt seiner Partnerin zum Essen eingeladen. Die Vorbereitungen waren mühsam gewesen zwischen Stapeln von Umzugskartons und sich türmenden Küchenutensilien, weil sie noch nicht zum Einräumen gekommen waren. Doch auf die Gäste hatten sie vergebens gewartet. Onas Sturmklingeln nebenan war ebenso wenig von Erfolg gekrönt gewesen wie Jorindes Telefonterror. Anderthalb Stunden zu spät hatten sie das verkochte Risotto schließlich zu zweit gegessen.

Ohne konkretes Ziel folgte Ona dem Verlauf der

Adolfsallee, bis diese sich zu einer schmalen Straße verengte und weiter geradeaus führte. Der reine Bewegungshunger hatte sie ins Freie getrieben. Früher – bevor der Großvater gestorben war – hatte sie immer etwas vorgehabt, wenn sie nach draußen gegangen war. Zum Beispiel, sich mit Alba und Marta auf der Brücke am Onyar zu treffen. Jedenfalls solange sie noch Freundinnen gewesen waren. Oder sie hatte in Jorindes Café ausgeholfen. Die deutschen Touristen geizten nicht mit Trinkgeld, wenn sie in der ihnen vertrauten Sprache bedient wurden. Auf ihren Streifzügen durch Wiesbadens Innenstadt fühlte sie sich verloren. Wenn sie durch die überbreiten Straßenzüge irrte, sehnte sie sich nach Geronas Gassenschluchten, in denen sie als Kind gespielt hatte. Wie fehlte ihr der tosende Klang der Glocken von Santa Maria! Sie erinnerte sich, wie sie auf dem Weg zur Kathedrale ihre Finger in die Faust des Großvaters geschoben und an ihrem zehnten Geburtstag damit aufgehört hatte, um sich erwachsen zu fühlen. Nun war sie 20 Jahre alt und hätte alles dafür gegeben, es noch einmal tun zu können.

In der Rheinstraße stoppte eine Fußgängerampel ihren Marsch. Ungeduldig auf Grün wartend, tupfte sie sich mit dem Hemdsärmel über die Augen. Als ob die Heulerei etwas bringen würde. War es nicht ihre freie Entscheidung gewesen, mit nach Deutschland zu ziehen? Jorinde hatte sie nicht gedrängt – aber sie hatte sie spüren lassen, wie sehr sie sich freute. Die Mutter hatte sich, oh Wunder, wie immer in kühler Zurückhaltung geübt. Von jeher war Sonja eine Meisterin darin gewesen, die Verantwortung für das Kind abzuschieben. So hatte sie es immer gehalten und Ona der Großmutter überlassen, um sich auf ihre Karriere als Chirurgin zu konzentrieren. Der Vater, ebenfalls

Mediziner, lebte in einer anderen Stadt, wo er eine eigene Familie hatte. Bei den wenigen Besuchen, deren Summe Ona an einer Hand abzählen konnte, war sie sich wie ein Alien vorgekommen: argwöhnisch belauert von den glotzäugigen Halbschwestern. Die bemühte Herzlichkeit von Papas neuer Frau hatte alles nur noch schlimmer gemacht.

Das grüne Ampelmännchen leuchtete auf. Im Pulk überquerte Ona die Straße. Sprachfetzen, die sie von den Passanten aufschnappte, klangen in ihren Ohren wie geschredderte Urlaute. Wie sehr sie den ratternden Singsang ihrer Heimat vermisste! Ein Problem der Ästhetik, nicht des Verständnisses. Das Deutsche war ihr geläufig. In der Überzeugung, eine Fremdsprache ließe sich zu keiner Zeit leichter lernen als in der Kindheit, hatte Jorinde sich oft in ihrer Muttersprache mit Ona unterhalten. Deutsche Literatur, Spielfilme und TV-Serien taten ihr Übriges. Seit Ona in Wiesbaden lebte, geschah es immer seltener, dass sie im Kopf einen Satz von einer Sprache in die andere übersetzen musste. So hätte sie temperamentvoll auf Deutsch lossprudeln können, wenn, ja wenn überhaupt jemand ein Wort für sie übriggehabt hätte. Außer ihrer Großmutter und Jeanne unterhielt sich niemand mit ihr. Halfen Tränen gegen die Verlorenheit? Ach, heul doch! Je lebhafter das Treiben ringsum, desto verlassener fühlte sie sich. Seltene persönliche Begegnungen erschienen ihr in der Erinnerung wie kostbare Geschenke. Enttäuscht trauerte sie dem kurzen Zusammentreffen auf dem Campus der Hochschule nach. Spontan hatte ihr eine Studentin einen Flyer in die Hand gedrückt. Bevor Ona hatte nachfragen können, was es mit der Initiative »AntiCar aktiv« auf sich hatte, war die andere von einer Gruppe junger Leute umlagert worden. Ona hatte sich übergangen gefühlt und nicht den Mut gefunden, sich dazwischenzudrängen. Beim nächsten Mal, so hatte sie sich geschworen, würde sie sich nicht beiseiteschieben lassen. Gegen zu viele Autos war sie doch auch!

Derart mit sich selbst beschäftigt, wäre sie beinahe in eine Menschentraube hineingelaufen. Genauer betrachtet war es ein Demonstrationszug. Mit ernsten Gesichtern trugen die Teilnehmer Schilder und Transparente vor sich her. Als Ona abrupt stoppte, strauchelte jemand hinter ihr. Der junge Mann war ihr offenbar ausgewichen, dabei über einen Bordstein gestolpert und auf die Knie gestürzt. Bevor sie eine Entschuldigung stammeln konnte, hatte sich der Mann aufgerappelt und war mit leisem Fluchen davongeeilt.

Sie schaute sich um. Der Zug war ins Stocken gekommen. Es waren überwiegend jüngere Leute, die sich zusammengetan hatten, um ihrem Widerstand gegen den Autokollaps in der Stadt Gehör zu verleihen.

»Schluss mit Suff!«, kreischte ein Mädchen in der Nähe. »Schluss mit Suff!«

Richtig, dachte Ona zustimmend. Alkohol ist nie eine Lösung, und schon gar nicht am Steuer. Die drei Buchstaben »SUV« auf dem Stück Pappe, das der Demonstrantin an einem Bindfaden um den Hals schlackerte, klärten bei näherer Betrachtung das Missverständnis auf.

Als sie weitergehen wollte, stieß Ona mit der Fußspitze gegen etwas Flaches, Hartes und entdeckte am Boden ein Smartphone in einer schwarzen Kunststoffhülle. Rasch bückte sie sich nach dem Fundstück. Ob es dem jungen Mann aus der Tasche gerutscht war? Was hatte er angehabt? Irgendetwas Dunkles. Eine schwarze Jacke? Angestrengt hielt sie nach ihm Ausschau, während sie sich von der Menge, die wieder in Bewegung geraten war, auf einen großen Platz mitziehen ließ. Dass sie den Gesuchten schnell erspähte, war kein Hexenwerk. Er hatte einen roten Steinsockel erklommen und stand dort unter dem Bauch eines mächtigen Bronzepferds, das seine Vorderbeine stolz in die Luft warf. Und noch jemanden erkannte Ona im Näherkommen. Die rundliche junge Frau – ganz in Schwarz gekleidet –, die dem Mann auf dem Sockel ein Mikrofon hinaufreichte, war niemand anders als jene Anti-Car-Aktivistin, die sie auf dem Campus angetroffen hatte. Die Dunkelhaarige wandte sich einem blonden Mädchen und einem Mann mit sandfarbenen Dreadlocks zu. Die drei schienen sich gut zu kennen, so vertraut, wie sie miteinander sprachen. Der Mann machte wohl eine amüsante Bemerkung, denn er lächelte breit. Die Frauen kicherten glucksend.

Der Denkmalkletterer klopfte auf das Mikrofon und begrüßte die Menge. Schnell strömten die Menschen heran. Zögerlich zuerst, dann zunehmend mutiger verkündete der Redner seine Vision einer lebenswerten City. »Autos raus aus der Stadt!« Ona gefiel, was er sagte, und sie vernahm auch ringsherum eine breite Zustimmung. Dennoch waren nicht alle Anwesenden der Meinung, dass man den Individualverkehr aus den Wohnstraßen verbannen sollte. Ein Stück abseits erregte sich eine Gruppe von Leuten, die den Redner mit groben Kommentaren verhöhnte und wüst beschimpfte. Ona atmete auf, als sich eine Schar Polizisten abschirmend zwischen den Lagern formierte.

Der Aktivist klammerte sich unbeirrt an einem der hoch erhobenen Vorderbeine der Statue fest, die andere Hand reckte er zur Faust geballt kämpferisch in den Himmel. Mit einem Dank an die Zuhörerschaft beendete er seinen Vortrag und stieg unter beifälligem Applaus von dem

Podest herunter. Unten wurde er sofort von den Umstehenden umringt. Eine ältere Frau klopfte ihm wie einem Pferd anerkennend auf den Rücken. Während Ona darauf wartete, dass sich der Trubel legte, beobachtete sie den Dreadlocks-Träger, der gemeinsam mit dem Mädchen vom Campus Flyer an Interessierte verteilte und deren Fragen beantwortete. Sein Name war Nick, wie sie aus den Gesprächen heraushörte.

Endlich löste sich der Trubel um den Redner auf. Ona sprach ihn begeistert an. »Mega, was du gesagt hast!«

Er lächelte routiniert und bedankte sich, bevor er sie erkannte: »Die Frau, die im Weg stand!« Mit schiefem Grinsen wies er auf das Dreieck, das über dem Knie im Jeansstoff klaffte. Die Haut darunter war gerötet.

»Sorry. Vielleicht kann ich es wiedergutmachen.« Sie hielt ihren Fund hoch. »Hast du das verloren?«

Erschrocken klopfte er die Jacken- und Hosentaschen ab. »Krass, habe ich gar nicht bemerkt. Das wär's gewesen, meine kompletten Daten … danke dir!«

»De nada! Tschüss!«

»Halt, warte! Darf ich dich nachher … magst du einen Kaffee oder so?«

Ihre Blicke trafen sich. Haselnussbraune Augen. Igelfrisur von identischem Farbton. Auf der Stupsnase und den Wangen sammelten sich Sommersprossen, was ihm einen kindlichen Ausdruck verlieh.

»Wir gehen nachher zusammen was trinken«, sagte er, als sie zögerte. »Wenn du Zeit hast …«

Sie deutete auf ein Transparent. »Mit ›wir‹ meinst du die Leute von AntiCar aktiv?«

»Klar, wir wuppen das hier zusammen. Die Demo und das alles ist unser gemeinsames Ding.«

Ona deutete mit dem Kinn auf den Mann mit dem Dutt. »Also gehört Nick zu euch?«

»Sicher! Nick, Marleen, Jule und einige andere. Ich heiße Lennart. Kommst du mit?«

Ohne den Blick von Nick zu lösen, nahm sie Lennarts Einladung an.

4

Eiligen Schrittes erreichte Norma das Rheingauviertel und achtete unterwegs auf die Flächen unter den Baumkronen. Anders als in der Adolfsallee waren die Bereiche in diesen Straßen weitgehend unbeeinträchtigt von den Hinterlassenschaften der Vogelscharen. Sie musste sich sputen. Luigi Milano wartete nicht gern. Vor allem, wenn es ums Essen ging, konnte er schnell ungehalten werden. Der Kriminalhauptkommissar liebte es, den Grantler zu geben. Seine Frotzeleien riefen wie aufs Stichwort Dirk Wolfert auf den Plan, um den vermeintlichen Zwist zu schlichten. Wolfert fühlte sich leicht gedrängt, Partei für Norma zu ergreifen, selbst wenn sich Milano nur einen ruppigen Spaß erlaubte. Für den Spruch, dass Gegensätze sich anziehen, waren die Männer der beste Beweis. Nach ihrem Abschied aus dem Polizeidienst hatte Norma die ehemaligen Kollegen aus dem Kommissariat nicht aus den Augen verloren. Sie schätzte ihre Freunde trotz ihrer Schrullen. Auf einen Umstand konnte sie sich immer verlassen: Langeweile kam mit ihnen niemals auf. Einmal im Monat trafen sie sich zum Abendessen. Dieses Mal hatte Milano das Restaurant ausgesucht – sehr neu, sehr schick, sehr italienisch, wenn man der Webseite Glauben schenken durfte. Gespannt darauf, inwieweit Küche und Service den Ansprüchen des Kommissars standhalten würden, näherte Norma sich dem Ziel.

Wie eine Wegmarke erschien ihr eine gelbe Raute, die von der Innenbeleuchtung des Restaurants auf das Pflaster geworfen wurde. Der Lichtschein fiel auf ein Fahrzeug, das mitten auf dem Gehweg stand. Ganz schön frech, bis vor die Tür zu rollen, ärgerte sich Norma, die im Innern des Autos niemanden entdeckte. Kopfschüttelnd schlängelte sie sich an dem Wagen vorbei und betrat den Gastraum. Die Freunde waren vor ihr eingetroffen. Von einem Tisch am Fenster winkte Wolfert freudig herüber. Wie nicht anders zu erwarten, entsprach sein Auftritt im dunkelblauen Hemd, mit dezenter Krawatte und hellgrauem Sakko rundum der Eleganz des Schauplatzes. Sogar an ein Einstecktuch hatte er gedacht.

Sie trug ihre Lieblingsjeans und hatte diese mit Bluse und Blazer aufgehübscht. Wolfert sprang auf und rückte den dritten, noch freien Stuhl zurecht. Milano brummte ihr einen Gruß entgegen. Aufgrund der ihm eigenen Düsternis wirkte er inmitten des edlen Restaurants wie ein Wesen von einem anderen Stern. Ein Eindruck, den die abgeschabte Kordhose und das knittrige, den massigen Bauch umspannende Poloshirt unterstrichen.

»Habt ihr mitbekommen, wer draußen so dämlich geparkt hat?«, fragte sie, nachdem sie Platz genommen hatte. »Ein Gast von hier?«

Wolfert hatte sich wieder gesetzt und warf einen missbilligenden Blick zum Fenster hinaus. Die klobige Schnauze des SUV ragte auf Armeslänge an die Hauswand heran. »Der Wagen stand schon dort, als wir gekommen sind. Ich wollte die Kollegen der Stadtpolizei rufen, aber Luigi ist dagegen.«

»Weil du nicht den Hausmeister geben sollst«, meckerte Milano. »Was, wenn der Fahrer nur eine Pizza abholen will? Wo sollte er auf die Schnelle einen legalen Parkplatz finden?«

»Kluge Leute fahren Bus«, wandte Norma ein, »oder sind zu Fuß unterwegs. Täte dir auch mal gut, Luigi!« Sie zwinkerte ihm zu.

»Bin ich des Wahnsinns?«, konterte er empört. »Laufen? Wozu gibt es Taxis?«

Die Bedienung, eine Frau mit blendendem Lächeln, eilte heran, um die Speisekarten auszuteilen und die Tagesempfehlungen aufzuzählen. Norma entschied sich für Tagliatelle mit Steinpilzen und ein Viertel Rheingauer Riesling sowie eine große Flasche Wasser für alle. Wolfert und Milano orderten ebenfalls Wein zum Essen. Milano bestellte eine Vorspeise zum Hauptgericht und begutachtete vorab das Angebot an Desserts, ohne sich entscheiden zu können.

»Lassen Sie sich Zeit«, schlug die Bedienung vor. »Ich bringe erst einmal die Getränke.«

Norma schaute sich neugierig um. Am Tresen stand ein Mann, der auf eine Bestellung zu warten schien. Er war komplett in weißes Leinen gekleidet, wenn man von den halbhohen braunen Wildlederstiefeln absah, und hatte eine blasierte Miene aufgesetzt. Klischeehafter hätte sie sich den Fahrer der Luxuskarosse kaum ausmalen können.

»Das könnte er sein«, flüsterte sie den Freunden zu.

»Wenn ihm bloß der Brandstifter nicht den Abend verdirbt«, murmelte Wolfert unheilvoll.

»Der Straßenpanzer passt perfekt in das Beuteschema«, bekräftigte Milano, während er weiter mit der Auswahl des Nachtischs haderte. »Zuppa Inglese oder Semifreddo mit Pistazien und Himbeeren? Oder lieber die Panna cotta?«

»Nimm einfach zwei Desserts«, schlug Norma vor. »Oder gleich alle drei.«

»Gute Idee«, antwortete er strahlend und legte die Karte beiseite.

»Sagt mal, wie viele Autos sind bisher ausgebrannt?«, fragte sie.

Milano zählte die Vorfälle auf. »Ein Toyota in Frauenstein, ein VW in Bierstadt, ein Porsche in Schierstein und ein Jaguar in der Taunusstraße, allesamt Luxusschlitten. Und vor ein paar Tagen ein Jeep. Ob Benziner, Diesel oder Hybrid, es trifft alle gleichermaßen, egal mit welchem Treibstoff sie fahren.«

Der Zeitungsartikel in Jorindes Wohnung! Norma erinnerte sich. »Das letzte Feuer war in der Wilhelmstraße?«

»Genau, mitten auf der Rue, gegenüber vom Warmen Damm«, erklärte Wolfert. »Was alles passieren könnte, wenn so ein Brand außer Kontrolle gerät … Mit größtem Vergnügen würde ich dem Kerl das Handwerk legen.«

»Meinen Segen hast du«, verkündete Milano.

»Zum Glück für den Täter seid ihr bei der Mordkommission«, wandte Norma ein. »Brandstiftung fällt nicht in euer Ressort. Was wird denn so in Kollegenkreisen erzählt – zum Beispiel über diese jungen Aktivisten? AntiCar aktiv, so nennen sie sich. Könnten sie nicht mit den Bränden zu tun haben?«

Die Bedienung trug ein volles Tablett heran.

Wolfert nahm ein Weinglas entgegen. »Wie kommst du auf die Gruppe?«

Norma wartete, bis die Getränke verteilt waren. »Auf dem Weg hierher bin ich in eine Demo samt Gegendemo hineingeraten. Auf der einen Seite die Leute von ›Mein Auto bleibt mobil‹ und auf der anderen die Aktivisten, die gegen alles sind, was einen Motor hat.«

»Nachweisen konnte man den AntiCar-Leuten bisher nichts«, verriet Milano, nachdem er den Wein mit zufriedener Miene gekostet hatte. »Das Team der Brandermittlung hat die Autogegner überprüft. Angeblich sind sie harmlos wie eine Grundschulklasse.«

»Ihr seid bestens im Bilde«, bemerkte Norma anerkennend.

Wolfert erklärte: »Die Stadt ist in Unruhe. Alle Kolleginnen und Kollegen im Präsidium, egal welches Ressort, wurden informiert. Wir sollen die Augen offen halten.«

Norma rief sich die Teilnehmer der Protestaktion in Erinnerung. »Der Sprecher von AntiCar aktiv ist ein junger Kerl, Typ Einser-Abiturient. Er wirkt unscheinbar, hat aber eine aufwieglerische Rede gehalten.«

»Das ist Lennart Jameson«, wusste Wolfert. »Die Mutter lebt in Frankfurt, der Vater ist US-Amerikaner und zurück in seine Heimat gezogen. Lennarts Kompagnon heißt Nick Kahlbach.«

»Mit einem Dreadlocks-Geflecht als Frisur?«, fragte Norma und fügte, als Wolfert zustimmend nickte, hinzu: »Er hat Infomaterial ausgegeben. Außer ihm sind mir zwei junge Frauen aufgefallen.«

»Soweit ich weiß, zählen zwei Studentinnen zum harten Kern des Trupps«, erklärte Wolfert. »Marleen und Jule, die Nachnamen habe ich nicht parat.«

Milano winkte ab. »Die jungen Leute profilieren sich in der Öffentlichkeit. Im Hintergrund agiert ein anderer. Ein Idealist, der die Welt retten will. Zugleich ist er viel zu sehr um seinen Ruf besorgt, um sich kriminelle Aktionen offen vorwerfen zu lassen.«

»Mag sein«, sagte Wolfert. »Trotzdem ist er in die Bredouille geraten.«

»Worauf willst du hinaus?«, fragte Norma gespannt.

»Seine Aktivisten haben neulich die Wilhelmstraße abgesperrt, und zwar mitten im Berufsverkehr. Die Sitzblockade dauerte den halben Vormittag.«

»Wo lag das Problem?«, wunderte sich Norma. »Eine

Handvoll entschlossener Polizisten sollte doch genügen, um die Demonstranten aus dem Weg zu räumen.«

»Nicht in diesem Fall. Eine Frau hatte sich die Hände mit Sekundenkleber auf den Asphalt gebappt.«

»Uiih!« Norma verzog den Mund. »Klingt scheußlich. Und schmerzhaft.«

Milano ließ ebenfalls jedes Verständnis für die Aktion vermissen. »Eine Zumutung für alle Beteiligten! Es musste extra ein Arzt mit einem speziellen Lösemittel anrücken. Auch der Anführer wurde geholt, um seinem halsstarrigen Schäfchen gut zuzureden. Sonst hätte die Frau die Befreiungs-OP komplett verweigert.«

»Ein wahrer Held«, urteilte Wolfert überraschend ironisch. »Norma, sein Name wird dir etwas sagen. Alfred Schiergens.«

Sie dachte nach. »Hmm, keine Idee.«

»Er nennt sich Fredo S.«, half Wolfert ihr auf die Sprünge.

»Der Maler?«, fiel ihr ein. »Natürlich, die Sonderausstellung im Wiesbadener Museum! Dirk und ich waren zusammen dort«, fügte sie als Erklärung für Milano hinzu. Seit Dirk Wolfert sein Herz für die moderne Kunst entdeckt hatte, besuchten sie hin und wieder gemeinsam eine Kunstpräsentation.

»Mit seinen Bildern sorgt er für Furore. Menschlich gilt Fredo S. als fordernd und nicht unbedingt einfach«, sagte Wolfert.

Milano schnaufte missbilligend. »Wenn ich Erfolg haben wollte, wäre ich lieber nett zu den Leuten.«

»Tja, dir bliebe auch nichts anderes übrig, um Bilder an den Mann oder die Frau zu bringen«, spottete Norma gutmütig. »Oder schlummert ein künstlerisches Talent in dir, von dem wir nichts wissen?«

»Meine Stärken liegen woanders«, entgegnete Milano, der ein brillanter Ermittler war.

»Fredo S. muss sich bei niemandem einschleimen«, stellte Wolfert klar. »Seine Werke sind exorbitant teuer, wird gemunkelt. Tatsächlich geraten die wenigsten Bilder in den Handel, das meiste wird von einem einzigen Sammler aufgekauft.«

»Erstaunlich, dieser Erfolg! Mir kamen die Gemälde …«, Norma suchte nach einer eingängigen Beschreibung, »… roh vor. Irgendwie … zügellos.«

»Roh und zügellos?«, wiederholte Milano mit gerunzelter Stirn. »Warum schaut ihr euch dieses Gekleckse dann an?«

Mit ihm ernsthaft über Kunst diskutieren zu wollen, führte zu nichts, das wusste Norma. Milano bereitete es ein diebisches Vergnügen, seine Freunde damit aufzuziehen. Normas Faible für moderne Malerei stammte aus ihrer Ehe mit Arthur, der mit Gemälden und erlesenen Antiquitäten gehandelt hatte.

»Was ist los?«, fragte Wolfert.

Unwillkürlich hatte Norma geseufzt. »Beim Thema Kunst muss ich an Undine Abendstern denken. Und daran, wie sie Lutz aufgrund ihrer Launen manchmal die Hölle heiß macht.«

Milano und Wolfert kannten Normas Ex-Schwiegervater und waren zudem der kapriziösen Galeristin bei verschiedenen Anlässen begegnet. Sie konnten sich denken, worauf Norma anspielte.

»Wo die Liebe hinfällt«, kommentierte Milano fatalistisch.

»Den Spruch höre ich heute zum zweiten Mal.« Norma erzählte von der Dame mit dem spanischen Namen und ihrem eigenen vergeblichen Bemühen in Sachen Wohnungsfindung.

»Wenn Timon zurück ist, könnt ihr zu zweit weitersuchen, das wird schon«, schnurrte Wolfert aufmunternd. »Wie lange wird er in Brüssel bleiben?«

Bevor sie antworten konnte, wurde es draußen blitzartig hell. Neben ihrem Tisch schepperte und klirrte es. Der Mann in Weiß hatte die Bedienung angerempelt, als er fluchtartig aus dem Restaurant gestürmt war, und ihr dabei ein Tablett mit Flaschen und Gläsern aus den Händen gerissen.

Vor dem Fenster flackerten mannshohe Stichflammen auf. Sekunden später loderte der Wagen auf dem Gehsteig wie eine gewaltige Fackel.

5

Brandgeruch beschwerte die Luft. Der kalte Rauch legte sich kratzend auf die Bronchien und blieb an der Kleidung und in den Haaren haften. Gemeinsam mit ihren Freunden, weiteren Gästen und dem Personal hatte Norma das Restaurant über die Hintertür verlassen. Die Einsatzwagen waren in Minutenschnelle vor Ort gewesen. Nach dem Löschen entwichen nur noch nebelhafte Rauchschwaden dem stinkenden Haufen zusammengeschmolzenen Blechs, der einmal eine Luxuskarosse gewesen war und dessen Besitzer wie paralysiert auf dem Bürgersteig kauerte – umsorgt von zwei Sanitäterinnen. Wenigstens hatte das Feuer nicht auf andere Fahrzeuge übergegriffen. Auch die Hausfassade war weitgehend unversehrt geblieben. Rot-weiße Absperrbänder riegelten den Gehweg und ein Stück der Straße ab. Zwei Mitarbeiter der Stadtpolizei patrouillierten entlang der Absperrung. Ihre Kollegen von der Kripo hörten sich unter den Schaulustigen um. Wie die anderen Gäste war auch Norma gebeten worden zu warten, bis sie befragt wurde. Sie konnte jedoch ebenso wenig zur Klärung des Sachverhalts beitragen wie Milano und Wolfert.

»Nicht zu fassen«, kommentierte ein älterer Kriminalkommissar ihre Aussagen. Norma erinnerte sich aus ihrer Zeit im Präsidium flüchtig an sein Gesicht, das nun eine fulminante Zornesfalte zierte. »Da hocken Genie und Protokoll gemütlich am Tisch, während zehn Schritte weiter der Brandstifter zuschlägt. Und was nützt es uns?«

So wagte es jemand, die inoffizielle hausinterne Bezeichnung der Ex-Kollegen unverblümt auszusprechen. Die Kommissare taten, als hätten sie nichts gehört. Norma war baff und kam erst recht ins Staunen, als der Mann süffisant anfügte: »Norma Tann hat auch nichts gesehen. Wie passt das zu deinem Ruf als Superschnüffelnase?«

Wie ein Kompliment klang das nicht. Sie überging die Bemerkung. »Wir waren mitten im Gespräch. Das Feuer hat uns überrascht wie alle anderen auch. Ich kann dir leider nicht weiterhelfen, Werner.«

»Walter«, stellte er unwirsch klar und machte auf dem Absatz kehrt, um anderswo hoffentlich ergiebigere Zeugenaussagen aufzutreiben.

Norma schaute der gedrungenen Gestalt hinterher, bis sie außer Hörweite war. »Walter also. Und wie weiter?«

Wolfert antwortete: »Borching. Walter Borching. Nimm ihm die garstigen Kommentare nicht übel. Seine Frau hat ihn verlassen, und das kurz vor seiner Pensionierung.«

»Warum verwundert mich die Entscheidung der Ehefrau nicht?«, entgegnete Norma ein wenig gehässig. »Bei so einer Laune!«

»Der Kollege steht unter Druck«, ergänzte Milano die Erklärung des Freundes. »Walter ist Chef der Brandermittlungsgruppe, und wer lässt sich von einem Feuerteufel gern eine lange Nase drehen?«

»Ich an seiner Stelle würde vor meinem Ruhestand alle Fälle vom Tisch haben wollen«, fügte Wolfert verständnisvoll hinzu.

Die Kommissare schienen Borching den offenen Umgang mit ihren Spitznamen nicht zu verübeln. Womöglich fühlten sie sich sogar geschmeichelt. »Genie und Protokoll« – das passte in der Tat, und wer die beiden kannte, wusste auch, dass mit »Genie« Milano und mit »Protokoll« Wolfert gemeint war – der eine dank seiner Intuition, der andere dank seiner Akribie. Und die Superschnüffelnase? Aus Borchings Mund hatte es wie Hohn geklungen. Nicht wenige ehemalige Kollegen im Wiesbadener Polizeipräsidium haderten mit Normas Tätigkeit als Private Ermittlerin – aus purem Neid auf ihr freies und selbstständiges Leben, wie sie sich gern einredete. Auch Milano und Wolfert hatten eine Weile gebraucht, um zu akzeptieren, dass sie dem Polizeidienst den Rücken gekehrt hatte. Mittlerweile standen beide Kommissare, da war sie sich sicher, ohne Wenn und Aber hinter ihr und ihrer Entscheidung.

In die Situation rund um das Autowrack war Entspannung eingekehrt. Die Feuerwehr hatte sich entfernt und eine Kollegin zurückgelassen, die den gelöschten Brandherd bewachte. Die Zaungäste waren bis auf wenige Zeugen, die den Polizeibeamten von ihren Beobachtungen berichteten, verschwunden. Entscheidende Fakten oder gar eine heiße Spur waren, wie Borching knurrend berichtete, bislang ausgeblieben. Mit der Bemerkung, er brauche zum Überleben jetzt eine, besser zwei Portionen Panna cotta, hatte sich Milano wieder ins Restaurant begeben. Norma und Wolfert folgten ihm. Der Brandgeruch hing auch im Gastraum fest. Norma mochte nichts mehr essen. Um die Freunde und den Wirt, der geduldig auf die Rückkehr seiner Gäste gewartet hatte, nicht vor den Kopf zu stoßen, nahm sie dennoch am Tisch Platz. Milano verputzte den Nachtisch noch vor dem Hauptgericht. Als ihr der Duft der gebratenen Steinpilze in die Nase stieg, stellte sich Normas Appetit wieder ein. Beim Essen kreiste das Gespräch um den unheimlichen Feuerleger, der es hartnäckig auf Wiesbadener Luxusautomobile abgesehen hatte.

Als sich Norma am späten Abend zur Bushaltestelle begab, fühlte sie sich wie in kalten Qualm eingehüllt.

6

In der Nacht, so hatte der Großvater gesagt, träume man sich frei, damit die Seele stark wird. Doch wie sollte das funktionieren, wenn der Schlaf ausblieb? Wenn sie für alle Zeiten wach bleiben müsste, während die schlimmsten Szenen durch ihren Kopf jagten, sobald sie die Augen schloss? Das schwarze Tier im Nebel. Die Felswand. Der Abgrund.

Onas Körper spielte das böse Spiel mit. Obwohl ihr der Verstand versicherte, dass sie sicher in ihrem Bett lag, spürte sie, wie sich ihr Gewicht vervielfachte, während die Beschleunigung sie in den Fahrersitz presste. Die Hände griffen ins Leere, als der Aufprall den Wagen zum Schleudern brachte. Der Fuß fand die Bremse nicht, trat auf das Gaspedal. Der Motor heulte auf.

Sein Blut. Ihre Schuld.

Alpträume mit offenen Augen.

7

Sonntag, der 22. Oktober

Am Morgen saß Ona in sich zusammengesunken am Küchentisch. Irgendwann war der Schlaf über sie gekommen wie in jeder Nacht, wenn sie gar nicht mehr darauf hoffte. Tagsüber gelang es ihr besser, die grausamen Bilder von sich fernzuhalten. Müde grübelte sie über den vergangenen Abend nach. Nick war nicht mitgegangen. Lennarts Bitte, sich ihnen anzuschließen, hatte er mit einem Achselzucken beantwortet und sich mit der Entschuldigung davongemacht, er müsse eine Seminararbeit vorbereiten. Wie auch Lennart, Jule und sie selbst lerne Nick für den Master in »Nachhaltiger Mobilität« mit dem Schwerpunkt »Radverkehr«, hatte Ona von Marleen erfahren, die gemeinsam mit Jule auf einen Sprung mit ins Bistro eingekehrt war. Bald hatten beide die Flyer, Schilder und Transparente ins Quartier bringen wollen und Ona und Lennart allein zurückgelassen. Während er ihr bei einem Glas Bio-Limonade haarklein die Motive und Ziele der Gruppe auseinandergesetzt hatte, war sie mit ihren Gedanken bei Nick gewesen und hatte sich mit der Frage gequält, ob er ihretwegen so überhastet aufgebrochen war. Dabei hatte er sie nicht einmal richtig angeschaut!

In selbstzerfleischende Zweifel versunken nahm sie kaum ihre Großmutter wahr, die mit dem Wasserkocher hantierte.

Jorinde schob ihr einen Becher zu. »Der grüne Tee wird deine Lebensgeister auf Trab bringen. Achtung, heiß! Gib besser etwas Milch dazu.« Eilig wandte sie sich dem Kühlschrank zu. »Verrätst du mir, wo du gestern Abend gewesen bist?«

Eine bedeutsame Frage, beiläufig ausgesprochen. Ona war bewusst, wie sehr die Großmutter darauf brannte, mehr über ihre Unternehmungen in der ihr fremden Stadt zu erfahren. Zugleich war sie auf der Hut, nicht allzu tief nachzubohren. Ona neigte dazu, aus dem Zimmer zu flüchten, sobald sie sich kontrolliert fühlte. Auch jetzt zuckte sie zusammen und wäre beinahe aufgesprungen, riss sich jedoch zusammen. Der Großmutter zuliebe! Für Jorinde war es ebenfalls nicht einfach. Der Umzug. Das Heimweh. Die eiskalten Zurückweisungen durch die Partnerin von Onkel Lothar. Von den Sorgen um den Bruder einmal abgesehen.

»Hab Freunde getroffen«, nuschelte Ona.

Aufgeschreckt fuhr Jorinde herum. In ihrem Rücken leuchtete das Innenleben des Kühlschranks. »Du hast Freunde gefunden? Das freut mich sehr!«

»Die Tür«, murrte Ona.

»Ja, ja!« Jorinde griff hinter sich, schloss den Kühlschrank und trat an den Tisch heran. Die Milch hatte sie vergessen. »Dieses Mädchen von der Hochschule, gehört es zu deinen neuen Freunden?«

Hatte sie Jorinde tatsächlich von der flüchtigen Begegnung auf dem Campus erzählt? Ona erinnerte sich nicht daran, aber woher sollte ihre Großmutter sonst davon wissen? Gut möglich war auch, dass sie sich mal jemanden ausgedacht hatte, um Jorindes Neugier auf fantasievolle Weise zu stillen. Juans Tod und der Umzug nach

Wiesbaden setzten Onas Psyche zu. Womöglich lag die gelegentliche Verwirrung an dem Medikament, das ihr der Doktor in Gerona wegen ihrer Verzweiflung verordnet hatte und von dem sie mal mehr, mal weniger Pillen einnahm. Die Mutter würde toben, wenn sie von den Tabletten und Onas nachlässigem Umgang damit erführe. Ona hatte keine Lust, sich mit den Wirkungen und Nebenwirkungen zu beschäftigen. Hauptsache, das Zeug sorgte für innere Ruhe und diese genügsame Zufriedenheit, wenn sie es brauchte. Nach dem Aufstehen hatte sie eine Tablette genommen und allmählich stellte sich die Wirkung ein. Die Erinnerung an Nicks abweisendes Verhalten verblasste nicht, verlor aber an Bedeutung. Was fiel ihm ein, sich so vehement in ihre Gedanken hineinzudrängen?

»Bitte erzähle mir von deinen Freunden.« Erwartungsvoll rückte Jorinde einen Stuhl heran.

Ona nippte am Tee, in dessen Bitterkeit sich die Süße des Honigs mischte, den die Großmutter hineingerührt hatte – so wie Ona es liebte. Jorinde wartete auf eine Antwort. Ausweichend schaute Ona zum Kühlschrank hinüber. Babyblau. Klotzig. Retro. Jorinde hatte ihn ausgesucht, weil das Design sie an ihre Kindheit erinnerte. Ona fand das Gerät kitschig, behielt ihre Meinung jedoch für sich.

Um vom gestrigen Abend abzulenken, fragte sie nach Onkel Lothar. »Hat er sich endlich blicken lassen?«

»Er lässt sich verleugnen, mein eigener Bruder. Ich begreife das nicht.« Traurigkeit und Unverständnis schwangen in Jorindes Stimme mit. Auch sie verstand sich auf abrupte Themenwechsel. »Hilfst du mir, das Bild aufzuhängen?«

»Das Bild« war Jorindes Lieblingsstück, und Ona gefiel es ebenfalls. Eine rauschhafte Jagd von Farben und Linien, die ebenso gut ein brodelndes Gewässer wie den seelischen Aufruhr des Malers darstellen konnte. Seit Ona denken konnte, hatte es im Wohnzimmer der Großeltern über der Couch gehangen.

»Nun ist das Bild in seine Heimat zurückgekehrt«, erklärte Jorinde ungewohnt pathetisch.

»Heimat?«, echote Ona staunend.

»Das Bild wurde hier gemalt. Der Maler hat sein Atelier in Wiesbaden. Früher kannte ihn kaum jemand, seit einigen Jahren ist er …«

»Berühmt? Ist das Bild richtig was wert?«, freute sich Ona.

Jorinde strahlte sie an. Ona liebte dieses Lächeln, das die Großmutter mädchenhaft jung wirken ließ. »Mag sein, das kümmert mich nicht. Ich will es nicht verkaufen. Lothar hat es mir geschenkt, das zählt für mich.«

»Ich wüsste nicht einmal, dass er dein Bruder ist, wenn er mir gegenüberstehen würde. Ich erinnere mich nur daran, dass er stark nach Zigaretten gerochen hat. Und er war elegant gekleidet.«

»Das weißt du noch?«

»Nicht im Einzelnen«, räumte Ona ein, »ich war ja ein Kind. Lothar trug etwas in ausgesucht schönen Farben. Hemd, Hose, Sakko, alles Ton in Ton. Das hat mir gefallen.«

»Lothar war von jeher ein modischer Typ. Leider hat ihn sein guter Geschmack bei der Wahl seiner Lebensgefährtin im Stich gelassen.«

»Wie gut kennst du Cordula eigentlich?«

»Ich habe sie hin und wieder getroffen, wenn ich in Wiesbaden war. Sie legt keinen Wert auf unsere Gesellschaft. So viel steht fest!«

Ona richtete sich auf und lauschte angespannt. »Hörst du das? Jemand kratzt an der Tür. Ein Dieb?«

In Gerona war einmal im Haus nebenan eingebrochen worden. Der Anblick der fassungslos weinenden Nachbarin angesichts des Chaos in den Räumen hatte sich tief in ihr Gedächtnis eingebrannt. Sie sprang auf und schlich in den Flur. Jorinde folgte ihr auf den Fersen. Offenbar bemühte sich jemand, die Wohnungstür aufzuschließen. Das metallische Klappern war deutlich zu vernehmen, begleitet von einer fluchenden Männerstimme.

Ihr Herz klopfte. Wie von selbst fuhr Onas Hand in die Hosentasche und langte nach dem Handy. »Wir müssen die Polizei rufen«, raunte sie.

»Unsinn, ich bin schon mit ganz anderen Situationen fertiggeworden. Bleib zurück!«

Entschlossen riss Jorinde die Tür auf. Verdutzt beobachtete Ona über die großmütterliche Schulter hinweg einen alten Mann, der aufgeregt mit einem Schlüsselbund hantierte, verstört aufsah und grantig schnaufte: »Wer sind Sie? Was machen Sie in meiner Wohnung?«

»Lothar, endlich! Du hast dich in der Tür geirrt, was für ein Glück. Komm herein«, säuselte Jorinde in freudiger Überraschung.

Der Senior starrte angestrengt in den Flur, streifte die Frauen mit nervösem Blick und schien fieberhaft zu überlegen, in welche Lage er geraten sein mochte. Ein Hauch von kaltem Zigarettenrauch umwehte ihn. Den schlaffen Körper umhüllte ein zu großer dunkler Anzug.

»Kennen wir uns?«, fragte er unsicher.

»Ich bin's, Jorinde. Deine Schwester!« Jorinde war laut geworden, als ob Onkel Lothar schwerhörig wäre. Vielleicht war er es auch. Mit Sicherheit war er gerade ziemlich verwirrt. Seine aufgewühlte Miene sprach Bände.

Hastige Schritte kündigten einen zweiten Gast an. Cordula eroberte mit geschmeidigen Sprüngen die oberen Stufen. Zuerst war ihre blonde Kurzhaarfrisur in Sicht gekommen und gleich darauf das besorgte Gesicht, geziert von einer stylischen Brille.

»Hier steckst du, Darling! Warum läufst du mir davon?«, ermahnte sie ihn. »Ich hatte dich gebeten, vor der Haustür auf mich zu warten.«

Ihr Darling fuhr herum. »Cordula, gut, dass du da bist. Da sind fremde Leute in meiner Wohnung. Und mein Schlüssel passt nicht.« Anklagend klimperte er mit dem Schlüsselbund, bis es ihm aus den Fingern rutschte, scheppernd auf dem Boden landete und er ihm verblüfft hinterherguckte.

»Ich bin's, Jorinde!«, brachte sich die Großmutter verzweifelt in Erinnerung. »Erkennst du mich nicht?«

»Jorinde?«, überlegte er. »Jorinde?«

»Ich bin deine Schwester! Das musst du doch wissen.«

»Er ist selten so derangiert«, wisperte Cordula vertraulich. »Neuerdings kommt es manchmal vor … aber er hat immer noch viele lichte Momente.« Sie bückte sich nach den Schlüsseln.

Plötzlich erfasste ihn ein Strahlen. »Jorinde! Aber natürlich! Ich kenne dich. Was tust du hier?«

Jorinde ergriff die Hände ihres Bruders, zog ihn an sich und umarmte ihn. »Ich wohne neuerdings in deinem Haus, zusammen mit Ona, meiner Enkelin. Du hast dir so sehr gewünscht, dass ich zurückkomme. Nun bin ich hier, in dieser Wohnung, die du mir versprochen hast.«

»Ach«, sagte er interessiert und befreite sich aus der Umarmung. »Möchten Sie eine Wohnung mieten? Ich habe eine ganze Menge im Angebot.«

»Ich brauche keine Mietwohnung, Lothar«, erklärte Jorinde unglücklich. »Ich wohne neben dir.«

Seine Augen leuchteten. »Stimmt! Das ist jetzt Jorindes Zuhause. Schwarz auf weiß! Ich habe eben alles unterschrieben …«

»Was hast du unterschrieben?«, fragte Jorinde hastig. »Wo?«

»Beim Notar war ich«, sagte er mit bemerkenswert fester Stimme. Er lächelte zufrieden.

»Was redest du da? Komm endlich!« Cordula fasste den Mann an den Schultern und drehte ihn auf der Stelle herum wie ein störrisches Kind. Steifbeinig ließ er sich von seiner Partnerin zum gegenüberliegenden Eingang bugsieren. Jorinde starrte dem Paar hinterher.

Ona wandte sich der Großmutter zu. »Wie hat er das gemeint mit dem Notar? Hat er dir wirklich die Wohnung geschenkt?«

»So haben wir es seit Langem vereinbart. Ich würde Miete zahlen, aber er hat immer darauf bestanden, mir die Wohnung als Schenkung zu überlassen, wenn ich endgültig nach Wiesbaden zurückkehre.«

»Hast du nichts Schriftliches? Keinen Vertrag oder so?«, fragte Ona skeptisch.

»Nein, warum? Wir sind Geschwister, da zählt die mündliche Vereinbarung.«

»Onkel Lothar möchte dich in seiner Nähe haben, stimmt's?«

»Und ich will bei ihm sein. Mach dir keine Gedanken, Schätzchen«, antwortete Jorinde leichthin. »Lass uns das Bild aufhängen.«

Ona hätte sich lieber ins Bett verkrochen, um sich die Zeit mit einer spanischen TV-Serie zu vertreiben, und folgte der Großmutter lustlos ins Wohnzimmer. Jorinde ließ sich alle Zeit der Welt. Das Licht müsse stimmen, verkündete sie und schickte Ona mit dem Gemälde kreuz und quer durch den Raum, bis sie die richtige Stelle gefunden hatte. Ona war mit ihrer Geduld am Ende. Die Arme taten ihr weh vom Hochhalten.

Als die Arbeit erledigt war und sie das Ergebnis begutachteten, klingelte ihr Smartphone.

Lennart, der coole Redner.

8

Wie konnte sie ein Gemälde lieben, dessen Ausdruck sie irritierte? Ein Gemälde, dessen opulente Farbintensität ihrem Bedürfnis nach Harmonie konträr entgegenwirkte? Vom Ohrensessel aus betrachtete Jorinde das Kunstwerk an der Wohnzimmerwand und ging in Gedanken diesen Fragen nach. Dabei kannte sie die Antwort längst. Sie hatte sich oft genug mit ihren widersprüchlichen Empfindungen auseinandergesetzt. Das Bild war ein Symbol. Es verkörperte die Innigkeit zwischen ihr und Lothar. Weil er immer für sie da gewesen war. Vor allem in jenen schweren Tagen, als sie weder ein noch aus gewusst hatte.

Die Beklemmung war schlagartig so gegenwärtig wie damals, obwohl seither viele Jahre vergangen waren. Gemeinsam mit Juan hatte sie das Café in Gerona eröffnet, weil sie beide zur Ruhe kommen wollten. Ihren Mann trieb es dennoch immer wieder für eine Weile hinaus in die Welt, um als Arzt Hilfsprojekte zu unterstützen. In Mali setzte er sich, wie früher auch anderswo, gegen gefährliche Leute zur Wehr und geriet zwischen die Fronten von Tuareg-Rebellen und islamistischen Kämpfern. Wie riskant seine Situation war, begriff Jorinde in einem Telefongespräch mit einem Freund und Kollegen Juans, der ihr die Situation offen und ehrlich schilderte.

In ihrer Verzweiflung rief sie Lothar an. Er nahm das nächste Flugzeug. In den Tagen danach verwandelte sich das Büro des Cafés in eine Kommandozentrale, von der aus ihr Bruder alle Hebel in Bewegung setzte und seine

Kontakte zur deutschen Politik und in die öffentlichen Ämter aktivierte. Zu ihrem Erstaunen reichten seine Beziehungen sogar bis nach Spanien und in einflussreiche Institutionen hinein. Während er stundenlang telefonierte und ein Gespräch nach dem anderen führte, bangte sie um Juans Leben und lenkte sich mit dem Ergründen des Gemäldes ab, das Lothar ihr als Geschenk mitgebracht hatte und das seitdem neben ihrem Bett an der Wand lehnte. Dank Lothars beharrlichen Bemühungen schaltete sich schließlich eine afrikanische Nichtregierungsorganisation sein, deren Intervention dazu führte, dass Juan sicher aus dem Land gebracht werden konnte.

Jorinde wartete ab, bis er nach Gerona zurückgekehrt war. Dann erst suchte sie einen festen Platz für das Bild.

9

Vier Zimmer, Küche, Bad und eine unverbaute Aussicht auf das Stadtschloss der Nassauer Herzöge, in dem der Hessische Landtag residierte. Eine Wohnung, die viele ansprach. Den Besichtigungstermin musste Norma sich mit einer jungen Familie, einem elegant gekleideten Rentnerehepaar und einem aalglatten Versicherungskaufmann teilen. In Gedanken überschlug sie die Miet- und Nebenkosten, befand beides angesichts der Schimmelflecken im Schlafzimmer für unverfroren und verließ das Haus mit der Erkenntnis, keinen Schritt weitergekommen zu sein. Sicher, es wäre angenehm, so nah am Schiffchen zu wohnen – Wiesbadens Altstadt mit ihren Restaurants und Boutiquen. Nur nicht zu jedem Preis.

Ernüchtert passierte sie den Landtag und erreichte mit wenigen Schritten den Schlossplatz. Die Mittagssonne schaute hinter den Wolken hervor und brachte die Backsteinfassaden der Marktkirche zum Leuchten. Was für ein Farbenspiel, staunte Norma beim Anblick der fünf Türme, die wie rote Pfeile in den Herbsthimmel ragten. Vor dem Aufgang zum Hauptportal hatte sich eine Gruppe von Passanten versammelt. Alle legten den Kopf in den Nacken. Um das Gebäude in seinen gesamten Ausmaßen zu bewundern, oder was sonst fesselte die Leute so? Auch Norma hielt Ausschau. Der neugotische Hauptturm wurde von zwei grazilen Nebentürmen flankiert. Auf einer Balustrade, die sich im oberen Bereich des Hauptturms und auf Höhe der Spitzen seiner Nachbarn befand, turnte ein

Mensch herum. Zaudernd hob er ein Bein über das Geländer und hielt sich dabei mit den Händen fest. Auf welcher Höhe mochte sich die Gestalt befinden? 80 Meter? 90 Meter? Oder mehr? Norma glaubte sich zu erinnern, dass die Marktkirche mit ihrem Hauptturm als das höchste Gebäude Wiesbadens galt.

Eine Frau schrie erschrocken auf, als der Mann das andere Bein folgen ließ. Wollte er springen? Auf dem Schlossplatz kam besorgte Unruhe auf. Norma wollte die 110 anrufen, doch ein Passant war bereits im Gespräch mit der Polizei. Ein Selbstmörder allem Anschein nach, rief er besorgt ins Telefon, und, nein, nach einem Handwerker, der an der Fassade zu tun habe, sehe das nicht aus, obwohl er einen Rucksack bei sich trage. Rundherum wurden die Handys hervorgeholt, um Polizei und Feuerwehr zu alarmieren. Ein Teil der Umstehenden richtete ihre Smartphones auf die Türme aus und filmte. Eine junge Frau in einem Herrenhemd hielt ebenfalls einen Apparat zu diesem Zweck in die Höhe. Unauffällig trat Norma ein Stück näher heran. Tatsächlich, das war die Enkeltochter der Dame aus Lothar Wiedbrechts Haus. Ona. Das Mädchen widmete sich dem Geschehen in schwindelerregender Höhe und nahm keine Notiz von ihr.

Zum Glück sprach mittlerweile vieles dafür, dass sich der Mensch dort oben nicht in den Tod stürzen würde. Zumindest nicht absichtlich. Gefährlich war seine Aktion allemal. Von einem Seil gesichert, stützte er sich mit den Füßen an der Backsteinwand ab und ließ sich Stück für Stück tiefer sinken. Seine Bewegungen wirkten alles andere als routiniert. Unsicher schwankte er hin und her, hielt immer wieder inne, um sich zögernd bald weiter nach unten zu bewegen. Norma kannte sich damit nicht aus, doch dass sich hier kein Profi abseilte, war dennoch offensichtlich für sie. Völlig aus dem Konzept geriet der Mann, als er die oberen Bögen der zwei hohen, schmalen Fenster hinter sich gelassen hatte und seine Füße über den Glasflächen ins Leere stießen.

Der Mann, der die Polizei gerufen hatte, schimpfte verständnislos: »Was für ein Amateur!«

Rund um Norma ertönten Schreckensrufe. Auch sie zuckte zusammen, als der Kletterer abrutschte und im freien Fall nach unten rauschte, bis das Seil den Sturz auf Höhe der Kirchenuhr abrupt stoppte. Ona war ebenfalls kurz irritiert gewesen, ohne allerdings ihre Filmaufnahmen zu unterbrechen. Das Mädchen hat Nerven, dachte Norma.

Die Beobachter kommentierten den Beinahe-Absturz aufgeregt.

»Macht er das zum ersten Mal?«, fragte ein Schaulustiger und schüttelte missbilligend den Kopf. »Der Kerl hat mehr Glück als Verstand.«

»Er plant etwas«, antwortete sein Begleiter. »Sieh nur, er gehört zu den Wiesbadener Verkehrsgegnern!«

Ungeachtet seiner unsicheren Position war es dem Aktivisten gelungen, den Rucksack zu öffnen und daraus ein schwarzes Banner mit dem feuerroten Emblem von Anti-Car aktiv aus luftiger Höhe herabzulassen. Mit Wagemut machte er sich daran, zusätzlich zwei weiße Laken auszubreiten. Darauf war in korallenroten Lettern zu lesen: »Umweltsau macht den Stau« und »Geh mit Gott, aber geh zu Fuß«. In der Menge, die sich im Verlauf der Aktion deutlich vergrößert hatte, war Gelächter zu hören. Die Spannung, die beinahe fühlbar in der Luft gelegen hatte, löste sich zudem in lauten Beschimpfungen auf. Man solle Gott aus der eigenen Weltanschauung herauslassen, forderte eine Frau ärgerlich, worauf sich unter den Umstehenden eine lebhafte Diskussion über den Sinn und Unsinn derartiger Protestmaßnahmen entspann. Norma erkannte nun, wer dort am Seil hing: der enthusiastische Sprecher vom Luisenplatz. Lennart Jameson.

Eine junge Zuschauerin schien hingerissen von der Aktion und schwärmte mit rosigen Wangen: »Die Leute von AntiCar aktiv, die können Performance.«

»Voll toll«, kommentierte ihre Kaugummi kauende Freundin das Schauspiel.

Die anderen Umstehenden blickten nicht weniger gebannt zu dem Mann hinauf, der zusammengekrümmt am Seil baumelte. Norma ließ sich ebenfalls weiterhin von dem Geschehen gefangen nehmen. Als wäre mit dem erreichten Ziel der Aktion alle Kraft und Zuversicht aus ihm gewichen, verharrte der Kletterer in seiner riskanten Position, ohne sich auch nur eine Handbreit rauf- oder runterzubewegen. Falls er auf den Beistand rettender Engel hoffte, stiegen seine Chancen. Mit Blaulicht und Sirene näherte sich ein Feuerwehrauto, umkurvte mit gewagtem Schlenker den Marktbrunnen und hielt, ausgebremst von Passanten, mit gedrosselter Geschwindigkeit auf das Kirchenportal zu. Aus der entgegengesetzten Richtung brausten ein Ambulanzfahrzeug und zwei Streifenwagen heran – allesamt mit Blaulicht. Ein Mann rannte den Polizeiwagen entgegen: der Küster, Pfarrer oder jemand anders, der mit der Kirche vertraut war, denn er begleitete Polizisten und Feuerwehrleute eiligen Schritts in das Kirchenschiff hinein.

In Normas Rucksack läutete das Handy. Rief Timon aus Brüssel an, um sich nach dem Ergebnis der Wohnungsbesichtigung zu erkundigen? Die angezeigte Nummer war ihr unbekannt: ein Festnetzanschluss aus Wiesbaden. Womöglich ein Makler? Gespannt nahm sie den Anruf entgegen.

»Jorinde Ruiz Alvarez hier«, meldete sich eine zaghafte Stimme. »Wir haben uns gestern kennengelernt. Wissen Sie noch?«

»Selbstverständlich erinnere ich mich! Hat Ihr Bruder eine Wohnung für mich?«, fragte Norma hoffnungsvoll.

»Ich muss Sie enttäuschen, Frau Tann. Deswegen rufe ich nicht an. Ich möchte Sie um etwas bitten. Sie sind doch Privatdetektivin.«

Norma hielt unwillkürlich nach Ona Ausschau, die das Filmen eingestellt hatte und mit ihrem Smartphone beschäftigt war. War sie der Anlass des Anrufs? Machte die Enkeltochter Probleme?

»Können Sie mich besuchen? So bald wie möglich, am besten heute noch?«, klang es bittend durch das Telefon.

Hoch oben lehnten sich zwei Feuerwehrleute über die Balustrade und riefen dem Mann am Seil etwas zu. Ermutigt hob er die Hand.

»Einverstanden«, antwortete Norma. »Ich kann in einer Viertelstunde bei Ihnen sein.«

Eine Privatdetektivin kennt keinen Sonntag, dachte sie achselzuckend, als sie sich auf den Weg machte. Sie hatte sonst nichts vor.

10

Ona hatte sich tief in die Schatten des Kirchenschiffs zurückgezogen. Sie war noch immer perplex über Lennarts Anruf vorhin und seine überfallartige Bitte. Eine Einzelaktion, hatte er erklärt und dabei extrem aufgekratzt geklungen. Die Operation müsse unbedingt dokumentiert und ins Netz gestellt werden. Warum ich, hatte sie wissen wollen und zu hören bekommen, er könne niemanden aus der Gruppe fragen. Damit die anderen ihm nicht die Tour vermasselten, sollten sie von der Aktion erst erfahren, wenn alles vorüber war. Sie hatte sich mit der Erklärung zufriedengegeben und mit der Zusage keine Sekunde gezögert. Denn eins war ihr sonnenklar: Um Nick wiederzusehen, führte der einfachste Weg über Lennart.

Während Lennarts Kletteraktion war sie auf das Filmen konzentriert gewesen und hatte paradoxerweise nur wenig vom Ablauf selbst mitbekommen. Ihr Herz klopfte vor Erwartungsdruck. War das Video gut genug, um es online zu stellen? Aufgeregt aktivierte sie das Startsymbol. Mit dem Anfang war sie schon sehr zufrieden. Wie Lennart prüfend an der Verschnürung ruckelte, die seinen Bauch umspannte, bevor er über das Geländer stieg. Der Film zeigte das Geschehen in einem angemessenen Bildausschnitt, und die Schärfe genügte für die Details. Lennarts verzagte Haltung sprach für sich. Dennoch spürte der Betrachter ungeachtet der Entfernung seine Entschlossenheit, das Vorhaben durchzuziehen. Dann der

Absturz! Im Video wirkte er lebensgefährlich, obwohl – oder vielleicht gerade weil – Lennarts Ausgleiten von einem heftigen Ruckler des Bildes und dem Abtauchen aus dem Ausschnitt begleitet wurde. Dem Verlust des Protagonisten schloss sich ein wildes Schwenken über die Backsteinfassade an. Möglicherweise einen Augenblick zu lange verharrte das Bild auf »Umweltsau macht den Stau«, bis der Film erneut Lennart einfing. Erschöpft wie ein Boxer nach einem K. o. klammerte er sich ans Seil. Drama pur!

In Spanien handelte sich jeder, der einen Kirchturm mit einer provozierenden Message (plus Gotteslästerung!) verunzierte, eine Menge Ärger ein. Warum sollte das in Deutschland anders sein, überlegte Ona. Vielleicht wäre es besser zu gehen, bevor man sie als seine Komplizin ertappte. Doch ihre Neugier auf Lennarts Reaktion siegte. Wo blieb er nur? Er schickte weder eine Nachricht noch ließ er sich blicken. Hatte man ihn verhaftet und abgeführt? Mit mulmigem Gefühl schlich sie um die Kirche herum und spähte auf deren Vorplatz. Die Menge der Schaulustigen hatte sich zerstreut. Feuerwehr und Krankenwagen waren abgerückt. Einsam parkte ein Streifenwagen vor den Stufen, die zum Kirchenportal hinaufführten. Dort entdeckte sie ihn, umringt von zwei uniformierten Polizisten und mehreren Leuten in Zivil. Seil und Klettergurt trug er lässig über den Schultern, während ein Mann gestikulierend auf ihn einredete. Ona hörte seine Worte nicht, aber zweifellos musste Lennart eine heftige Standpauke über sich ergehen lassen. Umso erstaunlicher erschien ihr die Wendung, als der Mann unvermittelt lächelte und dem Gescholtenen väterlich auf die Schulter klopfte. Als Lennart seinen

Rucksack aufhob, teilte sich der Menschenring und gab ihm den Weg frei.

Lennart hielt direkt auf sie zu. Wollte er die Polizei mit der Nase darauf stoßen, dass sie zu ihm gehörte? Zum Glück nahmen die Uniformierten keine Notiz von ihr.

Er näherte sich mit angespannter Miene und rief von Weitem: »Hast du alles?«

Sie wartete mit der Gegenfrage, bis er vor ihr stand. »Du sprichst vom Video?«

»Von was sonst? Also?«

»Fauch mich nicht an!«

Ernüchtert durch ihren energischen Konter, sagte er in gemäßigtem Ton: »Sorry, aber ich habe viel riskiert, und das soll sich lohnen. Was ist jetzt mit dem Video?«

Sie holte ihr Smartphone hervor, rief die Datei auf und klickte auf »Senden«. »Schau selbst!«

Eilig fischte er seinen Apparat aus dem Rucksack und fingerte auf dem Display herum. Seine Mundwinkel zogen sich in die Länge, legten ebenmäßige Zähne frei. Die Sommersprossen auf den Wangen gerieten in Bewegung, als er verlegen grinste und sich mit der freien Hand durch die Igelfrisur strich. Blaue Augen. Ein liebes Gesicht, kam ihr in den Sinn. Ein Kindergesicht. Lennart sah aus wie jemand, dem man den Wagemut, den er gerade eben bewiesen hatte, niemals zugetraut hätte. Mit verzückter Miene betrachtete er den Film ein zweites und ein drittes Mal, bevor er das Handy wieder einsteckte.

»Wieso lässt man dich gehen?«, fragte sie verwundert. »Einfach so?«

Der Polizeiwagen glitt im Schritttempo vorüber. Der Blick des Fahrers streifte Lennart, der dem Fahrzeug ein Stück hinterherschaute, bevor er sich Ona zuwandte.

»Nicht einfach so. Hausfriedensbruch. Das kann eine Anzeige geben. Deswegen wird aber niemand abgeführt.«

»Der Mann, der auf dich eingeredet hat, wirkte wütend.«

»Zuerst schon. Aus Sorge um mich, weil ich fast abgestürzt wäre und so. Grundsätzlich stehe er auf unserer Seite, sagte er. Alle Wiesbadener müssten sich für den Verkehrsumbau einsetzen, ist seine Meinung.« Er strahlte sie an.

»Also kriegst du nun eine Anzeige wegen ... Wie heißt das? Hausfriedensbruch?« Einer dieser deutschen Begriffe, die ihr schwer über die Zunge gingen.

»Das hat der Mann nicht zu entscheiden. Behauptet er jedenfalls. Und wenn schon! Meine Mutter kennt einen guten Anwalt. Die Aktion ist jeden Ärger wert. Wenn der Film viral geht ...«

»Er hat seinen Preis!«

»Was?«

»Der Film kostet dich etwas.«

»Was soll das, Ona?«, entgegnete er irritiert. »Zickenkrieg oder wie? Wie viel Geld willst du?«

»Kein Geld! Nimm mich mit zur Gruppe. Das ist meine Forderung.«

»Kein Thema«, antwortete er erleichtert. »Den Preis zahle ich gern. Zuerst stelle ich das Video online.« Mit gezieltem Fingertippen war das schnell erledigt.

»Wo sind deine Botschaften abgeblieben?«, fragte sie, während er seine Kletterausrüstung im Rucksack verstaute.

»Von den Bullen eingezogen. Um das Banner ist es schade. Die Bettlaken sind der kleine Beitrag meiner Mutter zu unserer Vision von einer besseren Welt«, erklärte er pathetisch.

»Deine Mutter unterstützt die Aktion«, stellte Ona anerkennend fest. »Sie würde dir sogar einen Anwalt besorgen.«

»Das erfahren wir, wenn es so weit ist«, schränkte er ein und lachte auf. »Von den Laken ahnt sie nichts. Die habe ich mir heimlich ausgeliehen.«

Sie folgte ihm über einen weitläufigen Platz, der sich an die Marktkirche anschloss, in eine Passage. Die Auslagen in den Läden machten einen kostspieligen Eindruck. Lennart ließ ihr keine Zeit, sich genauer umzusehen, und eilte weiter in die Wilhelmstraße, in der sich ebenso teure Boutiquen befanden, was Ona auf ihren Erkundungsgängen aufgefallen war. An einer Haltestelle endete der flotte Marsch.

Bisher hatte Ona alle Wege zu Fuß erledigt. Sie schaute Lennart fragend an. »Nehmen wir den Bus? Ich habe kein Ticket.«

»Ich auch nicht«, entgegnete er unbekümmert. »Anti-Car aktiv fordert den kostenlosen Nahverkehr. Für immer, für alle und egal wohin. Wer zahlt, stellt sich gegen unsere Bewegung.«

»Meinetwegen«, antwortete sie achselzuckend und bemüht, das Unbehagen angesichts der bevorstehenden Schwarzfahrt zu ignorieren.

Ein Bus der Linie 16 rollte heran. Lennart schulterte sein Gepäck. Sie stiegen hinten ein und blieben in der Nähe der mittleren Tür stehen. Schaukelnd bahnte sich der Bus seinen Weg durch den Verkehr. Bei jedem Stopp musterte Lennart aufmerksam die Einsteigenden, was ihn jedoch nicht daran hinderte, ständig aufs Smartphone zu gucken und die Anzahl der Klicks und Likes auf seinem Social-Media-Account zu prüfen.

»Das geht enorm ab«, stellte er glückselig fest und klemmte das Handy ans Ohr, als ein Anruf einging. »Du hast es gesehen? Und wie …? Was soll das heißen, kopflos und eigenmächtig?«

Offensichtlich teilte der Gesprächspartner Lennarts Begeisterung über seinen Aktionismus nicht, sosehr Lennart sich auch um dessen Verteidigung bemühte.

»War das Nick?«, fragte Ona gespannt, nachdem er mit einem genervten Augenrollen aufgelegt hatte.

»Wieso Nick?«

»Weil er eurer Anführer ist.«

Er grinste. »Nick doch nicht.«

Zügig bewegte sich der Bus an dem rechteckigen Rasengelände mit den zwei sprudelnden Kaskadenbrunnen vorbei. »Bowling Green« heiße der Platz, hatte Jorinde gesagt. Was für ein ungewöhnlicher Name. Das Theater und das Kurhaus – nach Onas Empfinden zwei verstaubte Edelbauten – grenzten daran an. Nach einer scharfen Rechtskurve führte die Strecke an einer Grünanlage vorbei, dem Kurpark, wie Ona vermutete. Der Bus hielt an, um einen Mann und drei Frauen einsteigen zu lassen. Alle vier trugen dunkelblaue Jacken, die Ona an die Polizisten vom Marktplatz denken ließen. Sofort schauten sich die neuen Fahrgäste aufmerksam um und taxierten ihre Umgebung mit bohrenden Blicken. Noch stand der Bus. Am mittleren Ausstieg wollte eine Frau einem jungen Mann dabei behilflich sein, einen Kinderwagen hineinzuheben, wobei sie ihn mehr behinderte als unterstützte. Allein hätte es der Vater schneller geschafft.

Lennart, der die Vorgänge nervös beobachtet hatte, pikte Ona in die Seite. »Raus, schnell! Ist eh nicht mehr weit.« Mit dem Ellenbogen hielt er die Tür auf.

Ona sprang vor ihm auf das Pflaster. »Puh, das war knapp.«

»Ich habe es aufgegeben, mit Kontrolleuren zu diskutieren. Das führt zu nichts«, entgegnete er resigniert. »Bleibst du beim Schwarzfahren?«

»Claro, was sonst?«

Was weitaus entschlossener klang, als sie sich fühlte.

11

Ihr Empfinden schwankte zwischen Neugier und Abneigung, als sie das Gemälde in Augenschein nahm. Norma erinnerte sich an den Rahmen, der bei ihrem ersten Besuch umgekehrt neben der Tür gelehnt hatte. Ins beste Tageslicht gehängt, beanspruchte das Werk in seiner überschäumenden Buntheit nun gut einen Quadratmeter Wandfläche. Bei genauerem Hinsehen erkannte sie die Überbleibsel einer Brücke, die einst einen Fluss überspannt hatte und von abenteuerlichen Gewächsen geradezu verschlungen wurde. Sogar aus dem Wasser heraus erhoben sich die gierigen Fangarme schlingpflanzenähnlicher Wesen. Blau- und Grüntöne aller Schattierung beherrschten den furiosen Konflikt zwischen Technik und Natur. Seit Arthur ihr die zeitgenössische Malerei nähergebracht hatte, begegnete sie selbst ungewöhnlichen Exponaten durchaus aufgeschlossen. In diesem Werk erschien ihr allerdings die Textur als zu grob, die Farbauswahl als zu exzentrisch, die Komposition als zu disharmonisch. Niemand behaupte, dass Kunst harmonisch sein müsse, hätte Arthur angesichts des Bildes mit gönnerhaftem Lächeln doziert. Eine schmerzliche Disharmonie hatte sich irgendwann auch in ihre Ehe eingeschlichen.

Jorinde Ruiz Alvarez trat an ihre Seite und erklärte mit inniger Freude: »Ein Geschenk meines Bruders, vor vielen Jahren. Mögen Sie abstrakte Kunst, Frau Tann?«

Mit verbindlichem Lächeln antwortete Norma: »Das hat sich quasi zwangsläufig ergeben. Mein erster Mann hat mit Kunst und Antiquitäten gehandelt.«

»Oh, Sie sind geschieden?«

Norma ertappte sich bei einem Seufzer. »Dazu ist es nicht gekommen. Arthur ist vorher verstorben. Kurz vor seinem Tod haben wir uns getrennt.«

»Es tut mir leid zu hören, dass Sie verwitwet sind. Was wurde aus dem Kunsthandel?« Mehr als eine Höflichkeitsfrage, Jorinde schien aufrichtig Anteil zu nehmen.

»Den Laden gibt es noch, ›Tanns Antik und Kunst‹ in der Taunusstraße. Josef Brunner, Arthurs ehemaliger Partner, führt das Geschäft heute.«

Als Mieter bewohnte Josef die darüber liegenden Räume, in denen Norma und Arthur mehr oder weniger friedliche Jahre miteinander verbracht hatten. Mit Arthurs Tod war die Wohnung in Normas Besitz übergegangen. Obwohl sie selbst auf der Suche war, wäre es ihr nicht in den Sinn gekommen, Josef wegen Eigenbedarfs zu kündigen. Nie im Leben würde sie Arthurs ehemaligen Freund und Vertrauten auf die Straße setzen.

Jorinde trat einen Schritt zurück, um das Bild eingehend zu betrachten. »Ich bin dankbar, dass ich es habe. Übrigens, der Maler lebt in Wiesbaden.«

Norma entzifferte die Signatur, die der Künstler großspurig in eine Ecke gesetzt hatte. »Ein Werk von Fredo S. Ich habe seine Ausstellung im Museum gesehen. Man sagt, seine Bilder erzielen beachtliche Summen.«

»Was meinen Bruder sicher stolz und glücklich macht! Er gehörte zu den Ersten, die sich für Fredos Kunst interessierten. Lothar besitzt die größte Sammlung seiner Bilder überhaupt.«

»Oh«, entfuhr es Norma bei der Vorstellung einer Wohnung, deren Wände mit einer Armee derartiger Farborgien ausgestattet waren. Der Höflichkeit halber fügte sie hinzu: »Demnach lebt Ihr Bruder wie in einer Kunstgalerie.«

»Wo denken Sie hin?«, fragte Jorinde schmunzelnd. »Lothar hat höchstens zwei, drei Bilder, die er ab und zu austauscht, bei sich aufgehängt. Alle anderen liegen wohlverwahrt in einem Banktresor und sind damit sicher vor Einbrechern. Es ist seine größte Sorge, dass die Bilder abhandenkommen.«

»Eine vernünftige Lösung. Sollte er sie einmal verkaufen, käme wohl ein kleines Vermögen zusammen.«

»Niemals wird er verkaufen«, widersprach Jorinde mit voller Überzeugung. »Wenn er sich überhaupt von einem Gemälde trennt, verschenkt er es an einen geschätzten Geschäftspartner oder, wie dieses hier, an mich. Es widerstrebt ihm, sich an den Bildern zu bereichern. Fredo ist sein ältester und bester Freund.«

Offenbar ein Mann mit ungewöhnlichen Prinzipien. Das passte zu Normas erstem Eindruck von Wiedbrecht, der ihr bei dem kurzen Aufeinandertreffen ausgesprochen freundlich und zugewandt erschienen war. »Haben Sie Ihren Bruder mittlerweile sprechen können?«

Die Freude wich aus Jorindes Gesicht. »Deswegen habe ich Sie hergebeten.«

Wie am Tag zuvor nahm Norma auf dem Ledersofa Platz. Ihre Gastgeberin setzte sich in den Ohrensessel, nachdem sie eine Flasche Wasser und zwei Gläser zum Couchtisch getragen hatte. Beide schwiegen, und Normas Blicke wanderten zur Wanduhr hinüber. Eindeutig gehörte Jorinde nicht zu denjenigen, die mit der Tür ins Haus fielen, was dem Leben im Ausland geschuldet sein könnte. Mochte das Zögern in Spanien ein Ausdruck von gutem Benehmen sein? Oder hatte sie Hemmungen, zur Sache zu kommen?

»Ihr Bruder«, sagte Norma schließlich in die Stille hinein.

»Wir sind heute Morgen kurz aufeinandergetroffen«, erzählte Jorinde bekümmert. »Lothar hat sich in der Tür vertan, was passieren kann, aber er …« Sie hielt inne, als suchte sie nach dem passenden Ausdruck, um fortzufahren: »Er kam mir so verstört vor wie ein … wie ein ausgesetzter Hund. Bitte entschuldigen Sie den Vergleich. Wie ein Hund, der nicht weiß, wo er hingehört.«

»Frau Ruiz Alvarez«, sagte Norma behutsam, »was wollen Sie mir damit sagen? Leidet Ihr Bruder an Demenz?«

»Möglicherweise. Lothar erschien mir äußerst konfus«, schilderte Jorinde ihren Eindruck. »Diese Frau tut ihm nicht gut. Sie hält Lothar absichtlich von mir fern. Ich habe nie an die Story von der großen Liebe geglaubt. Ich bitte Sie, Frau Tann, als Privatdetektivin: Finden Sie heraus, was Cordula von Schwenk im Schilde führt!«

Abrupt brach sie ab und schaute Norma über den Couchtisch hinweg mit großen Augen an. Norma wich dem Blick nicht aus, sie bemühte sich um ein neutrales Lächeln. Zurzeit hatte sie keinen Auftrag. Früher hätte sie eine solche Pause beunruhigt. Weniger aus finanzieller Sorge – dank Arthurs Hinterlassenschaften war sie abgesichert –, sondern aus einem seltsamen Pflichtbewusstsein heraus. Sozusagen auf der faulen Haut herumzuliegen, das hatte sie erst lernen müssen. Mit wachsender Berufsroutine fiel es ihr leichter, gelegentliche Pausen als willkommen anzunehmen und wie einen Kurzurlaub zu genießen. In den kommenden Tagen hatte sie vor, sich auf die Wohnungssuche zu konzentrieren. Damit sie jetzt einen Auftrag annähme, müsste er interessante und knifflige Ermittlungen versprechen. Nachforschungen über das abgründige Liebesleben eines ungleichen Paares anzustellen, gehörte nicht dazu.

Jorindes Bitte kam also völlig ungelegen. Norma suchte nach den richtigen Worten, um ihre Ablehnung ebenso höflich wie eindeutig zu formulieren.

12

Wegen der Kontrolleure waren sie zu früh ausgestiegen. Lennart bog in eine steil ansteigende Wohnstraße ein. Ona folgte ihm. Auch der weitere Weg führte vor allem bergauf. Riesige alte Häuser wechselten sich mit riesigen neuen Häusern ab, in deren Einfahrten große, neue Autos standen. Auf den hellen Kiesflächen der Vorgärten verloren sich vereinzelte Buchsbäumchen und Lavendelbüsche. Umso größer Onas Verblüffung, als sie endlich am Ziel waren. Das Grundstück lag an einer engen Kurve, die sie nun umrundeten. Eine Mauer aus Pflanzen begleitete den Grenzverlauf, wobei das Grün keine echte Wand war, sondern wie mit einer Kettensäge gebändigter Wildwuchs, der bis an den Gitterzaun heranreichte. Eine solche grüne Hölle hatte Ona noch nie zuvor gesehen und hätte es vor allem niemals für möglich gehalten, dass diese inmitten eines piekfeinen Wiesbadener Wohngebiets existierte. Zugang dazu gewährte ein in den Dschungel hineingefräster Tunnel, der sich über einen vermoosten Plattenweg schlängelte. Sie hielt sich dicht hinter Lennart, bis sie vor einem Haus standen. Davor hatte sich ein schmaler Streifen Bodenfläche dem Zugriff der Natur widersetzt und erlaubte den Blick zur Fassade des zweistöckigen Gebäudes hinauf. Das Mauerwerk bestand aus blassgelben Klinkersteinen. Morsche Fensterläden lugten unter schwarzgrünem Efeu hervor, das in Büscheln von der Dachrinne herabbaumelte und an monströse Flughunde erinnerte.

Staunend schaute Ona sich weiter um. An das Wohnhaus grenzte ein niedriges Gebäude mit einer Flügeltür. Der Weg zur unverputzten Doppelgarage verlor sich nach einer Kurve im Dickicht, als würde er ins Nirgendwo führen.

»Ein Dornröschenschloss«, resümierte sie.

»Es war einmal eine Schreinerwerkstatt mit Wohnungen und einer Garage«, begann Lennart mit tiefer Stimme wie ein Geschichtenerzähler, um in normaler Tonlage fortzufahren: »Fredo bezeichnet sein Grundstück als botanisches Gesamtkunstwerk. Bäume und Pflanzen sind ihm heilig. Das ist sein Märchenwald.«

»Und Fredo ist euer Märchenprinz?«

Lennart lächelte vielsagend. »Wohl eher unser König!«

»Wohnt er auch hier?«

»Ja, und außerdem hat er sich unter dem Dach ein Atelier eingerichtet, Fredo ist Maler.«

Der Künstler sei Feuer und Flamme für AntiCar aktiv und stelle sein Heim für die Wohngemeinschaft der Aktivisten und als Planungszentrum zur Verfügung, erzählte Lennart, während er sich an einer klemmenden Holztür zu schaffen machte. Danks eines energischen Tritts schwang sie mit schwerfälligem Knarren auf. »Hereinspaziert in unser Märchenschloss.«

In seiner Nüchternheit ließ der Hausflur jegliche Romantik vermissen. Eine Wand des Treppenhauses bestand aus Glasbausteinen. Ursprünglich durchsichtig, wurde sie vom Urwald draußen verdüstert. Im Zwielicht tastete Ona sich die Treppe hinauf und gelangte nach ihrem Begleiter in einen Flur mit mehreren Türen. Die hinterste stand weit offen. Ein munteres Stimmengewirr drang heraus.

Warnend legte Lennart den Zeigefinger auf die Lippen. Ona verharrte hinter ihm seitlich des Türrahmens und spähte in die Küche hinein. In dieser Etage reichte der Pflanzenbewuchs nicht über das Fenster hinaus, sodass die Sonne hereinschien, die Wände in ein warmes Gelb tauchte und das Licht sich im hellen Lack der abgestoßenen Möblierung fing. An den Längsseiten des rauen Holztisches, der das Zentrum des Raums beherrschte, hatten zwei Frauen Platz genommen. Sie saßen mit den Rücken zum Eingang. Ona betrachtete einen blonden Pferdeschwanz und den kurzhaarigen, dunklen Hinterkopf daneben und war sich sicher, die Aktivistinnen vor sich zu haben, die gestern auf einen Sprung mit ins Bistro gekommen waren: Jule, die so entschlossen und furchtlos gewirkt hatte, und die ruhige und ausgeglichene Marleen.

Jule setzte zum Sprechen an, und dabei geriet ihr blonder Zopf ins Wackeln. »Lennart, der traut sich was! Legt einfach los, ohne uns einzuweihen. Trotzdem klasse! Das Video hat schon Hunderte Likes.«

»Das hat mich ebenso umgehauen wie deine Aktion in der Wilhelmstraße«, pflichtete Marleen ihr bei. »Wie du eine Hand mit Sekundenkleber am Asphalt fixiert hast. Und nun Lenny dort oben am Seil! Euren Mut möchte ich haben. Echt grandios.«

Deswegen trug Jule wohl einen Verband um die linke Hand. Im Stillen konnte Ona Marleen nur zustimmen. Das hätte sie sich niemals getraut. Wie kam man da wieder los? Eine zornige Männerstimme lenkte ihre Aufmerksamkeit auf das untere Ende des lang gestreckten Tisches. »Grandios? Grandios eigenmächtig, so nenne ich das!«

Jule und Marleen wandten sich ihm zu. Der Mann, der sich an der Stirnseite niedergelassen hatte, mochte in Jorindes Alter sein – dafür sprach das graue Haar, das sich als magerer Kranz um die Halbglatze kräuselte. Er hielt sich sehr aufrecht in einem Holzstuhl mit einer überhohen gedrechselten Rückenlehne. Seine schmalen, mit Silberringen bestückten Hände hatte er auf der Tischplatte abgelegt. Im Gegenlicht zeichnete sich das Profil seines markanten Schädels wie ein Schattenriss ab. Ein alternder König auf seinem Märchenthron.

»Sei nicht sauer, Fredo«, bat Marleen. Ona konnte den Rand ihrer dunklen Brille erkennen.

Herrisch erhob der Märchenkönig die Stimme. »Habe ich mich nach Jules Fauxpas nicht deutlich genug ausgedrückt? Ich will keine Egotrips, weder von dir, Jule, noch von Lennart. Jede Aktion wird mit mir abgesprochen. So war es ausgemacht. Ihr jedoch pfeift auf diese Vereinbarung und tut, was euch in den Sinn kommt.«

Marleen versuchte eine beschwichtigende Geste. »Ich bin absolut deiner Meinung, Fredo. Keine Frage, beides waren Alleingänge. Andererseits war Jule sogar in der Hessenschau. Und auch Lennys Kletterei wird uns viel Aufmerksamkeit einbringen. Das Video ist echt spektakulär!«

Ona schoss das Blut in die Wangen. War damit tatsächlich ihr Film gemeint?

Jule nickte beifällig und schilderte Lennarts Aktion am Turm in leuchtenden Farben. »Wie er plötzlich den Halt verliert, krass! Lennart sieht aus wie ein Geist. Käseweiß wie ein Zombie. Wie steht's mit den Klicks?«

Marleen angelte ein Smartphone vom Tisch. Dem Tippen auf das Display folgte ein Ausruf des Entzückens. »Hammer, das geht richtig steil. Freu dich doch, Fredo! Am Ende zählt, wie viele Leute von unseren Zielen erfahren.«

Onas Gesicht glühte. Vor Stolz, zugleich fühlte sie sich auf seltsame Weise peinlich berührt. Schüchtern hielt sie sich weiter hinter Lennarts Rücken. Noch hatten die anderen die Lauschenden nicht bemerkt.

»Der Punkt geht an dich, Marleen«, sagte Fredo einlenkend. »Natürlich braucht unsere Sache das Interesse der Öffentlichkeit. Trotzdem muss unser Ruf auf alle Fälle einwandfrei bleiben. Bisher war ich für die Polizei ein unbeschriebenes Blatt. Und wer steht heute Morgen vor meiner Tür? Ein bissiger Kommissar namens Borching, der wissen will, was ich mit den abgefackelten Autos zu tun habe. Gestern Abend ist ein Wagen im Rheingauviertel ausgebrannt.«

»Keine Sorge, Fredo«, sagte Marleen beruhigend. »Wegen dieser Brandserie wurden wir alle schon mehrmals vernommen, nach dem neuen Brand kommen die Bullen natürlich wieder. Aber dieser Borching kann uns gar nichts.«

Fredo richtete sich auf. Lennarts Räuspern hatte ihn alarmiert. Die Frauen drehten sich auf ihren Plätzen herum und legten synchron und mit großen Gesten die Arme über die Lehnen. Zu gern hätte Ona herausgeschrien, dass sie das geniale Video gefilmt hatte. Doch die strenge Miene des Märchenkönigs hielt sie davon ab.

Jule begrüßte den Neuankömmling mit einem beifälligen Lächeln. »Hey, mein Held! Du bringst mächtig Action in die Community.«

Betont lässig schlenderte Lennart auf den Tisch zu. Ona folgte ihm zögerlich.

»Wir kennen uns von der Demo gestern«, stellte Marleen fest. »Wie heißt du noch mal?«

»Ona gehört zu mir«, antwortete Lennart, ohne ein Wort über das Video zu verlieren.

Fredo streifte Ona mit einem flüchtigen Blick, bevor er Lennart vorwarf: »Deine kindische Kletterei war suboptimal. Deine Eigenmächtigkeiten stehen mir bis hier oben!« Er riss die Hand hoch und hielt sie sich waagrecht vor das Kinn.

»Komm, sei nicht aggro, Fredo«, meinte Lennart unerschrocken. »Ich hatte einfach keine Lust auf stundenlange Grundsatzdiskussionen. Der ›Umweltsau‹ hättest du niemals zugestimmt.«

»Natürlich nicht!«, donnerte Fredo und sprang auf. »Der Begriff ist unterirdisch. Damit hast du uns als Primitivlinge abgestempelt.«

»Mag prolo klingen, okay, aber gerade das kommt bei den Leuten super an.«

»Aha«, kommentierte Fredo knapp und sank auf seinen Thron zurück, um nach einer Kunstpause süffisant zu bemerken: »Prolo kommt also super an. So super wie ein ausgebranntes Wrack?«

Widerspenstig zog Lennart die Schultern hoch. »Damit habe ich nichts zu tun. Sonst hätten mich die Bullen längst eingebuchtet.«

»Ich bin mir sicher, du steckst hinter den Bränden. Für die Polizei bist du vielleicht zu schlau, aber mich kannst du nicht täuschen.«

Lennart griente unbekümmert. »Das nehme ich als nices Kompliment.«

Fredo schien nicht nach Spaß zumute. »Kommissar Borching hat mich unter Verdacht. Wer bin ich denn, dass ich mir so etwas vorwerfen lassen muss?« Außer sich schaute er in die Runde und schien tief in seiner Ehre gekränkt.

Jule wedelte mit der verbundenen Hand. »Fragt mich mal! Mir droht eine Anzeige wegen Nötigung.«

»Darauf bist du auch noch stolz?«, fauchte Fredo. »Niemand hat dich gebeten, die Heldin zu spielen und dich auf der Straße anzuleimen. Und dich, Lennart, wird man auch vor den Kadi ziehen. In meinem Haus dulde ich keine Kriminellen. Dich nicht. Jule nicht. Ich gebe euch eine Woche. Bis nächsten Sonntag habt ihr eure Sachen gepackt. Danach will ich euch hier nicht mehr sehen.«

Lennart schwieg und wirkte niedergeschmettert. Fredos Ultimatum hatte ihm die Sprache verschlagen.

»Das kannst du nicht bringen, Fredo«, widersprach Jule. Sie stand vor dem Tisch, war während des Streits aufgesprungen wie auch Marleen. »Was soll aus der Gruppe werden?«

»AntiCar aktiv bleibt selbstverständlich bestehen«, antwortete Fredo mit beklemmender Ruhe. Sein Mienenspiel machte Ona Angst. Enttäuschung war darin zu lesen, auch Zorn und eine verbissene Entschlossenheit. »Wer sagt, dass ausgerechnet ihr meine Crew sein müsst? Ich werde mir zuverlässigere Aktivisten suchen. Ich werde die Satzung der Stiftung entsprechend anpassen lassen.«

Ona raunte Lennart eine Frage ins Ohr.

Fredo bewies ein hervorragendes Gehör. »Du willst wissen, was es mit der Stiftung auf sich hat, Mädchen? Kurz gesagt, sie ist ein kompliziertes rechtliches Konstrukt. Ich erkläre es noch einmal für alle, damit euch die Konsequenzen meiner Entscheidung bewusst werden. In die Stiftung fließt mein Vermögen, bestehend aus Wertpapieren und den unverkauften Bildern. Sie finanziert unsere Bewegung, das wird auch so bleiben. Allerdings werden eure Namen getilgt. In Zukunft bekommt ihr persönlich keinen Cent mehr.«

»Was …?«, begann Lennart.

Mit erhobenen Händen schnitt ihm Fredo das Wort ab. »Es ist entschieden. Die Stiftung wird den Kampf für ein lebenswertes Wiesbaden fortführen. Allerdings ohne euch! Ich kann es mir nicht leisten, mit kriminellen Demonstrantinnen und Feuerteufeln in Verbindung gebracht zu werden. Ich bin Künstler, kein Krawallbruder.«

Jule ließ sich nicht einschüchtern. »Wie kommst du darauf, dass Lennart die Feuer gelegt hat?«

»Wenn er es nicht war«, sagte Fredo ungerührt, »dann vielleicht du? Oder Nick? Ihr drei steckt doch unter einer Decke. Die Einzige, der ich nicht misstraue, ist Marleen. Sie kann hier wohnen bleiben. Ihr anderen verschwindet. Das gilt genauso für Nick.«

»Was hat Nick dir getan?« Jule war blass geworden – im Gegensatz zu Marleen, deren Wangen vor Verlegenheit feuerrot brannten.

»Denk noch mal darüber nach, Fredo«, bat Marleen eindringlich. »Wir gehören alle zusammen, wir sind ein Team. Wenn du die anderen rauswirfst, gehe auch ich.«

»Deine Entscheidung, ich halte niemanden auf«, erwiderte Fredo gleichgültig. »Bis zum nächsten Sonntag seid ihr samt eurem Krempel aus meinem Haus verschwunden.«

Mit energischen Schritten verließ er den Raum. Ona wollte sich davonstehlen, doch Lennart griff sie an der Hand und zog sie mit sich zum Tisch hinüber. Sie setzte sich mit dem Rücken zur Tür. Erschöpft sanken die anderen auf die Stühle nieder. Der Streit hatte Spuren hinterlassen. Lennart hockte in sich zusammengesunken auf seinem Platz. Sogar Ona, die das alles nichts anging, fühlte sich wie gelähmt.

Marleen fing sich als Erste und ließ ein verstörtes Lachen hören. »Leute, Fredo meint es ernst. Er wirft uns aus der Gruppe und setzt uns vor die Tür.«

»Der spinnt wohl«, empörte sich Jule. »Wo sollen wir hin? Ich kann mir in Wiesbaden keine Studentenbude leisten. Ohne Fredos Zuschüsse lande ich unter der Brücke.«

»Kein Wunder, wenn du dein eigenes Geld für Klamotten ausgibst.« Der Seitenhieb kam von Marleen. Jule revanchierte sich mit einem vernichtenden Blick.

Lennart schien sich entschlossen zu haben. Er reckte das Kinn, straffte die Schultern und schlug mit der Faust auf den Tisch. »Wenn wir zusammenhalten, hat Fredo keine Chance gegen uns.«

»Wenn ich dich daran erinnern darf«, mahnte Marleen, »Fredo wollte es immer unkompliziert halten. Wir haben keine Mietverträge für unsere Zimmer.«

»Es zählt das Gewohnheitsrecht«, beharrte Lennart eigensinnig. »Wir ziehen einfach nicht aus.«

»Träum weiter!« Marleen wiederholte ihr deprimiertes Lachen. »Dieses Mal wirft er euch raus, und ich sage euch eins: Allein bleibe ich hier bestimmt nicht wohnen. Eher ziehe ich zurück zu meiner Mutter in den Rheingau.«

»Ich bleibe«, rief Lennart energisch. »Wir alle bleiben. Will er uns von der Polizei aus dem Haus schleppen lassen? Soll er nur versuchen. Das posten wir, den Shitstorm kann er sich nicht in seinen schlimmsten Träumen ausmalen.«

»Habt ihr verstanden, was er mit dieser Satzungsänderung bewirken will?«, fragte Jule stirnrunzelnd. »Er kann unser Team nicht mal eben gegen andere Aktivisten austauschen. Ich meine, wie stellt er sich das vor? AntiCar aktiv, das sind doch wir!« Ratlos nestelte sie an ihrer Frisur herum.

Alle brüteten vor sich hin, bis Ona das Schweigen brach und freiheraus fragte: »Wer von euch hat die Autos in Brand gesetzt?« Sofort fühlte sie alle Blicke auf sich ruhen.

»Was geht dich das an?«, schnaufte Jule.

»Ich finde die Aktion großartig«, bekannte Ona offenherzig. »Vor allem, wenn die richtig fetten Karren brennen. Ich hasse Geländewagen.«

»Aha, und gibt es dafür einen speziellen Grund?«, fragte Marleen neugierig.

»Weil ein SUV meinen Großvater getötet hat!«

»Shocking«, murmelte Lennart beeindruckt. »Shocking.«

»Echt jetzt?«, fragte Marleen ungläubig.

»Das ist zu Hause in Spanien passiert«, erklärte Ona. Gleich würde sich der vertraute Kloß in ihrer Kehle einnisten. Sie spürte, wie sie die anderen anstarrte, ohne sie durch den Tränenschleier wirklich wahrzunehmen. Sie wollte etwas sagen, doch für das Unaussprechliche gab es keine Worte. Lennart half ihr, indem er die Aufmerksamkeit auf sich lenkte.

»Autos morden!«, rief er pathetisch. »Den Slogan schreiben wir auf das neue Banner.«

»Wieso neu?«, wunderte sich Marleen.

Lennart zuckte stumm mit den Schultern.

»Sag bloß, unser Banner wurde beschlagnahmt?«, schimpfte Jule. »Du Schwachkopf, Lenny! Wer soll das neue bezahlen? Fredo bestimmt nicht mehr!«

»Was ist mit ihm?«

Diese unwiderstehliche Stimme! Zittrig drehte Ona sich um.

»Fredo kam mir draußen entgegen. Hat jemand Terpentin auf seine Bilder gespritzt?«, fragte Nick mit einem Grinsen im Gesicht. Sein Haarkonstrukt hatte etwas von einer Filzkrone. Ohne eine Erklärung abzuwarten, rief er: »Hört zu, Leute! Lust auf eine Aktion beim Autohändler?« Auffordernd hob er die Hände.

»Worum geht es?«, fragte Lennart interessiert.

»Die Automobilisten haben zwei Veranstaltungen geplant. Am Mittwoch eine große Kundgebung in einem Autoladen, und am Samstag soll dort eine Vereinssitzung stattfinden. Welches Treffen wollen wir ihnen gründlich vermasseln?«

»Ich bin für die Kundgebung am Mittwoch!«, rief Lennart. »Da kommen sicher mehr Leute. Wer ist dabei?« Jule wollte sich anschließen.

»Wir sollten Fredo nicht übergehen«, wandte Marleen ein. »Wenn wir ihn um Rat und um seine Zustimmung bitten, wird es ihm schmeicheln und ihn besänftigen.«

»Wieso der Aufwand?«, fragte Nick augenrollend. »Ist unser Bier.«

Als die anderen ihn über den Streit unterrichteten, winkte er ab. »Fredo ist eine Memme. Der beruhigt sich wieder. Los jetzt, lasst uns einen Schlachtplan aushecken. Wer bist du eigentlich?«

Endlich! Ona errötete.

»Sie hasst fette Karren«, sagte Marleen mit einem Lächeln für Ona.

»Na dann, willkommen im Club!« Nick streckte die Hand aus.

Ona schlug ein.

13

Samstag, der 28. Oktober

Am vergangenen Sonntag hatte Jorinde Ruiz Alvarez sie um Hilfe gebeten und die Absage sichtlich enttäuscht, aber mit höflichem Lächeln zur Kenntnis genommen. Seitdem war Norma eigenen Anliegen nachgegangen. Mit einem Online-Fotokurs! Der Anstoß dazu war von Timon gekommen, der ihr vor seiner Abreise seine geliebte Nikon überlassen hatte. Er spiele mit dem Gedanken, sich das neuste Modell zuzulegen, und wisse den alten Apparat bei ihr in den besten Händen, hatte er ihr augenzwinkernd mitgeteilt. Damit könne sie beweisen, ob in ihr tatsächlich eine Fotokünstlerin schlummere, wie sie gern scherzhaft behaupte.

Eingeschüchtert von all den Rädchen und Funktionstasten hatte Norma die Kamera eine Weile mit Missachtung gestraft und endlich beschlossen, sich im Internet schlauzumachen. Es wäre doch eine feine Sache, Timon mit einem kleinen Meisterwerk zu überraschen! Das erwies sich als schwerer als angenommen. Die Idee, lebende Motive wie Papageien und Eichhörnchen fotografisch einzufangen, hatte sie nach einer ernüchternden Versuchsreihe begraben. Abgesehen davon, dass sie die Motive zuerst aufspüren musste, war sie viel zu langsam mit dem Handling der Kamera. Sogar ihr Kater floh fauchend, sobald sie mit dem Apparat anrückte. Also entschied sie sich, etwas Unbewegtes aufs Bild zu bannen, das sich nicht davonmachen konnte. Häuser und Bäume, Kultur und Natur gab es in Wiesbaden genug. Warum es nicht gleich mit dem gesamten Stadtpanorama versuchen? Im Dunkeln und mit blitzenden Lichtern! Wenn schon, denn schon. Vergleichbare Nachtaufnahmen, die im Netz präsentiert wurden, hatten es ihr angetan. Das musste sie unbedingt von Wiesbadens schönstem Aussichtspunkt auf die Stadt aus ausprobieren. Vom Neroberg aus im Licht des aufgehenden Vollmonds!

Mit diesem Plan für den Abend startete sie in den sonnigen Samstagmorgen. In der Wochenendausgabe des Wiesbaden-Magazins wurde darüber spekuliert, ob die Gruppe AntiCar aktiv in die Autobrandserie verwickelt sein könnte. Bislang fehlten der Polizei die Beweise dafür. Am vergangenen Mittwoch hatte die Gruppe erneut für Furore gesorgt, als sie mit der Gegenorganisation »Mein Auto bleibt mobil« zusammengerasselt war. Schauplatz des Spektakels war ein Wiesbadener Autohaus gewesen. Während die Autogegner begleitet von lautstarken Statements das Dach gestürmt und die Fensterfront mit Transparenten zugehängt hatten, waren die Kämpfer gegen die Verkehrswende mit Schildern und Sprechchören vor dem Verkaufsraum auf und ab marschiert. Mittendrin der Geschäftsführer in heller Aufregung, bis die Polizei angerückt war, gab ein Zeitungsbericht bekannt. Rechtliche Schritte gegen die Pöbler würden intensiv in der Vereinssitzung diskutiert werden, lautete aktuell die Stellungnahme des Geschäftsführers. Zu diesem Anlass träfen sich die Unterstützer von »Mein Auto bleibt mobil« am heutigen Samstag in seinem Autohaus, so seine Ankündigung.

Norma schaltete das Tablet ein, um sich in den sozialen Medien, in denen unterschiedliche Videos über die Aktion vom Mittwoch geteilt worden waren, ein genaueres Bild zu verschaffen. Unter den AntiCar-Aktivisten entdeckte sie bekannte Gesichter wie den redegewandten Kletterer, den Mann mit den Dreadlocks, die Blonde mit dem Zopf sowie die junge Frau in den konsequent schwarzen Klamotten. An ihrer Seite – tatsächlich, das war sie – Jorindes Enkeltochter Ona, wiederum filmend mit dem Smartphone in der Hand.

Auch für den Auftritt der Gegenpartei nahm Norma sich Zeit, denn nun wurde es noch interessanter. Die Fürsprecherin des uneingeschränkten mobilen Individualverkehrs hieß Cordula von Schwenk – die Lebensgefährtin von Lothar Wiedbrecht! Sie sprach sich ausdrücklich für mehr Parkraum in der Innenstadt und gegen autofreie Wohnviertel aus. An ihrer Seite hielt sich standhaft ihr Sohn: Till von Schwenk, ein »stadtbekannter und erfolgreicher Immobilienkaufmann«, wie Norma aus einem Kommentar erfuhr. Ein weiterer Link führte Norma zu einem Video der Sitzblockade auf der Wilhelmstraße, die Wolfert im Restaurant erwähnt hatte. Es zeigte die blonde Zopfträgerin in Großaufnahme auf der Fahrbahn kauernd und von Sanitätern umringt. Ein Mann in einer Notarztweste kniete neben ihr auf dem Boden und widmete sich der mühseligen Aufgabe, die Handkanten der Frau mit einer Tinktur zu betupfen. Die Protestlerin stierte wie unbeteiligt geradeaus.

Anschließend beschäftigte sich Norma erneut mit der Kamera und übte sich an diversen Fotoserien im Schlosspark, um für den Abend gewappnet zu sein. Es gelang ihr sogar ein hübscher Schnappschuss eines grasgrünen Alexandersittichs. Sie geriet in eine wahre Fotografierlaune und musste sich hüten, ihr Vorhaben auszuplaudern, als sie nachmittags mit Timon skypte. Er wirkte müde. Lange

Arbeitstage in einem fremden Team forderten ihren Tribut. Trotzdem wusste er diese Chance sehr zu schätzen. Die Kooperation zwischen seinem Arbeitgeber, dem Hessischen Landeskriminalamt, und einer europäischen Kriminalbehörde hatte ihm die Möglichkeit eröffnet, seine wissenschaftlichen Kenntnisse und praktischen Fähigkeiten in Brüssel zu vertiefen. In früheren Zeiten hätte Norma sich von seiner Abwesenheit in eine rasende Eifersucht treiben lassen. Mittlerweile konnte sie ihre Gefühle besser kontrollieren, musste jedoch alle Selbstdisziplin aufbringen, um nicht in schlechte Gewohnheiten zu verfallen. Zum Glück wusste Timon um den schmalen Grat, auf dem ihre Gefühlswelt balancierte, und berichtete angeregt von seinem Besuch des Atomiums, bevor er das Thema auf die Wohnungssuche in Wiesbaden brachte.

»Konnte uns deine Bekanntschaft mit dem großen Immobilienmogul weiterhelfen?«

»Leider nein, es gab keine Gelegenheit für ein Gespräch. Er scheint sich von der Öffentlichkeit abzuschotten. Der eigenen Schwester geht er aus dem Weg. Deswegen wollte sie mich sogar beauftragen, Wiedbrechts Lebensgefährtin zu überprüfen, was ich abgelehnt habe.«

»Das verstehe ich gut. Womöglich streiten sich die Damen um das Geld oder die Mietwohnungen des alten Herrn.«

»Ich weiß nicht«, widersprach sie nachdenklich. »Mir kam es so vor, als sorgte sich die Schwester aufrichtig um das Wohlergehen ihres Bruders.«

»Das eine muss das andere nicht ausschließen«, stellte Timon lakonisch fest.

Er rückte ein Stück näher an den Bildschirm heran, wobei ihm der Zopf über die Schulter fiel. Sein Lächeln und der Schimmer in seinen Augen. Wie sehr sie ihn vermisste! Sie musste sich zusammenreißen, wusste sie doch nur zu gut, dass Timon nicht der Typ für romantische Bekundungen war. Und sie selbst im Grunde ebenso wenig. Ein Liebesschwur über Skype wäre beiden peinlich gewesen. Lieber unverfänglich über ein aktuelles Vorhaben plaudern.

»Morgen Vormittag gehe ich zu einer Matinee«, erzählte sie. »Undine hat zur Eröffnung ihrer neuen Kunstgalerie eingeladen. Lutz hat mich gebeten, ihn zu begleiten.«

»Ach, braucht er einen Bodyguard?«, witzelte Timon. Er wusste so gut wie sie, wie sehr ihr Ex-Schwiegervater von der Unberechenbarkeit seiner exzentrischen Partnerin gebeutelt wurde. »Sehen wir uns bald? Ich könnte für ein Wochenende nach Hause kommen, wenn du willst.«

Die Vorfreude trug sie durch den weiteren Nachmittag und stimmte sie noch immer fröhlich, als sie am späten Abend die Kameratasche packte und das Stativ ins Futteral schob. Vor der Wohnungstür lauerte Leopold und strich ihr schnurrend um die Waden. Wie schmerzlich würde sie den kleinen Kerl vermissen. Timon hing ebenso sehr an dem Kartäuserkater. Wenn sie ihn nur in die neue Wohnung mitnehmen könnten! Allein die vorsichtige Anfrage hatte bei Eva Vogtländer – ihrer Vermieterin, der Leopold gehörte – zu einer unübersehbaren Bestürzung geführt. Wenn Eva zu ihrem Freund nach Köln reiste, wusste sie den Kater bei Norma in den besten Händen. Weil der Freund unter einer ausgeprägten Katzenallergie litt, konnte Eva ihr Haustier nicht mitnehmen. Doch sich endgültig von dem Tier zu trennen, schien für sie undenkbar. Leopolds Zukunft war und blieb ein wunder Punkt.

»Kommt Zeit, kommt Rat«, flüsterte Norma dem Kater zu, während sie seinen blaugrauen Pelz kraulte. Erst einmal müssten Timon und sie eine geeignete Wohnung finden.

Mit einem liebevollen Knuff ließ sie den Stubentiger auf seinem Lieblingsplatz am Küchenfenster zurück und trug die Fotoausrüstung zum Auto, das unten im Hof geparkt war. Eine knappe halbe Stunde würde die Fahrt dauern. Die Strecke zog sich vom Rheinufer hinauf bis in die Taunusausläufer, die an die nördliche Stadtgrenze heranreichten. Norma nahm die kürzeste Route durch das Stadtzentrum und hielt, während sie ihren kleinen Wagen durch die Wilhelmstraße und am Kurhaus vorbei in die Taunusstraße lenkte, unwillkürlich nach einem Feuerschein Ausschau. Ob die Autozündler wieder zuschlagen würden?

Am fortgeschrittenen Samstagabend erwies sich die Stadt als ruhig und beschaulich. In der Taunusstraße bremste Norma ab und warf im Vorbeifahren einen Blick auf die ausgeleuchtete Ladenfront von »Tanns Antik und Kunst«. In der Etage darüber, in Josef Brunners Wohnung, brannte ebenfalls Licht. Hinter den begrünten Nerotal-Anlagen stieg das Gelände steil an und leitete Norma über schmale Straßen hinauf zur Russisch-Orthodoxen Kirche, die sie – wie viele Wiesbadener – im Stillen die »Griechische Kapelle« nannte. Im goldenen Glanz der fünf Zwiebeltürme fing sich das Mondlicht. Noch ein kurzes Stück durch den Wald, und Norma steuerte den Parkplatz am Opelbad an. Er war weitgehend leer bis auf wenige Fahrzeuge, die den Gästen und Mitarbeitern des Restaurants gehören mochten. Norma kam das Video der Auto-Befürworter in den Sinn und Cordula von Schwenks Argument, der öffentliche Nahverkehr sei schön und gut – für die anderen. Für sich genommen liebten es die Leute bequem und fuhren lieber selbst. Norma musste sich an die eigene Nase packen. Aber ob sie um diese Zeit mit dem Bus überhaupt hier hinaufgekommen wäre? Die Nerobergbahn, ein echtes Museumsstück, befand sich längst im Feierabendmodus. Mit diesen Gedanken ging sie zu Fuß weiter und erreichte im Licht des aufgehenden Vollmonds das Nerobergtempelchen. Ein Pfad brachte sie hinunter zur Löwenterrasse.

Ihre Fotoaktion wurde jäh unterbrochen. Fauchend schlugen Flammen in den Nachthimmel. Der flackernde Schein tauchte den Pavillon in ein rötliches Licht.

14

Der fortgeschrittenen Nachtstunde zum Trotz herrschte auf Wiesbadens Hausberg eine außergewöhnliche Betriebsamkeit. Sirenen und Blaulichter. Beißender Qualm und stechender Brandgeruch. Eine Schar von Feuerwehrleuten, die sich mit knappen Zurufen verständigten. Mit riesigen Feuerlöschern kämpften sie routiniert gegen die Flammen an. Nach und nach verlor das Feuer an Kraft, wurde kleiner und erstarb. Zurück blieb ein rußgeschwärztes Autowrack. Erstaunlicherweise konnte man das Nummernschild noch lesen: ein Wiesbadener Kennzeichen.

Was für ein Déjà-vu, schoss es Norma durch den Kopf. Vor exakt einer Woche war das Auto im Rheingauviertel vor dem Restaurant ausgebrannt.

Ein Gedanke, der Hauptkommissar Borching in ähnlicher Weise zu beschäftigen schien. Mit schiefgelegtem Kopf stapfte er ihr über die nächtliche Wiese entgegen. »Nicht zu fassen, kaum brennt es, ist Frau Schnüffelnase zur Stelle!«

»Bitte ziehe daraus keine falschen Schlüsse, Werner … sorry, Walter!«

Sein mürrischer Blick suchte den ihren. »Was wäre deiner Meinung nach das korrekte Fazit, Nora? Sorry, Norma!« Ein Mann mit Sinn für Humor, wer hätte das gedacht?

»Zum Beispiel, dass ich rein zufällig hier bin, um auf der Löwenterrasse Fotos zu machen. Und bevor du fragst:

Nein, am Pavillon stand kein Wagen, als ich gekommen bin. Nein, Motorengeräusche habe ich nicht gehört, ich war völlig auf mein Motiv konzentriert.«

»Letzteres glaube ich dir sogar«, bekannte er großmütig. »Das Auto hat … hatte einen Hybridmotor, der im Strommodus keine Geräusche macht. Und weiter?«

»Es gab einen Knall, und die Flammen schlugen hoch. Ich habe sofort die 112 gewählt.«

»Trotzdem bleibt es äußerst merkwürdig. Wieso bist du zum zweiten Mal vor Ort, wenn ein Auto abgefackelt wird?«, fragte er mit gedehnter Stimme, als bereitete es ihm Vergnügen, sie zu provozieren.

Und du kannst mir im Mondschein begegnen! Laut sagte sie: »Es soll Leute geben, die haben zweimal einen Sechser im Lotto. So viel zum Thema Zufall. Für den vergangenen Samstag habe ich gleich zwei wasserdichte Alibis.«

»Ja, ja, deine Freunde, die Hauptkommissare. Heute bist du allein hier oben, oder?«

»Gemeinsam mit einer unbestechlichen Zeugin, meiner Kamera. Wann und wie lange ich mit Fotografieren beschäftigt war, können deine Techniker an den Dateien ablesen. Zwischendrin habe ich das Stativ mehrmals umgestellt und die Perspektiven gewechselt, was per Selbstauslöser kaum möglich gewesen wäre. Wie also hätte ich zur selben Zeit das Feuer legen sollen? Den Ausbruch habe ich gefilmt.« Sie bückte sich zum Rucksack hinunter, nahm die Nikon heraus und zeigte ihm die sekundenkurze Sequenz, die sie während des Telefonats mit der Feuerwehr aufgezeichnet hatte. Insgeheim hoffte sie, Borching würde entspannt abwinken und auf das Beweismittel verzichten, aber den Gefallen tat er ihr nicht.

»Elisa!« Mit einem Winken zitierte er eine blutjunge Kollegin herbei und übergab ihr die Kamera mit knapp formulierten Anweisungen.

Der Mann nahm es genau. Wer weiß, wozu es gut ist, tröstete sich Norma. Ohne die Fotodateien könnte sie womöglich tatsächlich ernsthaft unter Verdacht geraten.

»Wehe, ihr löscht meine Aufnahmen«, warnte Norma. »Und ich hätte die Kamera gern so bald wie möglich zurück. Sie gehört mir nicht.«

Die junge Frau versprach, die Bitte an die Kriminaltechniker weiterzugeben.

»Elisa, habt ihr alle Personalien aufgenommen?«, fragte Borching und deutete in Richtung einer Handvoll Schaulustiger, die, vom Feuerschein angelockt, zu später Stunde den Weg auf Wiesbadens Hausberg gefunden hatte.

»Alles erledigt«, versicherte die Kollegin. Kaum hatte sie die Kamera sorgfältig in einer Plastiktüte verstaut, hob sie den Blick und beäugte Norma interessiert. »Waren Sie früher eine von uns und arbeiten jetzt als Privatdetektivin? Das habe ich vorhin zufällig mitbekommen.«

»Frag nicht so viel, Elisa«, knurrte Borching ungehalten. »Gibt es schon Infos zu dem Wagen?«

»Treffer, Chef!«, erklärte sie eilfertig. »Der SUV wurde heute Abend als gestohlen gemeldet. Und hier wird es spannend!«

»Sind wir beim Quiz?«, knurrte Borching. »Raus mit der Sprache.«

Hastig griff sie in die Jackentasche und klaubte ein Notizbuch hervor, das Norma an Wolfert denken ließ, der für jede neue Ermittlung ein extra Büchlein anlegte und sämtliche Informationen darin akribisch festhielt. Bei der nachfolgenden Generation wäre Norma eher von einer elektronischen Gedächtnisstütze ausgegangen.

Elisa stöberte in den Seiten, als müsste sie sich vergewissern. »Der Wagen gehört Cordula von Schwenk, wohnhaft in der Adolfsallee.« Zufrieden sah sie von ihren Notizen auf.

»Das gibt's nicht!«, entfuhr es Norma.

Borching runzelte verblüfft die Stirn. »Das wird ja immer schöner. Wir im Team wissen, um wen es sich handelt, aber woher kennst du die Frau, Norma?«

»Sie ist mir in einem Internetvideo aufgefallen. Frau von Schwenk ist die Sprecherin der Initiative ›Mein Auto bleibt mobil‹. Am Mittwoch kam es zu einem Zusammenstoß mit den Leuten von AntiCar aktiv.«

»Sie meinen die Demo am Autohaus? Ich war als Ermittlerin inkognito dabei. Und jetzt wird es zum zweiten Mal bemerkenswert!« Die Nachwuchskraft legte eine Kunstpause sein.

»Elisa«, mahnte ihr Vorgesetzter. »Ich habe meine Zeit nicht gestohlen.«

»Also«, hob die junge Polizistin an, »von heute Nachmittag bis in die Nacht hinein haben sich die Leute von ›Mein Auto bleibt mobil‹ zu einer internen Sitzung getroffen. Frau von Schwenk hatte dazu eingeladen. Und nun ratet mal …«

»Elisa!«, donnerte Borching.

Sie schluckte und hängte eine hastige Erklärung an. »Während der Zusammenkunft wurde ihr SUV gestohlen. Direkt vor dem Autohaus.«

Nachdenklich strich sich der Kommissar über den Dreitagebart. »Ob da nicht unsere Anti-Auto-Aktivisten ihre zündelnden Finger im Spiel haben?«

»Bisher konnten wir ihnen nicht nachweisen, dass sie die Feuer gelegt haben«, stellte Elisa fest. »Sie schützen sich gegenseitig mit Alibis.«

Norma hatte aufmerksam zugehört. »Und die Gegenseite, was gibt es über Cordula von Schwenk und ihre Gefolgschaft zu sagen? Könnten sie etwas mit der Brandserie zu tun haben?«

»Diese Leute lieben ihre Autos. Warum sollten sie einen Wagen anzünden?«, antwortete Elisa nach einem Blickwechsel mit Borching. »Für Misstrauen besteht kein Grund. Die Gruppe hat sich nichts zuschulden kommen lassen. Die Demo am Mittwoch war behördlich angemeldet und mit dem Geschäftsführer des Autohauses abgesprochen. Anders als bei den AntiCar-Aktivisten! Lennart Jameson, Nick Kahlbach und deren Leute sind unverhofft aufgetaucht und haben das Gelände gestürmt. Sie machen, was sie wollen.« Dass sie nicht zu den Anhängern der Autogegner zählte, war unüberhörbar.

»Was uns die Gelegenheit gibt, diese Krakeeler aufs Neue zu vernehmen und ihnen bei der Gelegenheit richtig Dampf zu machen«, ergänzte Borching angriffslustig. »Bitte schau nach der Brandstelle, Elisa. Die Kollegen sollen hinnemachen. Ich bin todmüde.«

Die Polizistin eilte davon.

Norma fühlte sich berufen, für die jungen Leute Partei zu ergreifen. »Den Visionen, für die sich AntiCar aktiv einsetzt, gehört die Zukunft! Der Stadt droht der Verkehrskollaps. Die Wiesbadener Verantwortlichen haben zweifellos eine Menge in Bewegung gebracht. Von den Pförtnerampeln vor den Toren der Stadt über mehr Bewegungsflächen für die Fußgänger bis zu den Umweltspuren für Busse und Radfahrer und anderes. Das kann nur der Anfang sein.«

»Nicht unser Bier! Wir haben mordsgefährliche Brandstifter zu überführen. Und deine Verbindungen zu den Feuern«, sagte er mit scharfer Stimme, »sind merkwürdig. Das musst du zugeben.«

Norma verspürte wenig Lust, sich zu diesem Vorwurf ein weiteres Mal zu äußern, und schaute Elisa hinterher, die inzwischen beim Autowrack angekommen war. Dort brach eine angespannte Unruhe aus. Erstaunte Rufe wurden laut. Die Feuerwehrleute mussten sich von uniformierten Polizisten beiseitedrängen lassen, und diese wiederum hatten für die Beamten der Kripo das Feld zu räumen.

Elisa riss beide Arme in die Höhe und winkte ihrem Chef aufgeregt zu. »Das musst du dir ansehen, Walter!«

Der Kommissar stürmte los. Norma blieb ihm dicht genug auf den Fersen, um niemanden in Versuchung zu bringen, sie aufzuhalten. Borching schien ihre Anwesenheit nicht zu kümmern. Sie folgte ihm bis an das Heck des Wagens heran, dessen Scheibe von der Hitze oder den Löscharbeiten herausgesprengt worden war. Elisa deutete mit versteinerter Miene in das Wageninnere. Über die Schulter des Kommissars hinweg spähte Norma in den Kofferraum hinein. Reste der verkohlten Abdeckvorrichtung klebten an den Wageninnenseiten. Zudem war der mittlere Teil der Platte geschmolzen und bedeckte das, was der Grund für die verstörten Gesichter der Umstehenden war. Auch Norma musste schlucken. Unter dem schwarz erstarrten Überzug zeichneten sich die Konturen eines zusammengekrümmten menschlichen Körpers ab.

»Eine Brandleiche«, hauchte Elisa und rieb sich ungläubig die bleichen Wangen.

»Eins ist klar«, murmelte Borching, als würde er zu sich selbst und nicht zu den bestürzten Beobachtern ringsherum sprechen. »Dieser Mensch hat weder am Steuer gesessen noch das Feuer gelegt.« Als erinnerte er sich unvermittelt an Normas Gegenwart, blickte er auf und sagte: »Das wäre dein Fall, wärst du noch bei der Mordkommission.«

»Das war einmal. Für ungeklärte Todesfälle sind Milano und Wolfert zuständig.«

»Du sagst es, Protokoll und Genie sind gefordert. Von diesen Männern kannst du was lernen, Elisa! Lasst mich die Kollegen um ihre Nachtruhe bringen.« Mit einem Lächeln, das ebenso Bewunderung wie Verachtung ausdrücken könnte, griff er nach dem Telefon in der Hosentasche.

15

Sonntag, der 29. Oktober

Der Schock saß tief. So kurz die Nacht gewesen war, Norma hatte kaum Schlaf gefunden. Der Anblick des verkohlten Körpers ließ sie nicht los. Zur frühesten Zeit, die sie für vertretbar hielt, rief sie Timon an. Sie hatte sich entschieden, nicht zu skypen, um ihm ihren übernächtigten und derangierten Anblick zu ersparen. Timon nahm sofort ab. Er sitze mit dem Laptop im Bett und wolle die Ruhe des Sonntags dafür nutzen, einen Vortrag auszuarbeiten, verkündete er gut gelaunt. Norma kannte niemanden sonst, den Arbeit am Wochenende in Hochstimmung versetzen konnte. Als Timon ihrer Stimme anhörte, dass etwas passiert sein musste, änderte er seinen launigen Ton. Norma quälte die Vorstellung, der Mensch könnte den Ausbruch des Feuers bewusst miterlebt haben.

Timon bemühte sich, diese Horrorvorstellung zu entschärfen. »Lass uns abwarten, was die ersten Untersuchungen ergeben. Ich nehme an, der Tote wurde in die Frankfurter Rechtsmedizin gebracht?« Er schätzte die dortigen Mitarbeiter, mit denen er seit Jahren zusammenarbeitete.

Norma bestätigte seine Annahme. Sie hatte Milanos Anweisung mitbekommen, den Leichnam ins Institut am Universitätsklinikum überführen zu lassen. Gemeinsam mit Wolfert war Milano beeindruckend schnell am Einsatzort eingetroffen. Mit der alten Freundin hatten die Kommissare dort allerdings nicht gerechnet, und die Verblüffung war ihnen anzusehen gewesen. »Hoffentlich hilft der Gebissabdruck, den Toten zu identifizieren, doch die Rückmeldungen aus den Zahnarztpraxen können dauern.«

»Ich werde bei den Frankfurter Kollegen nachfragen«, bot er an. »Was wolltest du bei Vollmond auf dem Neroberg?«

Die Idee, ihn mit den Fotos zu überraschen, hatte sie begraben. »Ich habe Nachtaufnahmen von der Stadt gemacht, um dich mit einer fantastischen Ausbeute zu beeindrucken.«

»Oh, wann darf ich deine Meisterwerke bewundern?«

»Du musst dich gedulden, mein Lieber. Hauptkommissar Borching handelt frei nach Lenin: Vertrauen ist gut, Kontrolle ist besser. Er hat die Nikon für die Kriminaltechnik konfisziert. Mein Alibi!«

Tröstend sagte er: »Ärgere dich nicht darüber, Norma. Ich hatte schon öfter mit Walter zu tun. Er überlässt nichts dem Zufall. Ein Autobrand reiht sich an den anderen. Es wird Walter heftig fuchsen, dass er mit dem Fall nicht vorwärtskommt.«

»Und nun diese Brandleiche! Aktuell muss Borching mit Dirk und Luigi gemeinsam ermitteln. Das wird ihm wenig gefallen.«

Timon verstand, worauf sie hinauswollte. »Mit den Egos von Dirk und Luigi geht nicht jeder entspannt um. Andererseits kann ihm ein größeres Team nur zugutekommen. Der Todesfall wird sich kaum aufklären lassen, ohne die Autozündler zu überführen.«

»Was die Brände betrifft, hat Borching die jungen Leute von AntiCar aktiv seit geraumer Zeit im Visier. Gegenwind bekommen sie von einer Gruppe erklärter Auto-Befürworter. Ihrer Sprecherin gehört der ausgebrannte Wagen, er wurde gestohlen«, sagte Norma und fügte nach einer Kunstpause an: »Es ist die Lebensgefährtin von Lothar Wiedbrecht.«

Ein leises Pfeifen drang durch die Leitung. »Die Dame, die den Argwohn ihrer Schwägerin geweckt hat. Dein abgelehnter Auftrag …« Er ließ den Rest des Satzes offen.

»Sich den Wagen klauen zu lassen, ist ja nicht verboten. Aber wenn es dabei zu einem Todesfall kommt?« Norma überlegte einen Moment. »Ich muss die Ereignisse erst einmal sacken lassen. Auf die Matinee habe ich darum wenig Lust und würde lieber zu Hause bleiben. Nach dieser Nacht ist mir nicht nach Häppchen und Small Talk.«

»Lutz wäre enttäuscht, aber er würde deine Absage verstehen«, sagte er aufmunternd, bevor sie zum Ende kamen. Sie rang mit sich bis zu der Minute, in der sie die Wohnung verlassen musste, um am Rheinufer den Bus zu erreichen. Als Galeristin war Undine Abendstern bei ihrer Kundschaft sowie in Fachkreisen hoch angesehen. Um immer neuen Platz für die Exponate zu gewinnen, hatte sie ihre Geschäftsräume in den vergangenen Monaten mehrmals verlegt. Bei der Auswahl ihrer Domizile achtete sie auf ein exklusives Ambiente. Diesem Anspruch hatte zuletzt das Erdgeschoss einer eleganten Gründerzeitvilla entsprochen – inklusive des hyperteuren Ausblicks auf den Kurpark. Die neuen Räume befanden sich nicht weit von der Mainzer Straße entfernt in einem Viertel mit historistischen Villen, deren Gärten an ruhige grüne Wohnstraßen grenzten. Mit der Erwartung, sich zu nichts Geringerem als einem Prachtbau zu begeben, stieg Norma in den Bus. Am Hauptbahnhof angekommen, machte sie sich zu Fuß auf den Weg.

Zehn Minuten später hatte sie das Ziel fast erreicht und hielt nach Lutz Ausschau. Von Weitem fiel ihr sein heller

Mantel auf. Er wartete vor dem Eingang eines mehrstöckigen Betongebäudes, das schon bessere Zeiten erlebt hatte.

»Wie schön, dass du gekommen bist«, sagte er zur Begrüßung. Er wusste bereits, was am vergangenen Abend geschehen war. Sie hatte ihn wegen der Adresse angerufen und dabei von dem brennenden Auto und der Leiche darin erzählt. »Die Ablenkung wird dir guttun.«

Norma spähte die Straße hinauf. Alte Villen wechselten sich mit Mehrfamilienhäusern ab. »Wo geht's zur Galerie?«

»Wir stehen vor dem Eingang.«

»Bist du sicher?«, fragte sie zweifelnd angesichts der zerkratzten Glastür, hinter der ein trübes Treppenhaus auszumachen war. Neben dem Eingang stand eine berstend volle Papiertonne, unter deren Deckel schmutzige Pappfetzen hervorquollen.

»Undine meint, Understatement sei das Gebot der Zeit«, antwortete er mit einem feinen Lächeln.

»Oder Bescheidenheit ist die neue Definition von Pomp«, sagte Norma spitzfindig.

»Villen mit Stuck ohne Ende, das habe in Wiesbaden jeder, meint Undine«, erklärte er achselzuckend. »Sie will gegen den Strom schwimmen, du kennst sie doch. Außerdem gibt es niemanden, der sich sonntags oder abends am Publikumsverkehr stören könnte. Ansonsten sind hier nur Büros.«

Was für Firmen das wohl sein mochten, fragte sich Norma beim Anblick der bunten Graffiti und des abgetretenen Linoleums im Hausflur. Unternehmen kurz vor oder bereits nach der Insolvenz?

»Undine erwartet einen besonderen Gast«, bemerkte Lutz gespannt.

Die Galeristin liebte es, sich mit einer prominenten Persönlichkeit an ihrer Seite zu schmücken. Um wen es sich dieses Mal handelte, hatte sie ihm nicht verraten.

»Wie herrlich spooky«, flötete eine Dame im Pelzjäckchen, die vor ihnen die Treppe hinaufstöckelte und sich bei ihrem weltmännisch ausstaffierten Begleiter unterhakte. »Ach, Undine hat einfach ein Händchen für abgeranzte Locations.«

Eine weit geöffnete Metalltür, massig wie für einen Banktresor gemacht, führte in einen Vorraum, von dem mehrere saalartige Räume abzweigten. Hier drinnen war Undine ihren bisherigen Ansprüchen treu geblieben. Die Wände strahlten in frischen Farben und die dunklen Parkettböden glänzten wie gewienert. Den abstrakten Werken der Gegenwart, den expressionistischen Gemälden des frühen 20. Jahrhunderts und den Werken der Bildhauer waren jeweils eigene Räumlichkeiten vorbehalten, wie Norma bei einem Rundgang zur Kenntnis nahm.

»Meine Liebe, komm zu uns«, rief die Galeristin wenig später, als sie Norma entdeckt hatte, und winkte sie mit pendelnden Ärmeln an den Empfangstresen heran. Sie trug ein extravagantes, weit geschnittenes Oberteil aus hellem Leinen, darunter einen wallenden schwarzen Rock. Ihr Blick wanderte von Norma hinüber zur Eingangstür und wieder zurück zu Norma, die ihr entgegenging. Lutz hielt sich neben Undine hinter dem Tresen auf und war damit beschäftigt, Sektgläser aufzufüllen.

Undine strahlte Norma an. »Willkommen in meinem Reich! Wie schön, dass du da bist!«

Die Überschwänglichkeit war eine Inszenierung für Lutz. Undine und Norma konnten wenig miteinander anfangen. Für Lutz hielten sie eine Art Burgfrieden aufrecht. Dementsprechend fand Norma wohlwollende Worte für die Ausstellung und nippte pflichtschuldig am Rieslingsekt, den Lutz ihr charmant aufgedrängt hatte.

Weil Undine unablässig zur Metalltür starrte, sagte Norma: »Lutz erwähnte einen wichtigen Besucher. Wartest du auf ihn?«

»Mehr als wichtig«, flüsterte die Galeristin, »ein Künstler! Der prominenteste Maler, mit dem sich diese Stadt zurzeit rühmen darf. Wir kennen uns seit Jahren. Er hat mir fest versprochen, heute hier vorbeizuschauen.«

»Geht es ums Geschäft?«, mutmaßte Norma. »Willst du seine Bilder kaufen?«

Undine lachte. Sie war in ausgezeichneter Stimmung. »So einfach ist das nicht. Trotzdem ich bin guter Dinge.«

»Als ob dich ein schlichter Handel reizen könnte«, warf Lutz bewundernd ein und ließ den Korken sachte aus der nächsten Sektflasche ploppen. »Eine Herausforderung nach deinem Geschmack?«

Beiläufig tätschelte Undine seinen Arm, um dann mit gedämpfter Stimme zu erklären: »Die Sache ist heikel. Die Informationen dazu wurden mir unter dem Siegel der Verschwiegenheit von einem Auktionator zugetragen. Die Gemälde sollen ohne Aufsehen und in größerer Stückzahl veräußert werden. Ein Sammler möchte sich in aller Stille verkleinern.«

»Weißt du, um wen es sich handelt?«, fragte Lutz.

»Ich ziehe meine Schlüsse«, sagte Undine nebulös. »Ein Millionär, der sich nicht mit seinem Eigentum brüstet. Bevor ich jedoch die Pferde scheu mache …«

»… möchtest du lieber den Maler persönlich fragen, ob du mit deiner Vermutung richtigliegst«, vollendete Lutz den Gedanken seiner Partnerin.

»Wo er nur bleibt?«, fragte Undine ungeduldig. »Er ist bisweilen extravagant. Eine gute Freundin wie mich zu versetzen, das passt dennoch nicht zu Fredo.«

»Es geht um Fredo S.?«, staunte Norma. »Wie ich gehört habe, hat er vor allem an einen bestimmten Sammler verkauft.«

»Was du nicht alles weißt, meine Liebe«, schnaufte Undine beleidigt.

Norma konnte sich ein Lächeln nicht verkneifen. Undine verdarb es die Laune, wenn ihr die Schau gestohlen wurde. Vor allem, wenn es Norma gelang. »Ich bin gerne auf dem Laufenden. Zum Beispiel ist mir bekannt, dass dieser Sammler eine größere Anzahl Häuser besitzt.«

»Du sprichst von Lothar Wiedbrecht«, warf Lutz ein.

»Richtig. Ich habe seine Schwester kennengelernt. Sie ist überzeugt, ihr Bruder würde sich niemals von seiner Sammlung trennen. Für kein Geld der Welt. Was sagst du dazu, Undine?«

»Das ist in der Szene kein Geheimnis. Doch ein Kunstsammler ist auch nur ein Mensch, und Menschen ändern ihre Meinung«, entgegnete Undine ungerührt. »Wo Fredo nur bleibt?«

Das hätte Norma ebenfalls interessiert. Sie verspürte eine wachsende Neugier auf den Maler, dessen Existenz und Werke sie neuerdings zu verfolgen schienen. Doch Fredo S. ließ noch auf sich warten, als Norma sich am frühen Nachmittag von Lutz und Undine verabschiedete.

16

Montag, der 30. Oktober

Mit Schwung landete zu viel Müsli im Joghurt. Zusammengerührt glich die Masse eher pappigem Kleister als einem bekömmlichen Frühstück. Das kam davon, wenn man übermüdet war. Norma hatte bis in die Nacht hinein Musik gehört und gelesen. Sie nahm die Hafermilch aus dem Kühlschrank, um damit den Müslibrei zu verdünnen, und trug die Schüssel an den Küchentisch. Von ihrem Lieblingsplatz in der Fenstergaube konnte sie über die Dachziegel hinweg ein Stück des Rheins erspähen und dahinter als dunklen Streifen die Rettbergsaue, die Tagesausflüglern und vor allem der Vogelwelt vorbehalten war. An diesem sonnigen Herbstmorgen hob sich die Rheininsel in mattem Urwaldgrün vom Dunkelblau des Wassers ab. Es gab Tage, da schimmerten Land und Strom in einem ineinanderfließenden und kaum unterscheidbaren Graubraun. Norma liebte diese Farbspiele, die minutenweise wechseln konnten. Der Ausblick auf den Rhein würde ihr beinahe so sehr fehlen wie der Kater. Leopold hob kurz den Kopf, als sie sich zu ihm auf die Eckbank setzte. Mit einem gnädigen Blinzeln rollte sich das Tier wieder zu einem stahlgrauen Fellknäuel zusammen.

Das Handy zeigte eine Nachricht an. Timon schrieb, er habe sich mit den Kollegen der Frankfurter Rechtsmedizin in Verbindung gesetzt. Noch sei nichts über die Identität des Brandopfers bekannt. So beschäftigte sie sich, während sie die Schüssel auslöffelte, in Gedanken mit dem Gespräch in der Galerie. Wie hatte Undine lapidar geurteilt? Menschen ändern sich, genauer gesagt: ihre Einstellung. Warum sollte Lothar Wiedbrecht nicht den Spaß an der rauschhaften Bilderkollektion verloren haben? Vielleicht schwebte ihm ein neuer kostspieliger Zeitvertreib vor. Der Kauf teurer Uhren, Oldtimer oder dessen, was steinreiche Männer sonst so liebten. Oder hatte er sich finanziell übernommen und musste Schulden begleichen? Die Gründe, eine Sammlung aufzulösen, konnten so vielfältig sein wie das Farbspektrum auf Fredos Palette. Grundsätzlich war jeder seines Glückes Schmied, lautete Normas Überzeugung, jedoch nur, sofern der Mensch in seinen Entscheidungen frei war. Nutzte Cordula von Schwenk eine Schwäche Lothars aus und zwang ihm ihren Willen auf mit dem Ziel, beträchtliche Summen flüssig zu machen? Auf den Punkt gebracht: Waren die Zweifel der Schwester gegenüber der Schwägerin in spe berechtigt?

Norma beschloss, Jorinde Ruiz Alvarez einen weiteren Besuch abzustatten und bei der Gelegenheit in eigener Sache bei Lothar Wiedbrecht vorstellig zu werden. Wenn sie ihn wegen einer Wohnung ansprach, konnte sie sich zugleich ein Bild von seiner geistigen Verfassung machen. Gegen 10 Uhr verließ sie das Haus. Am Rheinufer nahm sie den Bus in die Innenstadt und meldete sich von unterwegs telefonisch bei Jorinde. Diese reagierte erfreut. Sie befinde sich beim Einkaufen, sei aber in Kürze zurück.

Offenkundig war Norma zu früh eingetroffen. Auf ihr Läuten erhielt sie keine Reaktion, und nebenan bei Lothar Wiedbrecht tat sich ebenso wenig. Während sie wartete, hörte sie zwei weibliche Stimmen und das fiepende Winseln eines Hundes unten im Treppenhaus. Als sie sich über das Geländer beugte, erspähte sie eine ältere Frau mit grauen Haaren. An ihrer Seite hechelte ein cremefarbener wolliger Zwergpudel.

»Gehen Sie achtsam mit meinem Schätzchen um«, bat die Dame, in der Norma eine Kundin des Hundesalons »Jeannes Fellkids« vermutete. »Chouchou mag es nicht, geschoren zu werden. Aber es hilft ja nichts.«

Ein dunkler Schopf geriet in Normas Sichtfeld, eine jugendliche Gestalt im Männerhemd, die eine Hand ausstreckte und nach der Leine griff: Jorindes Enkeltochter.

Ona beruhigte die Kundin. »Machen Sie sich keine Gedanken. Bei Jeanne ist Chouchou in den besten Händen.«

»Bis später, mein Liebling!«, flötete die Dame und wandte sich zum Gehen. Die Haustür schlug zu.

Norma spurtete die Treppe hinunter. »Einen Moment bitte!«

Ona hielt verwundert inne. Chouchou zerrte an der Leine und richtete die kleine rosa Nase hoffnungsvoll auf Norma aus. Seine Augen wurden von einer verfilzten Felltolle bedeckt. Norma würde ihn nicht retten. Es schien in der Tat höchste Zeit für den Einsatz einer Schere.

»Erinnern Sie sich?«, fragte Norma. »Wir sind uns neulich in Ihrer Wohnung begegnet. Ich möchte zu Ihrer Großmutter.«

»Ach ja … Jorinde ist einkaufen.«

»Dürfte ich vielleicht bei Ihnen warten?« Norma deutete auf die halbe Treppe, die ins Untergeschoss führte. »Im Hundesalon?«

Verunsichert überlegte Ona einen Augenblick und stimmte, wenn auch zögernd, schließlich zu. »Wenn Sie meinen. Kommen Sie mit.«

Der Pudel wehrte sich dagegen, in den Salon zu gehen,

und näherte sich der Treppe nur widerspenstig auf den stämmigen Beinchen. Die junge Frau zeigte sich unbeeindruckt vom Starrsinn ihres Schützlings. Auf der oberen Stufe ergab sich Chouchou in sein Schicksal und trottete ihr folgsam hinterher.

Der Hundesalon, ein halber Saal in kühlem Kunstlicht, wirkte mit seinem hellen Bodenbelag und den weiß gefliesten Wänden klinisch steril. Für Farbigkeit sorgten Fotos von frisch frisierten Exemplaren großer und kleiner Hunderassen. Die Möblierung sah teuer und neu aus. Auf dem Schreibtisch und in den Regalen hinter einem Raumteiler herrschte kreatives Chaos. Ona führte den Pudel zu einem Hundekorb. Sie mochte um die 20 sein, wirkte jedoch mädchenhaft wie eine 16-Jährige.

Beinahe wäre Norma das Du herausgerutscht, als sie fragte: »Sie helfen hier aus?«

»Ich warte auf einen Studienplatz, bis dahin jobbe ich bei Jeanne.«

»Und in der freien Zeit engagieren Sie sich bei Anti-Car aktiv?«

»Woher …?«

»Ich habe Sie neulich vor der Marktkirche gesehen«, sagte Norma. »Sie haben diese Kletterpartie gefilmt. Riskant, worauf sich der junge Mann eingelassen hat.«

»So bekommt man die beste Aufmerksamkeit. Wir kämpfen für die Zukunft dieser Stadt. Für unser aller Zukunft.« Ona hängte das Leinenende in einen Wandhaken ein und beförderte den Hund mit einem sanften Schubser ins Körbchen. Ihr Umgang mit den Hunden war offensichtlich frei von jeglicher Herumtüddelei.

Eine Frage konnte Norma sich nicht verkneifen. »Macht Ihnen die Arbeit Spaß?«

Ona zuckte mit den Schultern. »Der Job ist okay. Jorinde wäre es allerdings lieber, ich würde anderswo arbeiten.«

»Darf ich fragen, warum?«

Die Aufmerksamkeit schien der jungen Helferin zu schmeicheln.

»Es ist wegen meiner Chefin«, antwortete sie offen und geriet ins Plaudern. »Jeanne ist die Tochter von Cordula, und Cordula ist die Lebensgefährtin von Onkel Lothar. Meine Oma und Cordula können nicht so gut miteinander, wissen Sie. Ich finde, dass man das nicht Jeanne – wie sagt man auf Deutsch? Man darf es ihr nicht anhängen.«

»Was willst du mir nicht anhängen?«, rief eine helle Stimme.

Weder Ona noch Norma hatten die Frau bemerkt, die gerade einen Jutebeutel auf den Schreibtisch warf. Norma staunte angesichts ihrer Aufmachung. Woodstock ließ grüßen! Ein knalliger Stoffschal raffte das hochgebauschte Blondhaar zusammen. Den wadenlangen Rock schmückte ein aufregendes Blumendekor, dessen Rottöne mit dem Violett der Bluse um Aufmerksamkeit buhlten. Die schwarzen Lederstiefel reichten bis unter den Saum.

Verlegen strich Ona sich eine Haarsträhne hinter das Ohr. »Ich habe von dem Hickhack zwischen meiner Oma und deiner Mutter erzählt.«

Die Fremde musterte Norma neugierig. »Jeanne Paulick! Mir gehört der Laden. Und Sie sind?«

Ona antwortete: »Das ist Norma Tann, eine Bekannte von Oma.«

»Meine Mutter und Jorinde sollten sich zusammenreißen«, schimpfte die Hundefriseurin. »Zwei lebenserfahrene Frauen, die sich wie kindische Teenager benehmen.« Ihr Blick fiel auf den Pudel im Körbchen. »Oh, Chouchou ist schon da. Was für einen Hund möchten Sie mir bringen?«

»Bedaure, ich kümmere mich um einen Kater«, antwortete Norma, »aber er bleibt lieber ungebadet. Und seinen Pelz pflegt er selbst. Ona hat mir gestattet, hier zu warten. Ich möchte zu Frau Ruiz Alvarez.«

Jeanne Paulick lächelte förmlich und deutete auf die Sitzecke. »Kein Problem, machen Sie es sich bequem. Möchten Sie Kaffee? Wärst du bitte so lieb, Ona? Ich nehme einen doppelten Espresso. Was für ein Tag! Ich bin völlig erledigt. Mit dem Bus dauern die Wege viermal so lange.«

»Warum hast du nicht den Wagen deiner Mutter genommen«, fragte Ona, die an einem Kaffeeautomaten hantierte, »wie sonst auch immer?«

Jeanne gab ein entrüstetes Fauchen von sich. »Wie denn? Der SUV wurde geklaut! Vorgestern Abend. Und das ist nicht alles!« Kopfschüttelnd schaute sie in die Runde.

Ona, die mit dem Auffüllen der Kaffeebohnen beschäftigt war, hielt mitten in der Bewegung innehielt. »Wieso, reicht das nicht? Was ist sonst noch passiert?«

»Der Wagen wurde abgefackelt. Oben am Neroberg, was für sich genommen schlimm genug wäre. Wenn ich mir aber vorstelle, dass genau da, wo ich immer meine Einkäufe hingestellt habe …«

»Wovon redest du?«, fragte Ona beunruhigt, die geöffnete Kaffeedose gegen den Bauch drückend.

Norma konnte sich denken, was die Hundefriseurin sagen würde.

Jeanne holte tief Lust, bevor sie erklärte: »Im Kofferraum lag eine … eine tote Person.«

Ein blechernes Scheppern schreckte den Pudel auf. Mit einem irren Gekläffe sprang Chouchou in die Leine. Ona war die Kaffeedose aus den Händen geglitten. Sie fiel auf die Knie und begann, die Bohnen, die sich wie braune Sprenkel auf den Fliesen verteilt hatten, fieberhaft mit den Händen zusammenzufegen. Die Hundefriseurin eilte mit einem Staubsauger herbei.

Währenddessen beruhigte Norma Chouchou.

17

Sie verabschiedete sich mit einem Dank und der Bemerkung, Jorinde sei inzwischen vermutlich zurück. Im Hausflur war eine gedämpfte Unterhaltung zu hören: zwei Männerstimmen, die Norma in jeder Lebenslage erkannt hätte. Als sie die Stufen hinaufstieg, kamen zwei krumme, eher kurze Beine in verwaschenen Jeans in Sicht. Ihnen gegenüber standen zwei schlanke Hosenbeine in grauem Flanell. Milano trug seine unverzichtbare graugrüne Schimanski-Jacke zur Jeans, während sein Begleiter – wie nicht anders zu erwarten – im dunklen Sakko samt passendem Hemd unterwegs war. Die Ex-Kollegen unterbrachen ihr Gespräch, als sie Norma bemerkten.

»Gehört Hellsehen zu deinen detektivischen Fähigkeiten?«, fragte Milano mit spöttischem Unterton. »Damit du uns hier auflauern kannst?«

»Und wenn es so wäre?«, gab Norma munter zurück. »Ich bin nicht euretwegen hier.«

»Trotzdem passend«, bemerkte Wolfert mit einem Blinzeln hinter den dicken Brillengläsern. »Wir hätten uns später sowieso bei dir gemeldet. Hast du einen Moment für uns?«

»Für euch immer, Jungs!«

»Lasst uns draußen reden«, schlug er vor, als witterte er im Treppenhaus heimliche Zuhörer.

Vor dem Haus waren sie ungestört. Norma hockte sich auf ein Mäuerchen vor dem Vorgarten, der nicht mehr war als ein vertrocknetes Rasenstück. Die Männer stellten sich neben sie. Hoch über ihren Köpfen schien die sommerliche warme Herbstsonne.

»Deine Aussage zum Feuer haben wir im Bericht nachgelesen«, sagte Milano. »Ist dir dazu im Nachhinein noch etwas eingefallen?«

Bereits in der Nacht zum Sonntag hatte sie ihre Beobachtungen im Polizeipräsidium Westhessen zu Protokoll gegeben. Es hatte sich merkwürdig angefühlt, an ihrem einstigen Arbeitsplatz als Zeugin aufzutreten.

Den Angaben hatte sie nichts hinzuzufügen. Möglicherweise wussten die Kommissare bereits mehr als Timon vorhin und ließen sich Relevantes entlocken. Freiheraus fragte sie: »Was könnt ihr mir über den Toten sagen?«

»Der Abgleich mit vermissten Personen hat nichts ergeben«, erklärte Milano nüchtern. »Solange wir keine konkreten Hinweise auf seine Identität haben, sind unsere Möglichkeiten begrenzt. Trotzdem tun wir, was wir können.«

Norma erinnerte sich gut daran, wie zäh manche ihrer eigenen Nachforschungen damals in der Mordkommission abgelaufen waren. »Ich weiß, wie viel Geduld das kostet. Aber irgendwelche ersten Erkenntnisse müsst ihr doch haben.«

Milano wechselte einen Blick mit Wolfert, als legte er ausnahmsweise Wert auf dessen Zustimmung, und wartete das Nicken des Kollegen ab. »Männlich, Mitteleuropäer, Alter um die 60 plus. Der Obduktionsbericht aus Frankfurt ist bisher nur vorläufig. Wie es scheint, wurde das Opfer von einem Wagen überfahren und kam dabei zu Tode. Also vor dem Brand.«

»Gibt es Reifenabdrücke auf dem Körper?«, fragte Norma. »Könnte der ausgebrannte SUV identisch mit dem Fahrzeug sein, das den Mann überrollt hat?«

»Die Resultate stehen noch aus«, erwiderte Wolfert prompt. Er geizte mit polizeiinternen Informationen, wie es sich für einen korrekten Beamten gehörte. Milano dagegen ging Norma gegenüber von jeher deutlich sorgloser mit Ermittlungsergebnissen um. »Für eine kurzfristige Aussage hat das Feuer den Körper zu stark zugerichtet.«

Norma verdrängte die aufsteigenden Bilder. »Trotzdem könnte der Unfall während des Diebstahls geschehen sein. Ein zufälliger Zeuge beobachtet einen Autoknacker, stellt sich ihm in den Weg und gerät dabei unter den Wagen. Der Dieb verfällt in Panik und lädt den Toten ein. Aber schafft man das allein? Ich denke, es müssen mindestens zwei Autoknacker gewesen sein. Sie flüchten zum Neroberg und setzen den Wagen in Brand, um die Spuren zu vernichten.«

»Benissimo«, schnurrte Milano und fuhr sich durch die schwarze Haartolle. »Leider wird es so nicht gewesen sein.«

»Danke für den Hinweis, du hast recht, meine Theorie hat einen Haken«, erwiderte Norma mit einem hörbaren Seufzer. »Wer einen Unfall mit Todesfolge vertuschen möchte, würde den Wagen eher in einer tiefen Taunusschlucht abfackeln. Das Feuer am Neroberg hat etwas zu bedeuten. Es ist ein Zeichen.«

Wolfert nahm die Brille ab und säuberte die Gläser mit seinem Einstecktuch, wobei er nachdenklich bemerkte: »Ein Fanal, in der Tat! Was dafür spricht, auch dieses Feuer in die Serie der übrigen Autobrände einzuordnen. Die Feuerteufel haben bisher ihre Brände mitten in der Stadt gelegt. Der Schauplatz am Neroberg ist eine deutliche Steigerung.«

»Mag sein, aber wie passt der Tote dazu, Dirk?«, fragte Milano.

Wolfert hob nur stumm die Schultern.

An seiner Stelle antwortete Norma: »Vielleicht wussten der oder die Brandstifter nichts von der Leiche im Wagen.«

Milano grinste und kniff die Augen zusammen, wodurch die dichten Brauen zu einem schwarzen Balken zusammenwuchsen. »Deine Vorstellungskraft möchte ich haben! Willst du uns weismachen, jemand fährt mit einem Toten im Kofferraum spazieren und lässt sich den Wagen mitsamt seinem grausigen Inventar klauen?«

»Außerdem, und das ist die Krux an meiner Hypothese«, warf Wolfert ein, »haben die Feuerleger die Autos bisher am Abstellort angesteckt. Kein Wagen wurde woanders hingebracht. Die Leute zündeln, ohne umzuparken.«

»Okay, uns allen sind die Fantasiegäule durchgegangen«, entgegnete Norma lächelnd. Ernsthaft fügte sie hinzu: »Wie konnte der SUV überhaupt gestohlen werden? Aufbrechen und kurzschließen wie früher, das funktioniert bei modernen Karossen nicht so einfach, oder?«

»Wo ein Wunsch ist, ist auch ein Weg«, bekannte Wolfert lakonisch.

Milano hob skeptisch die Schultern. »Das Feuer hat alle Spuren buchstäblich in Rauch aufgelöst. Anzeichen eines Aufbruchs konnten die Techniker nicht feststellen, was nichts heißen muss bei einem solchen Wrack.« Mit lauernder Miene fügte er hinzu: »Sag mal, bist du womöglich wegen Cordula von Schwenk hier? Will sie dich wegen dieser Sache beauftragen?«

»Keine Sorge, Luigi! Ich funke euch nicht dazwischen. Cordula von Schwenk kennt mich gar nicht. Leider! Sonst käme ich über sie vielleicht an ihren Partner heran. Lothar Wiedbrecht.«

Wolfert schob den Ärmel seines Sakkos hoch und warf

einen Blick auf die Armbanduhr. »Ich hoffe, die Dame ist daheim. Wir haben uns nicht angekündigt und danach einen anderen Termin. Sonst bestellen wir sie später ins Präsidium. Was willst du von Wiedbrecht?«

Norma winkte ab. »Ihn nach einer Wohnung fragen, ein Versuch von vielen. Es treibt mich noch etwas anderes her.«

»Und das wäre?«, fragte Milano unverfroren.

»Schon mal was von Schweigepflicht gehört?«, konterte sie kokett.

»Aber uns aushorchen!«, schimpfte er gutmütig. »Komm schon, Norma. Eine Hand wäscht die andere.«

»Und das nicht zum ersten Mal«, fügte Wolfert launig hinzu.

»Weiß ich doch, Jungs! Wo wäre ich ohne euch?« Manch ein Auftrag hätte ohne die Unterstützung der Hauptkommissare vermutlich in einer Sackgasse geendet. So fasste sie in wenigen Sätzen das Gespräch mit Jorinde und deren Sorgen um ihren Bruder zusammen. »Jorinde Ruiz Alvarez hat mich vor ein paar Tagen um Hilfe gebeten. Ich habe abgelehnt.«

»Keine Lust auf Familienkonflikte?«, vermutete Wolfert.

»Richtig! Inzwischen sehe ich das anders.«

»Woher der Sinneswandel?«, wollte Milano wissen.

Norma schaute vom einen zum anderen. »Ich bin zu lange in diesem Geschäft, um nicht zu riechen, wenn etwas stinkt. Wiedbrechts wertvolle Kunstsammlung soll verkauft werden. Ich frage mich, ob seine Herzensdame auf eigene Rechnung arbeitet.«

»Folge du deiner Nase, Norma«, meinte Wolfert pathetisch. »Wir werden uns Cordula von Schwenk vornehmen, um Klarheit über den Diebstahl des Wagens zu gewinnen. Das ist der Schlüssel zu unserem Fall.«

»Und wenn mich mein Riechorgan nicht täuscht«, sagte Milano mit einem Grinsen, das einem Mafiaboss zur Ehre gereicht hätte, »werden wir uns während der Ermittlungen noch öfter über den Weg laufen.«

18

Wie so oft bei folgenreichen Ereignissen hatte auch das Drama, das ihre Gedanken beherrschte, eine Vorgeschichte. Ona war sich nicht sicher, wann und womit es damals in Gerona begonnen hatte. Mit Martas Geburtstag und der Profikamera, die ihre Freundin von den Eltern geschenkt bekommen hatte? Martas Wunsch, Fotografin zu werden, war jedenfalls weit früher entstanden, in der Grundschulzeit. Möglicherweise hatte erst die spontane Idee ihrer Freundin Alba, in die Berge zu fahren, die ungute Entwicklung in Gang gesetzt. Ona war sofort begeistert gewesen. Was für traumhafte Fotos sie dort machen könnten. Wie sie und Alba vor den Gipfeln posieren würden. Wie echte Models! Abgelichtet von Marta, dem zukünftigen Shootingstar der Modefotografie. Für den Tagesausflug würden sie einen ganzen Koffer voller Klamotten mitnehmen. Und Hüte, unbedingt Hüte, rief Alba, und alle drei kicherten los wie früher, als ihr Trio entstanden war. Von Anfang an war es mit Onas Freundschaft zu beiden Mädchen auf und ab gegangen. Neben Marta und Alba schien manchmal kein Platz für sie zu sein, und Ona fühlte sich oft ausgeschlossen. Umso schöner war es nun.

Alba schlug als Location Sant Pere de Rodes vor. Marta war sofort Feuer und Flamme. Dass sie da nicht selber darauf gekommen war! Auch Ona fand den Plan großartig. Sie kannte das Kloster von einer Exkursion mit der Schule und war mit dem Großvater dort gewesen. Vor der imposanten Ruine und mit der grandiosen Aussicht als Kulisse müssten die Fotos absolut atemberaubend werden. Nächsten Samstag gehe es los, verkündete Marta vergnügt. Als Erste der Freundinnen hatte sie den Führerschein und wollte sich den Wagen der Mutter ausleihen.

In den folgenden Tagen hielt sich Ona vorwiegend vor dem Kleiderschrank auf, um die attraktivsten und verrücktesten Kombinationen auszutesten. Als sie zur verabredeten Zeit mit einem prall gefüllten Rollkoffer bei Marta klingelte, öffnete deren Mutter. Ona spürte umgehend, dass etwas nicht stimmte. Sie hatte sich gewundert, dass das Familienauto nicht am üblichen Platz stand. Ob sie nicht davon wisse, fragte Martas Mutter. Alba und Marta seien mit deren Cousins gefahren, mit Daniel und Manuel. Zu viert plus Albas Koffer und Martas Kamera sei der Wagen ausgelastet gewesen. Und abgesehen davon könne ihre Tochter ihr Talent nicht an ein gewöhnliches Mädchen verschwenden, wenn eine Schönheit wie Alba ihre uneingeschränkte Aufmerksamkeit verlange.

Auf dem Heimweg verfolgte Ona das Rumpeln der Kofferrollen über das Pflaster wie ein Spottgesang. Die aufgelöste Wimperntusche raubte ihr die Sicht. Niemals zuvor hatte sie sich so sehr geschämt. Und es sollte noch ärger kommen, als Marta die Fotos ins Netz hochlud und unzählige Likes kassierte. Alba sah fantastisch aus, ob mit oder ohne Hut, und die hübschen Jungen standen Spalier und trugen sie auf Händen.

»Sei doch froh, dass du nicht mitgekommen bist«, sagte Alba mit vorgetäuschtem Mitleid. »Jemanden wie dich hätte Marta aus jedem Foto rausretuschieren müssen.«

19

»Nicht träumen, Mädchen!«

Jeanne ermahnte Ona und hielt dabei Chouchou mit einer Hand hinter den Ohren fest. Mit der anderen Hand setzte sie die Schermaschine an seinem Hals an. Eine Körperpflege, mit der das Pudelchen auf Kriegsfuß stand. Jeanne hatte bei seinen früheren Besuchen Erfahrungen mit seinen spitzen Zähnen gemacht und wünschte keine Wiederholung. Ein Maulkorb kam nicht infrage, er hätte den Hund in Panik versetzt. Deswegen war es Onas Aufgabe, Chouchou bei Laune zu halten. Sobald er seinen kompakten kleinen Körper anspannte oder sein Missfallen durch Knurren zum Ausdruck brachte, sollte sie ihn mit einem Leckerli besänftigen oder ablenken.

»Wo ist der Hundekeks?«, fragte Ona mit alberner Kinderstimme und hielt Chouchou die geschlossene Faust vor das Mäulchen.

Erwartungsvoll schnupperte der Hund an ihren Fingern und ignorierte für den Moment die sich durchs Fell grabenden Schermesser. Jetzt kam es darauf an, seine Aufmerksamkeit zu erhalten und die Hand zu öffnen, bevor er daran dachte, sich umzudrehen und nach Jeanne zu schnappen. Obwohl Ona keine Erfahrung mit Hunden hatte, fiel es ihr erstaunlich leicht, Chouchous Reaktionen einzuschätzen. Während sie Jeannes geübte Handgriffe beobachtete, überkam sie der befremdliche Gedanke, wie es wäre, die Klingen an Nicks Filzsträhnen auszuprobieren. Was wohl ohne den Haarturm von seiner Persönlichkeit übrig bliebe? Gegen die präzise Vorstellung eines kurzhaarigen Nicks sperrte sich ihre Fantasie.

»Achtung, Mädchen! Pass doch auf, verdammt!« Haarscharf war Chouchous Gebiss neben Jeannes Hand zusammengeklappt. Die Hundefriseurin hatte sich in aller Behutsamkeit zu den Fellzotteln auf seinem Rücken vorgearbeitet. »Bitte konzentriere dich. Was ist los mit dir? Reicht es nicht, dass ein Pfund Espressobohnen deinetwegen im Staubsaugerbeutel gelandet ist?«

»Sorry! Morgen bringe ich ein neues Päckchen Kaffee mit.« Sie konnte sich aus Jorindes Vorratsschrank bedienen, überlegte Ona, die wenig Lust hatte, dafür ihren Stundenlohn zu investieren.

»Lass nur, shit happens«, antwortete Jeanne großzügig. »War das nicht toll, wie schnell sich Chouchou von Frau Tann beruhigen ließ?«

Ona nutzte die Pause, um sich mit weiteren Besänftigungshäppchen für den Hund einzudecken. »Darf ich dich etwas fragen, Jeanne?«

»Nur zu!«

»Warum weicht Onkel Lothar uns aus? Oma und mir? Ich habe nichts Schlimmes getan.«

»Sein Verhalten richtet sich nicht gegen dich«, erklärte Jeanne tröstend. »Lothar ist ein liebenswürdiger Mensch mit einem großen Herzen. Er wird auf dich zukommen. Das ist meine Erfahrung.«

Jeanne widmete sich erneut ihrer Arbeit, um fertig zu werden, bevor der Pudel endgültig die Geduld verlor. Als Ona ein zweites Mal nach Onkel Lothar fragte, wechselte Jeanne das Thema.

»Konzentration, Ona! Her mit den Leckerchen!«

Einige Handgriffe musste Chouchou noch aushalten. Ona blieb nur mit Mühe gedanklich bei der Sache. Ihre Erinnerungen kreisten um den ersten Besuch in dem verwunschenen Haus. Wie hart der alte Mann, den sie Fredo nannten, die Gruppe angegangen war! Seine Entscheidung, die WG aufzulösen, war ihr unumstößlich vorgekommen, obwohl Nick darüber gespottet hatte. Fredo sei ein Träumer. Er solle seine Kitschbilder malen und sein Geld zählen, aber nicht der Gruppe befehlen wollen, wie sie zu kämpfen habe. Das war Nicks Meinung.

Jeannes helle Stimme holte sie in die Gegenwart zurück. »Mädchen, du träumst permanent! Du bist verknallt, stimmt's?«

Je stärker Ona dagegen ankämpfte, desto heißer brannte ihr Gesicht.

Jeanne lachte leise. »Ach, was würde ich dafür geben. Na ja, vergangene Zeiten. Los, hau schon ab. Den Rest schaffen Chouchou und ich allein.«

Ona schnappte sich ihre Tasche und machte sich auf den Weg.

20

Norma kehrte gemeinsam mit den Kommissaren ins Haus zurück. Im Flur lief ihnen Ona entgegen, mit glühenden Wangen, und entschwand mit schüchternem Gruß durch die Haustür. Norma stieg hinter den Kommissaren die Treppe hinauf und verlangsamte ihre Schritte, als verlangte das kunstvoll geschmiedete Geländer ihre Aufmerksamkeit. Wolfert erreichte die obere Etage vor seinem Kollegen. Nach kurzer Orientierung betätigte er einen Klingelknopf neben Cordula von Schwenks Wohnungstür. Von den mittleren Stufen aus erhaschte Norma einen Blick auf die Frau, die den Männern öffnete. Angesichts der beiden Polizisten gab Frau von Schwenk sich deutlich gemäßigter als mit ihrem »Freie Fahrt für freie Bürger*innen«-Pathos in den Videosequenzen. Nervös riss sie sich das schicke Brillengestell von der Nase, bevor sie die Besucher mit fahrigen Gesten hineinbat. Norma wunderte diese Anspannung nicht. Wem würde eine Brandleiche im gestohlenen eigenen Wagen nicht zu schaffen machen?

Jorinde öffnete wieder nicht. Doch als sich Norma zum Gehen wandte, kam sie ihr auf der Treppe entgegen.

»Was … würde ich … für einen … Fahrstuhl geben«, schnaufte die Seniorin und lud zwei prall gefüllte Einkaufskörbe auf dem Treppenabsatz ab. »Erzählen Sie das mal den Denkmalschützern! Ich muss noch lernen, dass die Wege in Wiesbaden weit länger sind als bei uns in Gerona. Bitte entschuldigen Sie meine Verspätung.«

»Keine Sorge, ich habe mich im Hundesalon sehr nett mit Ihrer Enkelin unterhalten.«

Die Antwort gefiel Jorinde sichtlich. »Ich habe Ona eben auf der Straße abgepasst. Sie will zu ihren Freunden. Ist es nicht wunderbar, wie schnell sie Anschluss gefunden hat?«

Ob die Großmutter von der AntiCar-Gruppe wusste? Während Norma überlegte, ob sie Jorinde darauf ansprechen sollte, bückte sich diese zu einem Korb hinunter. Sie vergrub die Hand zwischen einer Brottüte, einem Säckchen Kartoffeln und verschiedensten Gemüsesorten, bis sie nach gründlicher Suche einen Schlüssel hervorholte und ins Türschloss schob. »Nanu, wie merkwürdig!«

»Was ist los?«

Misstrauisch zog Jorinde den Schlüssel zurück. »Ich hatte nicht abgeschlossen. So vergesslich kenne ich mich gar nicht.«

»Ona wird nicht daran gedacht haben, als sie zur Arbeit ging.«

»Ona war schon weg, als ich gegangen bin. Außerdem schließt sie immer ab. In dem Punkt ist sie genauso pingelig wie ich. In Gerona wurde oft eingebrochen. Meine Schuld, ich werde wohl langsam schusselig.« Kopfschüttelnd stieß sie die Tür auf.

»Ich helfe Ihnen!« Norma nahm einen Korb und trug ihn in die Küche, in der Jorinde sie an den Tisch einlud.

»Ich habe Sie mit zwei Männern ins Haus gehen sehen«, sagte Jorinde, während sie ihre Einkäufe auspackte. »Darf ich fragen, wer das war?«

»Zwei frühere Kollegen von mir, zwei Polizisten, die Ihre Schwägerin sprechen wollten. Wegen des Vorfalls mit dem gestohlenen Wagen.«

Verwundert hielt Jorinde inne. »Welcher Vorfall?«

»Hat Cordula nichts erzählt?«

Verunsichert legte Jorinde die Zuckertüte, die sie in die Hand genommen hatte, zurück in den Korb. »Was sollte sie mir sagen, und wann? Cordula geht mir aus dem Weg. Was ist geschehen?«

»Besser, Sie setzen sich hin.« Rücksichtsvoll zog Norma einen zweiten Stuhl heran und wartete, bis Jorinde Platz genommen hatte, bevor sie die Ereignisse auf dem Neroberg schilderte.

Jorinde hatte aufmerksam zugehört und erklärte nun ohne Umschweife: »Sie mögen mich für eine schutzbedürftige alte Frau halten, aber Sie irren sich. In meinem Leben sind mir so viele Grausamkeiten begegnet. Eine solche Nachricht kann mich nicht erschüttern. Doch natürlich tut es mir leid, dass ein Mensch gestorben ist.« Sie erhob sich, um den Kaffeeautomaten in Gang zu setzen. »Espresso?«

»Welche Grausamkeiten meinen Sie?«

»Ich spreche von den Folgen, die Kriege und Revolten hinterlassen. Von dem Elend, das Dürren und Erdbeben mit sich bringen. All das menschliche Leid, das mir und meinem Mann begegnet ist. Über Jahrzehnte haben wir für eine internationale Hilfsorganisation gearbeitet. Ich als Krankenschwester, mein Mann als Arzt.«

»Das beeindruckt mich«, sagte Norma mit ehrlicher Anerkennung. »Aber hatten Sie neulich nicht ein Café in Gerona erwähnt?«

Das Mahlwerk rumpelte lautstark. Jorinde wartete, bis der Kaffee in die Becher getröpfelt war und sein Aroma durch die Küche strich. »Ich war ausgebrannt, Juan fühlte sich ebenso kraftlos. Das Café erschien uns als Insel der Seligen, unser Elysium. Letztendlich hat es uns vor allem

Schulden eingebracht. Immerhin, es schenkte uns Zeit für unsere Enkeltochter. Das war unser sehnlicher Wunsch. Unsere Tochter Sonja …«

»Sie fürchten, Sie sind ihr nicht gerecht geworden?«, fragte Norma geradeheraus.

»Das klingt hart, wie Sie es sagen, aber ja, mit Ona wollten wir Versäumtes nachholen. Aus Sonja ist trotzdem etwas geworden. Juan konnte sein Glück kaum fassen, als sie sich damals für das Medizinstudium einschrieb. Nun arbeitet sie als Chirurgin in einem spanischen Krankenhaus.«

»Auch Ona wird ihren Weg gehen«, sagte Norma und bemerkte beim Sprechen, wie klischeehaft das klang. »Sie möchte studieren, jobbt …«

Jorinde wandte sich vom Automaten ab und stellte die Espressotässchen eine Spur zu energisch auf der Tischplatte ab. »Dieser Hundesalon! Wie kann das angehen? Als Kind wurde Lothar vom Terrier unserer Nachbarn gebissen. Ich weiß noch genau, wie verängstigt er war, wenn er nur ein Bellen hörte. Das blieb so, als er erwachsen wurde. Weiß der Teufel, wie Cordula ihn dazu gebracht hat, Jeanne die Räume im Souterrain ausgerechnet für so ein Geschäft zu überlassen.«

»Womöglich aus Zuneigung? Jeanne ist seine Ziehtochter, selbst wenn er und Cordula nicht verheiratet sind.«

Jorinde prustete spöttisch. »Lothar würde es gegenüber Cordula nie offen aussprechen, aber er hält Jeanne für ebenso strohdumm wie lebensuntüchtig. Sie hängt wie ein Teenager an Cordulas Rockzipfel. Ständig braucht sie Geld. Weil sie zu faul zum Laufen und zu bequem für den Bus ist, leiht sie sich Mutters Wagen aus.«

»Den SUV, der ausgebrannt ist?«

»Cordula hat nur ein Auto, soweit mir bekannt ist. Jeanne ist … war andauernd damit unterwegs.«

Das sollten Milano und Wolfert wissen. Norma beschloss, ihnen später eine Nachricht zu schicken.

Jorinde setzte sich wieder. »Meine größte Sorge bin ich Gott sei Dank los. Diese Wohnung ist offiziell mein Eigentum, seit Lothar alles geregelt hat.«

Genießerisch schnuppernd nahm Norma das Kaffeearoma wahr. Timon behauptete gern, sie sei koffeinsüchtig, und da war was dran. »Meinen Glückwunsch! Wie haben Sie davon erfahren?«

»Hatte ich Ihnen neulich nichts davon erzählt?«, entgegnete Jorinde verwundert. »Am vergangenen Sonntag hat er mir gesagt, dass er beim Notar gewesen ist.«

»Bei meinem letzten Besuch meinten Sie, Ihr Bruder sei verwirrt gewesen und habe sich in der Tür geirrt«, antwortete Norma, die sich gut daran erinnerte, dass Jorinde Lothar als »verstört wie einen ausgesetzten Hund« beschrieben hatte. »Von einem Notartermin höre ich zum ersten Mal.«

»Wenn Sie das sagen«, entgegnete Jorinde irritiert. »Mein Gedächtnis … Zugegeben, Lothar schien nicht ganz bei sich zu sein. Jedenfalls hat er etwas unterschrieben. Einen Vertrag.«

»An einem Sonntag zum Notar?«, wunderte sich Norma.

»Warum nicht? Der Jurist ist ein Freund.«

»Was macht Sie so sicher, dass der Vertrag Ihre Wohnung betrifft?«

»Lothar hat sie mir schon vor Jahren fest zugesagt. Dummerweise nur mündlich. Nun hat er das Schriftliche nachgeholt. Warum hätte er sonst zum Notar gehen sollen?« Ihr banges Gesicht ließ ahnen, dass sie sich bis eben verboten hatte, sich selbst diese naheliegende Frage zu stellen.

Norma war prompt eine Fülle anderer möglicher Anlässe eingefallen, die vor allem im Interesse der Partnerin liegen mochten. Es war an der Zeit, die Katze aus dem Sack zu lassen.

»Mir wurde etwas zugetragen, ein Gerücht, nein, viel mehr als das. Es betrifft die Gemäldesammlung Ihres Bruders.« In wenigen Sätzen erläuterte sie, was sie in der Galerie erfahren hatte.

Jorinde lauschte mit wachsender Ungeduld. Als Norma zum Ende gekommen war, platzte der Widerspruch aus ihr heraus. »Nie, nie, nie wird sich Lothar von seinen Bildern trennen. Nicht freiwillig! Diese Hexe will sich an seinem Vermögen bereichern.«

»Ich verstehe Ihren Verdacht. Möchten Sie mich nach wie vor beauftragen?«

»Jetzt mehr denn je«, antwortete Jorinde entschlossen und sprang auf. Es hatte an der Wohnungstür geklingelt. »Ob das Lothar ist?«

Hoffnungsvoll eilte sie aus der Küche. Norma folgte ihr gespannt. Statt des Bruders standen ein Mann und eine Frau vor der Tür. Beide jung, beide ausstaffiert, als wollten sie sich für einen Job in einer Bank oder Behörde bewerben: Sie im dunklen Kostüm, er im Anzug, der ihm eine Spur zu stramm um die Brust saß. Die Frau hatte die Hände ineinander verschränkt und verharrte in einer Körperhaltung und mit einer Miene, die Entschlossenheit ausdrückte. Ihr Begleiter dagegen hielt den Kopf gesenkt, wie von dem Wunsch getrieben, die Rolle eines Bittstellers einzunehmen.

»Wir sind doch die Ersten?«, fragte die Besucherin, was in Normas Ohren wie eine Feststellung klang. »Man hat uns einen Einzeltermin verbindlich zugesagt.«

»Wir werden Sie nicht lange aufhalten«, versprach ihr Begleiter demütig. »Auf dem Plan sagt uns alles zu.«

»Was für ein Plan?«, entgegnete Jorinde verdattert.

»Die Wohnung ist perfekt für uns geschnitten«, schwärmte der junge Mann und wagte sich einen Schritt weiter, um an Jorinde vorbei in den Flur zu spähen. »Es geht uns nur um einen schnellen Überblick. Wir sind fest entschlossen, die Wohnung zu mieten.«

»Das ist ein Missverständnis«, widersprach Jorinde und lachte befremdet. »Sie sind hier falsch.«

»Von wegen, die Adresse ist richtig. Und der Name auf dem Klingelschild stimmt auch. Ruiz Alvarez!« Die Frau hielt Jorinde einen Papierausdruck vor die Nase. »Erster Stock links. Kein Zweifel!«

Jorinde beugte sich vor und nahm das Blatt mit spitzen Fingern entgegen, als stände zu befürchten, sich damit einen üblen Ausschlag einzuhandeln.

Von ihrem Blickwinkel aus konnte Norma die Abbildung eines Grundrisses und mehrere Innenaufnahmen erkennen. »Woher haben Sie das?«

»Direkt vom Makler«, triumphierte die Kostümträgerin. »Als exklusives Erstangebot. Darin steht: ›Zum Jahresanfang wird ein Nachmieter gesucht.‹ Dürfen wir eintreten?«

Sie machte Anstalten, sich durch die Tür zu drängen, wurde jedoch von ihrem Begleiter sanft am Ellenbogen gegriffen. »Warte, Schatz! Wir zeigen uns gern erkenntlich, Frau Ruiz Alvarez.«

Norma traute ihren Augen nicht. Der Interessent angelte zwei 50-Euro-Scheine aus der Geldbörse. Wäre das die Lösung ihres eigenen Problems? War sie bisher nicht zum Zug gekommen, weil sie niemanden bestochen hatte? Bei Jorinde konnte er allerdings nicht damit landen.

»Was fällt Ihnen ein! Lassen Sie das Geld stecken«, schrie sie entsetzt. »Ich bin nicht käuflich, und die Wohnung ist nicht zu haben, kapiert?«

Die Begleiterin ließ sich nicht einschüchtern. Sie startete einen erneuten Versuch, den Flur zu erobern, und zog ihren Begleiter mit sich. Schon waren sie drin.

Fix drückte sich Norma an Jorinde vorbei und stellte sich dem Paar in den Weg. »Sie sind einem Irrtum aufgesessen. Gehen Sie jetzt bitte!«

»Sie glauben wohl, Sie können uns austricksen«, fauchte der Mann mit einem tödlichen Blick auf Norma. »Wir haben ein Exklusivangebot, Sie bekommen unsere Wohnung nicht.«

»Der Makler hat gesagt, es sei alles geregelt«, empörte sich die Frau. »Wir haben ihm Geld gegeben. Uns wurde wegen Eigenbedarfs gekündigt.«

»Der Mann hat Sie ausgetrickst«, stellte Norma sachlich fest und breitete die Arme aus, um die Leute wie zwei widerspenstige Schafe zum Ausgang zu treiben. »Gehen Sie, bitte!«

Notgedrungen kehrte das Paar in den Hausflur zurück. Die Frau schien den Tränen nahe und heulte los, als ihr Mann tröstend den Arm um sie legte.

Trotz des unmöglichen Auftritts hatte Norma Mitleid mit den fremden Besuchern. Wie groß mochte ihre Verzweiflung sein? »Sie sind auf einen Betrug reingefallen. Erstatten Sie Anzeige.«

Widerstrebend wandte sich das enttäuschte Paar der Treppe zu.

Jorinde schaute den beiden konsterniert hinterher. »Mag sein, dass der angebliche Makler ein Gauner ist. Bleibt die Frage, wie er an den Grundriss meiner Wohnung gelangt ist.«

»Möglicherweise wurde die Wohnung früher im Netz angeboten, und der Mann hat sich ein uraltes Inserat zunutze gemacht«, spekulierte Norma.

»Ich wette, Cordula steckt dahinter«, antwortete Jorinde. Aus ihrem Gesicht war die Farbe gewichen. Ihre Wangen waren blass wie Papier. »Sie will mich schikanieren.«

Wie auf Zuruf schwang nebenan die Wohnungstür auf. Milano und Wolfert traten hindurch, gefolgt von Jorindes Schwägerin. Sie trug einen leichten Mantel und hatte eine Handtasche bei sich.

Sie grüßte Jorinde und sagte, während sie Norma mit einem neugierigen Blick streifte: »Stell dir vor, Jorinde, mein SUV wurde gestohlen und in Brand gesetzt! Die Herren sind von der Polizei. Ich begleite sie ins Präsidium, um meine Aussage zu Protokoll zu geben.«

Jorinde beäugte die Schwägerin mit eisiger Miene, ohne ein Wort über das Schicksal des Wagens zu verlieren. »Hast du mir dieses Pärchen geschickt, weil meine Wohnung angeblich zu haben ist?«

»Du sprichst in Rätseln«, erwiderte Cordula mit arrogantem Schnaufen. »Ich habe weiß Gott andere Sorgen.«

Norma wandte sich an Wolfert, der ihr am nächsten stand, und fragte halblaut: »Habt Ihr mit Herrn Wiedbrecht sprechen können?«

Cordula bewies gute Ohren und fauchte in Normas Richtung: »Was geht Sie das an? Wer sind Sie überhaupt?«

Ein Stich ins Wespennest, sagte sich Norma.

Wolfert lächelte beschwichtigend. »Frau Tann ist eine ehemalige Kollegin. Norma, für eine Unterhaltung mit Herrn Wiedbrecht besteht keine Veranlassung. Das Fahrzeug ist auf Frau von Schwenk zugelassen, und sie selbst ist am Samstagnachmittag damit zu dem Autohaus gefahren.«

»Zudem war Frau von Schwenks Sohn dabei, und seine Befragung steht noch aus«, ergänzte Milano und hakte bei Cordula nach: »Haben Sie ihn angerufen, wie eben ausgemacht?«

»Ja, er weiß Bescheid und ist auf dem Weg ins Polizeipräsidium«, entgegnete sie.

»Dann sollten wir ihn nicht warten lassen.«

Die Kommissare wünschten Norma und Jorinde einen guten Tag. Cordula begnügte sich mit einem hochnäsigen Nicken.

»Augenblick!«, rief Jorinde ihr nach. »Ist Lothar daheim?«

Cordula drehte sich auf der Treppe um. »Lothar hat sich hingelegt. Die Sache mit dem Auto hat ihn sehr mitgenommen. Er braucht Ruhe. Wage es nicht, ihn zu stören.«

Kaum waren sie allein, klingelte Jorinde an der Nachbartür Sturm. Der Schlaf ihres Bruders schien tief zu sein. Nach etlichen Versuchen gab sie schließlich auf.

21

»Wie stellen Sie sich das vor?«, entrüstete sich Norma. »Ich steige nirgendwo rüber oder rein.«

»Bitte, Norma! Ich würde es selbst erledigen, wäre meine Hüfte nicht so lädiert.«

Jorinde schaute treuherzig, als könnte sie kein Wässerchen trüben. Norma war ihr hinaus auf den hinteren Balkon der Wohnung gefolgt – nicht ahnend, welche Bitte dort an sie herangetragen werden würde. Gerade eben hatten sie den Vertrag unterzeichnet, und schon musste sie sich eingestehen, ihre Auftraggeberin unterschätzt zu haben. Jorinde Ruiz Alvarez hatte eine kristallklare Vorstellung von dem, was sie wollte. An erster Stelle stand die Gewissheit über das Wohlergehen ihres Bruders – sogar über Recht und Ordnung hinaus. Glaubte sie wirklich, Gesetzesverstöße seien im Service der Privatdetektivin inbegriffen?

»Sie werden nicht über diese Brüstung klettern«, stellte Norma entschieden klar. »Und ich ebenso wenig. Ich bin schließlich keine Einbrecherin.« Was frech gelogen war! In ihrer Karriere als Privatdetektivin hatte sie sich mehr als einmal ungefragt in anderer Leute Behausungen umgesehen. Bisher jedoch immer allein und ohne Mitwisser. Das Bündel Dietriche verbarg sich für den Fall der Fälle stets tief unten in ihrem Rucksack.

Jorindes Lächeln blieb unverdrossen zuversichtlich. »Wenn nicht für mich, dann tun Sie es für meinen Bruder. Die Gelegenheit ist günstig, solange Cordula auf der Polizeiwache ist.«

Mitten im Hinterhof stand eine Linde, deren üppige Krone die Fassade beschattete. Beobachter von gegenüber wären nicht zu befürchten. Probehalber beugte sich Norma über die Brüstung, die aus einer Reihe steinerner Kegel und einem darüber liegenden Sims aus Sandstein bestand. Ein baugleiches Geländer fasste den Balkon der Nachbarwohnung ein. Zwischen den Brüstungen kragte eine meterbreite Lücke, durch die Norma auf ein Blumenbeet hinabschaute. Die Tiefe schreckte sie nicht, sie war schwindelfrei.

»Und wenn ich Lothar in die Arme laufe?«

»Dann ist er gesund und munter, und alles wird gut! Womöglich ist er krank und hilflos. Wie heißt das in den Fernsehkrimis? Gefahr im Verzug!«

Zugegeben, Jorindes Dauergebimmel hätte einen Toten aufwecken können. Kurz entschlossen rückte Norma einen Stuhl an das Geländer heran, stieg hinauf und von dort auf die Brüstung, wobei ihr das Fallrohr an der Wand Halt gab. Ein Ausfallschritt, und sie gelangte mit einem Bein auf das benachbarte Balkongeländer. Sie klammerte sich an der Fensterlaibung fest, ließ das zweite Bein folgen … und war drüben. Mit federnden Knien landete sie auf den Sandsteinplatten. Der Balkon machte einen vernachlässigten Eindruck. Fauliges Laub häufte sich in den Ecken auf. Ein zerbrochener Klapphocker lag herum. Zwei Fenster saßen rechts und links einer Holztür, deren Stabilität jedem Langfinger zu denken gegeben hätte. Dickstoffige Gardinen verwehrten den Einblick durch die verglaste Öffnung im oberen Teil.

»Durch die Tür kann ich nichts sehen«, flüsterte sie.

»Sie führt in den Flur. Versuchen Sie es beim Schlafzimmer«, rief Jorinde viel zu laut. Dabei beugte sie sich gefährlich weit herüber. Mit energischem Wedeln dirigierte sie Norma an das linke Fenster heran. »Was können Sie erkennen? Ist Lothar dort?«

»Die Vorhänge sind zugezogen«, gab Norma mit gedämpfter Stimme zurück.

Sie trat dichter an die Scheibe heran, schirmte ihre Augen mit den Händen ab und lugte angestrengt durch einen Spalt zwischen dem schweren Stoff hindurch. Nach einer Weile konnte sie im Zwielicht die Kante eines Betts ausmachen und darauf eine faltenlose Tagesdecke. »Sieht nicht so aus, als würde hier jemand schlafen.«

»Was ist mit dem anderen Fenster?«, fragte Jorinde aufgeregt. »Dahinter liegt sein Büro.«

Mehr als die Konturen eines Stuhls und ein Stück vom Schreibtisch waren durch den Gardinenspalt nicht zu erhaschen. Das führte zu nichts. »Werfen Sie mir den Rucksack herüber!«

Gesagt, getan! Norma fing ihn auf und holte ihr Lockpicking-Set heraus.

»Wusste ich's doch! Sie haben Mumm!«, rief Jorinde und beobachtete zufrieden, wie Norma das Schloss in Angriff nahm.

In diesem Fall nützte ihr das Einbruchswerkzeug gar nichts. Der Schließzylinder widerstand ihrem geschickten Hantieren. Ende der konspirativen Aktion!

Wo war Lothars Schwester abgeblieben? Als Norma sich umschaute, hatte die Komplizin ihren Posten verlassen.

Im nächsten Moment kehrte sie zurück und warf Norma einen Schlüssel zu. »Lothar hat ihn mir vor Jahren gegeben, als ich zu Besuch war. Der Schlüssel gehört zur Wohnungstür, sollte aber ebenso hinten passen. Es ist ein Generalschlüssel.«

Norma rang fassungslos die Hände. »Damit kommen Sie jetzt? Ich hätte mir die Turnerei ersparen und gleich von vorn reinmarschieren können.«

»Es ist mir gerade eben erst eingefallen«, bekannte Jorinde kleinlaut. »Probieren Sie ihn aus!«

Das Metall drehte sich lautlos im Schloss. Im Halbdunkel des Flurs suchte Norma nach Orientierung. Der Grundriss ähnelte der Wohnung von Jorinde, diese hier verfügte jedoch über zwei weitere Zimmer. Nach den ersten Schritten blieb Norma stehen und horchte. Das Blut rauschte in ihren Ohren, sie befand sich im vertrauten Zustand konzentrierter Anspannung. Das Ticken einer altmodischen Wanduhr füllte die Stille aus. Norma zuckte zurück, als der Stundengong ertönte. Sie tastete sich zu jener Tür, hinter der Lothars Schlafzimmer liegen musste, und schlüpfte hindurch. Wie sie von außen vermutet hatte, war das Bett unberührt. Ein Blick hinter die Schranktüren konnte nicht schaden. Und tatsächlich: An der Kleiderstange klaffte eine große Lücke, und die meisten Fächer waren leer, als hätte sie jemand ausgeräumt. Das mochte einem strikten Ordnungsprinzip geschuldet sein. Oder hatte Lothar die Koffer gepackt?

Auf Zehenspitzen schlich sie ins Arbeitszimmer gegenüber. An der Wand hing ein Gemälde im kleinen Format, das von einem Wirrwarr aus Grüntönen ausgefüllt wurde: zweifellos ein echter Fredo S. Die Aktenschränke waren mit langen Reihen von Ordnern bestückt, darin befanden sich Mietverträge, Bauanträge und Baupläne. Allesamt älteren Datums, wie Norma beim flüchtigen Durchblättern feststellte. Aus einem Musterbrief für Mieter, den sie in der Ablage aufstöberte, erfuhr sie, dass Till von Schwenk das aktuelle Tagesgeschäft übernommen hatte. Cordulas

Sohn aus erster Ehe – Jeannes Bruder und Lothars Ziehsohn – führte als selbst ernannter »Immobilienspezialist Ihres Vertrauens« ein Büro in der Rheinstraße.

Lothars Arbeitsplatz war dennoch nicht verwaist, sondern von seiner Lebensgefährtin übernommen worden. Das zumindest schloss Norma aus Accessoires wie zwei Lippenstiften, Parfümpröbchen und einem Taschenspiegel, die auf dem Schreibtisch zurückgelassen worden waren. Vor dem PC-Bildschirm lag ein dünner Stapel ausgedruckter Blätter. Norma überflog ein Pamphlet mit der Titelzeile: »Das Auto darf nicht zum Dinosaurier der Verkehrspolitik werden«. Diverse Textstellen waren handschriftlich ergänzt oder farbig markiert worden. Offensichtlich hatte Cordula intensiv an diesem Vortrag für ihre Mitstreiter von »Mein Auto bleibt mobil« gefeilt. Das Datum wies darauf hin, dass sie den Text am Samstag im Autohaus zu Gehör gebracht hatte. Als Sprecherin der Initiative hatte sie sich eine Liste mit Schlagwörtern auf die Agenda gesetzt. Forderungen wie »Keine Wucherpreise fürs Anwohnerparken«, »Schluss mit weiteren Fußgängerzonen« und »Abschaffung der Pförtnerampeln« gehörten dazu. Auf einem zweiten Papier hatte sie eine Diskussion über die Frage vorbereitet, wie in Zukunft gegen Störungen von außen vorzugehen wäre. Gegen eine Gegendemo wie jene der AntiCar-Aktivisten, die die Kundgebung am Mittwoch gestört hatten, müsse man in Zukunft besser gewappnet sein, lautete ihre Forderung.

Der Adrenalinstoß, der Normas Adern durchströmte, ebbte ab. Ihr Atem beruhigte sich. Dennoch blieb Norma wachsam, als sie die anderen Räume inspizierte. In jedem Zimmer ließen sich die Besitztümer einer Frau entdecken: Schminkutensilien im Bad, ein Seidenschal im Lesesessel im Wohnzimmer, ein Stapel mit Modezeitschriften auf einem Tischchen im Flur und an Wandhaken daneben Jacken in Kleidergröße M. Wie gemacht für Cordulas sportliche Figur! Wo sollte Lothar seine Mäntel und Jacken aufbewahren, wenn nicht an der Garderobe oder im Kleiderschrank? Norma eilte in sein Schlafzimmer zurück, obwohl sie sicher war, dass ihr beim ersten Durchgang nichts entgangen war. Tatsächlich baumelte an der Stange im Schrank eine einzige Sommerjacke. Wärmendes für den Herbst und den nahenden Winter? Nicht ein Stück!

Ein Geräusch ließ sie aufhorchen. Die Wohnungstür fiel ins Schloss. Jemand unterhielt sich im Flur. Eine Frau und ein Mann. Lothar? Die Männerstimme klang jung und kräftig. Leise drückte Norma den Schrank zu, huschte zur Zimmertür und linste durch den Spalt. Sie hielt die Luft an, als Cordula im Blickfeld erschien; in ihrer Begleitung ein schlanker Mann in den 30ern.

Cordula hängte die Handtasche an einen Garderobenhaken. »Es freut mich, dass du noch Zeit für einen Tee hast, Till!«

Galant half der Angesprochene der Mutter aus dem Mantel. »Das Gespräch im Präsidium war zum Glück schneller vorbei, als ich erwartet hatte.«

Du meine Güte, wem sagst du das! Im Stillen verfluchte Norma ihre vertrackte Situation. Hätte sie sich bloß nicht auf Jorindes verrückte Idee eingelassen. Aber sie war selbst schuld, es war ihre Entscheidung gewesen. Sie hatte das Risiko gekannt.

»Ich setze Wasser auf«, verkündete Cordula. »Till, eine Bitte: Im Wohnzimmer steht eine Kommode, Lothars Möbelstück. Sie ist mir im Weg. Wenn du sie nachher wegräumen könntest?«

»Warum später? Eiliges wird sofort erledigt, Mutter! Wohin mit dem Teil?«

»Am besten in Lothars Schlafzimmer.«

Das wurde ja immer schöner! Fieberhaft schaute Norma sich nach einem Versteck um. Das Bett versprach keine Rettung, es war mit einem Holzkasten unterbaut. Blieb nur der Kleiderschrank. Mit einem Satz war sie drüben, verschaffte sich lautlos Zugang und tauchte zwischen abgetragenen Hosen und Hemden unter. Der Preis der Zuflucht waren muffige Luft und säuerliche Schweißausdünstungen, die sie umfingen. Vorsichtig zog sie die Schranktür heran. Die Krönung wäre, wenn sie sich hier einsperrte! Ein Geruch, seltsam vertraut aus einem früheren Leben, kitzelte ihre Nase. Waren das … ja tatsächlich, Mottenkugeln. Wie damals auf dem Bauernhof der Eltern. Dass dieses Zeug heutzutage noch benutzt wurde. Bloß nicht niesen …

Das Handy in der Hosentasche drückte gegen ihren Oberschenkel. Ob sie es wirklich auf stumm geschaltet hatte? Die Frage drängte sich schonungslos in ihr Bewusstsein. Was, wenn Jorinde anrief, um sich zu erkundigen, ob sie etwas entdeckt hatte? Oder Timon? Milano oder Wolfert? Himmel, wie konnte sie so nachlässig sein. In der kauernden Position kam sie unmöglich an ihr Telefon heran, ohne irgendwo anzustoßen und womöglich Lärm zu verursachen. Schweiß rann ihr in die Augen. Draußen war das angestrengte Schnaufen eines Mannes zu hören, der ordentlich zu schleppen hatte, sowie ein Poltern und Rumpeln, als würde ein schwerer Gegenstand über den Teppichboden geschoben.

»Rücke das Ding an die Wand, gut so!« Cordula klang zufrieden.

In der Hosentasche bewegte sich etwas. Handyalarm! Zum Glück nur vibrierend, trotzdem schoss ihr der Schreck in die Glieder. Cordula und ihr hilfsbereiter Sprössling schienen nichts Besseres zu tun zu haben, als ausgerechnet vor dem Schrank einen Plausch einzulegen. Verzweifelt hielt sich Norma die Nase zu. Die eigentümliche Geruchkollektion bereitete ihr zunehmend Übelkeit, dazu kam das Prickeln in der Nase. Sie lenkte sich damit ab, dem Gespräch zu folgen. Cordula beklagte sich über Jeanne und deren kindische Vorstellungen von der Führung eines Geschäfts. Der Hundeladen koste weit mehr, als er einbringe, ließ Cordula verärgert verlauten, und Till pflichtete seiner Mutter eilfertig bei.

»Der Tee wird kalt«, fiel Cordula unvermittelt ein. »Lass uns am Tisch weiterreden.«

Die Stimmen wurden leiser, entfernten sich. Endlich! Norma atmete durch, ihr war flau vom Luftanhalten. Still krabbelte sie aus dem Versteck. Im Flur war niemand zu sehen. Norma hörte, wie Mutter und Sohn sich in der Küche unterhielten, deren Tür offen stand. Auf Zehenspitzen kehrte Norma zur Balkontür zurück und schlüpfte ins Freie. Wie herrlich die frische Luft roch!

Nebenan wartete Jorinde und winkte ungeduldig herüber. »Wo bleiben Sie? Warum gehen Sie nicht ans Telefon?«

»Pst!«, machte Norma und legte warnend den Zeigefinger an die Lippen. Sie sperrte das Schloss der Balkontür zu.

Jorinde streckte die Arme aus und half ihr hinüber. »Was ist mit Lothar?«

»Keine Spur von Ihrem Bruder. Und es sieht so aus, als fehlte Kleidung in seinem Schrank«, erklärte Norma, als sie sich auf sicherem Terrain befand. »Ich konnte weder einen Männermantel noch warme Jacken entdecken.«

»Glauben Sie, er ist verreist?« Nervös ordnete Jorinde ihren Dutt. »Was machen wir jetzt? Cordula blockt jede Nachfrage ab. Sie ist wie eine Schlange, die sich aus allem herauswindet.«

»Wenn Cordula kein Wort über Lothar verliert, kann uns hoffentlich sein bester Freund weiterhelfen.«

Höchste Zeit für einen Besuch bei Fredo S.

22

Während Jorinde als junges Mädchen von der weiten Welt geträumt und eine Reisebeschreibung nach der anderen verschlungen hatte, war Lothar kaum aus Wiesbaden herauszubewegen gewesen. Selbst ein Ausflug in den Rheingau war ihm wie Zeitverschwendung erschienen. Das Einzige, was ihn begeisterte, waren Häuser. Stundenlang streifte er durch die Stadt und hielt nach verwahrlosten Gebäuden Ausschau, um dann deren Besitzer ausfindig zu machen. Nachdem er seine Lehre als Maurer begonnen hatte, kaufte er die erste Immobilie, ein unscheinbares, renovierungsbedürftiges Fachwerkhäuschen im Bergkirchenviertel, das er nach Feierabend und mit der Hilfe von Kollegen in Schuss brachte und mit Gewinn verkaufte. Im zweiten Ausbildungsjahr erwarb er das nächste Gebäude, eine heruntergekommene Villa am Neroberg. Ein drittes Haus folgte, und er hatte kaum den Gesellenbrief in der Tasche, als er sich als Immobilienhändler selbstständig machte. Was er dazu wissen musste, brachte er sich selbst bei.

Seine erste Fahrt ins Ausland war seine Hochzeitsreise. Gemeinsam mit Ellen besuchte er Jorinde, die zu der Zeit als Krankenschwester in einer Klinik in Andalusien arbeitete und sich die Tage freinahm. Während sie und ihre Schwägerin durch die Altstadt bummelten und es sich in den Straßencafés gut gehen ließen, nutzte Lothar die Zeit, um sich eingehend mit der Baukunst der Mauren zu beschäftigen. Im Urlaub zu faulenzen, wäre ihm nicht in den Sinn gekommen, weder damals noch später. In jeder Reise, ob kurz oder lang, hatte Lothar eine Aufgabe gesehen und seine Kontakte gepflegt, ein Hilfsprojekt unterstützt oder sich als Kulturmäzen nützlich gemacht. Ansonsten blieb er am liebsten zu Hause.

Zu welchem Zweck, fragte sich Jorinde perplex, sollte ihr Bruder nun aufgebrochen sein?

23

Was für ein Wildwuchs! Norma staunte nicht schlecht. Ein von Bäumen und Schlingpflanzen überwuchertes Domizil inmitten des gediegenen Komponistenviertels. Allem Anschein nach wollte Alfred Schiergens alias Fredo S. mithilfe der chaotischen Gartengestaltung seinen Ruf als Nonkonformist untermauern. Undine hatte vergeblich auf seine Entschuldigung gewartet, wie Norma von Lutz zugetragen worden war. Die Galeristin verfügte über ein Gedächtnis wie ein Elefant und würde dem Maler diese Ignoranz bis ans Ende seiner Tage nachtragen. Blieb die Frage, was es Fredo S. ausmachen würde. Dem populären Künstler dürfte eine beleidigte Galeristin schnuppe sein.

Norma hatte sich auf gut Glück zur Mittagszeit auf den Weg gemacht und hoffte, den Maler in seinem Atelier anzutreffen. Sie wollte sich als Interessentin seiner Werke ausgeben und das Gespräch auf das Gerücht lenken, ein Mäzen beabsichtige, sich von seiner Sammlung zu trennen. Was mochte Fredo S. persönlich von dem Ausverkauf halten? Einerseits könnte das Überangebot ihm erschweren, für neue Bilder gute Preise zu erzielen. Anderseits wäre auch das Gegenteil denkbar, und die Nachfrage würde erst richtig angeheizt. Im Kunsthandel war alles möglich, hatte Arthurs Leitspruch gelautet.

Während sie sich in Gedanken für die Unterhaltung mit einem exzentrischen Künstler wappnete, betrat sie einen Pfad, der eine Schneise durch den Urwald zog. Es war unglaublich, sie fühlte sich wie von Zauberhand in die

Wildnis versetzt. Nach einer Biegung stoppte sie abrupt. Ein schräger, armdicker Stamm versperrte den Weg. Das war nicht alles. Im Sturz hatte das Bäumchen einen Menschen unter sich begraben. Da war jemand in Not! Das Unglücksopfer lag rücklings am Boden. Norma streckten sich stämmige Beine entgegen. Aus einer schwarzen Hose schauten dunkle Halbstiefel heraus. Der Oberkörper verschwand unter einem Geflecht aus Zweigen und Blättern. Norma spurtete los, überwand vorsichtig den Stamm und ließ sich auf die Knie nieder. Behutsam räumte sie die Blätterlast beiseite. Die junge Frau hob den Kopf. Sie war schreckensbleich. Der Blick wirkte verstört.

»Sind Sie verletzt?«, fragte Norma besorgt.

»Weiß nicht.«

Sachte bog Norma einen Zweig zurück, der sich an der Schulter der Verunglückten verklemmt hatte. »Können Sie sich bewegen?«

Versuchsweise ruderte die junge Frau mit den Armen, zuckte mit den Oberschenkeln. »Alles okay, glaube ich.«

»Und der Rücken?«

Sie drehte sich zögerlich im Laub. »Passt!«

»Glück gehabt!«

Norma ruckelte an dem Stämmchen, bis sie es weit genug fortdrücken und die Verunglückte sich zum Sitzen aufrichten konnte. Die dunkle Kurzhaarfrisur und das schwarze Sweatshirt waren von Blatt- und Borkenteilchen überzogen, was ihr einen verwegenen Ausdruck verlieh.

»Fredo und seine Marotten«, schimpfte die Frau, die Anfang 20 sein mochte. »Jeder Baum ein Leben! Das ist sein Credo. Was zählt dagegen meine bescheidene Existenz?« Der Schock war in eine zornige Ironie umgeschlagen.

»Sie gehören zur AntiCar-Gruppe, nicht wahr? Sie waren auf der Demo vor dem Autohaus.«

Norma fühlte sich misstrauisch beäugt. »Machen Sie bei den Automobilisten mit?«

»Keinesfalls! Ich habe mir eure Aktion im Internet angesehen«, stellte Norma freundlich klar.

Ihr Lächeln wurde erwidert. »In Ordnung. Ich heiße Marleen. Und du?«

»Norma Tann. Warte, ich helfe dir auf!«

Mit ihrer Unterstützung kam Marleen auf die Beine. Erleichtert klopfte sie sich Erdkrumen von den Hosenbeinen. Als sie die Haare ausschüttelte und sich dabei über die Augen strich, erschrak sie. »Meine Brille ist weg!«

Also wieder runter auf den Boden. Gemeinsam durchkämmten sie das Laub, bis Normas Fingerspitzen auf etwas Hartes, Kantiges stießen. Sie fischte eine schwarze Hornbrille aus dem Dickicht.

Dankbar nahm Marleen den Fund entgegen. »Kaffee? Komm mit, Norma Tann!«

Der Pfad setzte sich im begrünten Tunnel fort. Norma ging hinter Marleen und hielt sich schützend die Arme über den Kopf. So erreichten sie das Haus. Der Eingang erinnerte sie an die Pforte einer verwunschenen Burg. Gespannt folgte sie Marleen durch einen schummerigen Gang und über eine Treppe hinauf in die erste Etage. Hier empfing sie ein länglicher Flur mit mehreren Türen.

»Wie groß ist eure Gruppe?«, fragte Norma.

Der harte Kern umfasse 10 bis 15 Leute, erklärte Marleen. »Unterstützung können wir immer gebrauchen. Zum Leitungsteam zählen außer mir Lennart, Nick und Jule. Und Fredo selbstverständlich. Neuerdings hängt ein Mädchen, das Lennart angeschleppt hat, bei uns herum. Sie heißt Ona.«

Norma nahm Letzteres unkommentiert zur Kenntnis. »Und was macht ihr, wenn keine Aktionen angesagt sind?«

»Studieren«, antwortete Marleen mit einem Grinsen, das alles bedeuten konnte. »Ich will mich rasch umziehen. Magst du in der Küche warten?«

Sie entschwand in ein Zimmer. Norma betrat die Küche, die sich als überraschend hell und sonnig erwies. Den Mittelpunkt bildete ein robuster Tisch, dessen Ausmaße wie geschaffen waren für eine diskutierfreudige Runde, doch außer ihr war niemand anwesend. Neugierig betrachtete sie den gedrechselten Lehnstuhl an der Stirnseite, hielt es jedoch für angebracht, sich mit einem schlichten Sitzmöbel zu begnügen. Bald darauf erschien Marleen in frischer Kleidung. Sie trug wieder Hose und Shirt, und beides wiederum in Schwarz. Während sie einen Espressokocher mit Wasser und Kaffeepulver füllte, auf die Herdplatte setzte und auf das fertige Getränk wartete, quasselte sie von dem Unfall. Norma führte den Redeschwall auf den überstandenen Schrecken zurück. Froh darüber, dass alles gut gegangen war, übte sie sich in Geduld, um bei der ersten Atempause nach Fredo S. zu fragen. Bevor sich dazu die Gelegenheit ergab, wurden im Flur Stimmen laut. Die Neuankömmlinge waren allesamt bekannte Gesichter. Zuerst betrat die junge Frau mit dem blonden Pferdeschwanz die Küche. Ihr folgte Lennart, der Kletterartist von der Marktkirche. Die Dritte im Bunde war Ona, die verdutzt innehielt, als sie den Gast erkannte. Unwillkürlich hatte Norma sich erhoben.

Bevor Ona einen Ton herausbrachte, ergriff Marleen das Wort und deutete mit der Espressokanne in der Hand auf ihre Retterin. »Fredos Urwaldmonster wollte mich fressen. Norma hat mich aus seinen Klauen befreit.«

»Immer so theatralisch, unser Marleenchen«, stellte die Blonde fest und winkte missbilligend ab. »So schlimm wird's nicht gewesen sein mit dem dürren Stamm. Wir sind einfach drübergestiegen.«

Lennart zeigte mehr Mitgefühl. »Sei nicht so grob, Jule. Hast du dir wehgetan, Marleen?«

»Und wenn schon, Jule wär's egal«, murrte Marleen gekränkt. »Wo steckt eigentlich Nick?«

»Er ist zur Uni, zumindest hat er das behauptet«, sagte Lennart in ungläubigem Ton. »Gehen wir an den Tisch?«

Die anderen folgten seiner Bitte, und auch Norma setzte sich wieder. Der Lehnstuhl blieb frei.

Ona saß ihr gegenüber, sichtlich von Zweifeln getrieben. »Was tun Sie hier? Hat Jorinde Sie wegen mir hergeschickt?«

»Ihr kennt euch?«, hakte Lennart verwundert nach.

»Nur flüchtig«, erklärte Ona. »Frau Tann ist eine Bekannte meiner Großmutter.«

»Du musst Norma nicht siezen, Ona«, warf Marleen ein. »Norma will bei uns mitmachen, gehört also demnächst dazu.«

Norma meldete sich zu Wort. »Das sind gleich zwei Missverständnisse. Erstens bin ich nicht wegen Ona hier. Zweitens habe ich nicht die Absicht, mich in eurer Gruppe zu engagieren. Das Duzen ist allerdings völlig in Ordnung, auch was dich betrifft, Ona.«

»Wenn du dich nicht unserer Initiative anschließen willst, warum bist du dann gekommen?«, fragte Marleen.

»Ich möchte den Hausherrn sprechen.«

Lennart schüttelte den Kopf. »Fredo ist nicht da.« Dabei wandte er sich kurz Norma zu, widmete seine Aufmerksamkeit aber umgehend wieder Ona.

»Wann erwartet ihr ihn zurück?«

»Bedauere, er meldet sich bei uns nicht ab«, gab Lennart zur Antwort. »Seit vorgestern Nachmittag war er nicht mehr hier. Er verschwindet öfter für ein paar Tage, um nach neuen Motiven zu suchen.«

War der Künstler womöglich gemeinsam mit seinem Freund und Förderer verreist? Was hätte Norma für eine heimliche Inspektion seines Kleiderschranks gegeben. Leider war nicht damit zu rechnen, dass die WG-Mitglieder sie aus den Augen lassen würden. »Was den Samstag betrifft, bist du dir sicher?«

»Absolut sicher«, wiederholte Lennart. »Ich habe Fredo gefragt, ob er mit uns Karten spielen möchte, doch er wollte lieber ins Atelier.«

»Die Pokerrunde war nice«, kommentierte Jule mit einem Kichern. »Die Zeit vom Nachmittag bis in die Nacht verging wie im Flug. Sollten wir öfter machen!«

»Das würde ich genauso sehen, wenn ich wie du fast alles gewonnen hätte«, bemerkte Marleen ernüchtert.

»Fredo wurde gestern auf einer Matinee erwartet«, sagte Norma, »ist dort aber nicht erschienen.«

»Hört, hört! Was sie nicht alles weiß«, spottete Jule und wippte kokett mit dem Pferdeschwanz. Mit ihrer schnippischen Art schien sie das Pendant zur bodenständigen Marleen zu bilden.

Ona mochte ihre Rolle in der Gruppe noch suchen. Unsicher rieb sie sich über das Kinn, holte tief Luft und verkündete: »Wundert mich nicht! Norma ist Privatdetektivin.«

Norma hätte den Zeitpunkt für diese Enthüllung lieber selbst bestimmt. Ona schien zu spüren, dass sie die Information zu voreilig rausposaunt hatte. Mit der gemurmelten Bemerkung, sie wolle kurz ins Bad, erhob sie sich und verließ die Küche – verfolgt von Lennarts sehnsüchtigem Blick.

Jule musterte Norma aufmerksam. »Haben dich die Auto-Versteher geschickt? Sollst du uns ausspionieren?«

»Unsinn«, widersprach Norma entschieden. »Ich arbeite für Onas Großmutter. Jorinde Ruiz Alvarez ist die Schwester von Lothar Wiedbrecht. Sagt euch der Name etwas?«

»Klar, Lothar ist Fredos Kumpel«, antwortete Lennart, »wenn nicht sogar sein bester Freund. Er kauft regelmäßig Fredos Bilder.«

»In der Künstlerszene kursiert das Gerücht, Wiedbrecht wolle sich von der Sammlung trennen«, warf Norma ein.

Marleen schaute von Lennart zu Jule und sagte: »Das ist auch Fredo zu Ohren gekommen, deswegen wollte er mit Lothar reden. Fredo war richtig gekränkt, weil sein Freund ihm die Verkaufspläne verschwiegen hat.«

»Wisst ihr, ob es zu dem Gespräch gekommen ist –, und wenn ja, wann?«

Nachdenklich zwirbelte Marleen ihre Haarspitzen zwischen den Fingern. »Wenn überhaupt, dann am Freitag! Morgens hat Fredo mir von seiner Absicht erzählt, Lothar später einen Besuch abzustatten. Dazu passt, dass er Freitagmittag nicht in seinem Atelier war, als ich ihn gesucht habe.«

»Du bist dir jedoch nicht sicher«, fragte Norma an Marleen gewandt, »ob sich Fredo und Lothar tatsächlich getroffen haben?«

Bedauernd hob Marleen die Schultern. »Leider nicht.«

Ona kehrte zurück und nahm wortlos ihren Platz wieder ein. Lennart strahlte sie an.

»Meines Wissens benötigt ein Maler Tageslicht«, sagte Norma. »Wie kann ich mir das vorstellen in eurem grünen Bunker?«

Die bewusst beiläufige Bemerkung fruchtete bei Marleen. »Ich zeige dir das Atelier. Komm, du wirst Augen machen.«

Beide verließen die Küche. Norma folgte Marleen ins Obergeschoss, in Fredos persönliches Reich, wie Marleen erklärte, während sie vorsichtshalber an alle Türen klopfte. Vom Hausherrn kam nirgendwo eine Antwort, und auch sonst wies nichts daraufhin, dass er mittlerweile heimgekehrt wäre. Als sie das Ende des Flurs erreicht hatten, drückte Marleen probehalber die letzte Klinke herunter und nahm, weil die Tür versperrt war, einen Schlüsselbund aus der Hosentasche und schloss auf.

»Hineinspaziert in Fredos Bibliothek«, verkündete sie mit einer ausholenden Geste. Wie Jule vorhin gespottet hatte, haftete ihr etwas Theatralisches an, was Norma jedoch nicht störte. Marleen war ihr trotz der gewissen Überschwänglichkeit weitaus sympathischer als die verkniffene Jule.

Die im Garten wuchernde Biomasse ließ von den Fensterflächen nur ausgefranste Bullaugen frei. Im Zwielicht verschwammen die Konturen der Bücherborde, die weite Teile der Wände verdeckten. Ein Schreibtisch und ein Lesesessel waren mehr zu erahnen als zu erkennen. Umso prägnanter leuchtete der Sonnenkegel, der durch eine Deckenöffnung schien und die Struktur der darin platzierten Wendeltreppe als Schattenspiel auf den Dielenboden projizierte. Norma folgte Marleens Aufforderung und erklomm als Erste die stählernen Stufen.

»Und?«, fragte Marleen erwartungsvoll, als beide oben angekommen waren.

»Wow!«, rief Norma. »Das ist himmlisch, was für ein Licht!«

»Das Glasdach und der Innenhof sind die einzigen Zonen, in denen Säge und Astschere zum Einsatz kommen«, erzählte Marleen mit verschmitzter Miene. »Sosehr Fredo das Grünzeug liebt: Wenn es um seine Arbeit geht, zieht sogar er Grenzen.«

Der Raum schien sich über die gesamte Hausfläche zu erstrecken – mit der Wendeltreppe als einzigem Zugang. Eine Holzdecke verschloss die Dachschräge auf einer Seite. Die gegenüberliegende Hälfte war durchgehend verglast. Schmale Metallstreben trennten die Scheiben voneinander und beschatteten den hellen Fußboden mit filigranen Rauten, die in Norma das sonderbare Bedürfnis weckten, nicht auf die Linien zu treten, als sie umherging. Unter dem hohen First reihten sich Stellwände aneinander, die großformatige Farbfotos trugen. Ein Teil der Aufnahmen zeigte Naturelemente wie Bäume, Wiesen mit Schafen und Kühen oder stille Wasserspiegel, die anderen hatten rohe Betonfassaden, kantige Brückenteile und allerlei Technisches aus Stahl und Glas eingefangen. Diese gegensätzlichen Themen verwoben sich in gewohnt martialischer Ausdrucksform in Skizzen und Gemälden, die auf Staffeleien zur weiteren Bearbeitung bereitstanden.

Ein Werk war weit gediehen und erschien Norma, sofern sie sich dieses Urteil erlauben durfte, als handwerklich hervorragend gelungen. Was sie weniger einnahm, war das Motiv: eine nebelverhangene Waldlandschaft, durch die eine Horde schemenhafter Gestalten streifte, die sich bei genauerem Hinsehen als menschenähnliche Roboter entpuppten. Sah Fredo S. sich als einen modernen Caspar David Friedrich?

Marleen trat an ihre Seite. »Ein Wahnsinnsbild, nicht wahr? Fredo ist absolut genial, als Maler und als Utopist. Eine Technik, die sich der Natur bedingungslos unterwirft – das ist seine Vision einer ökologischen Zukunft. Deswegen lieben die Menschen seine Kunst!«

»Würdest du mir seine Handynummer geben?«

»Bedauere, sein Privatanschluss ist Fredo heilig«, widersprach Marleen. »Eventuell könnte dir seine Tochter sagen, wo er abgeblieben ist.«

»Fredo hat eine Tochter?«

»Das Produkt einer kurzen Affäre«, dozierte Marleen pathetisch. »Fredos eigene Worte! Sie selbst lacht darüber. Mir täte es weh, wenn mein Vater vor anderen Leuten so über mich reden würde.«

»Kann ich nachfühlen. Kennst du sie näher?«

»Wir treffen gelegentlich aufeinander.« Marleens Gesichtsausdruck verriet, wie wenig sie von der Tochter des Malers hielt. »Wenn sie ihn besucht, will sie meistens Geld. Anscheinend läuft ihr Geschäft nicht besonders gut. Jeanne hat einen Hundesalon. ›Pelzkinder‹ oder so.«

Norma horchte auf. »Meinst du vielleicht ›Jeannes Fellkids‹?«

Marleen nickte eifrig. »Stimmt, so heißt der Laden.«

Norma wandte sich ab und schritt, als wollte sie die Werke ausgiebig begutachten, die Reihe der Staffeleien ab. Ein Vorwand, um ihre Gedanken zu sammeln. Die Hundefriseurin war also die Tochter von Fredo – und dementsprechend das gemeinsame Kind von Cordula von Schwenk und ihm. Darüber hätte Jorinde ruhig ein Wort verlieren können! Wusste sie nichts davon, oder war es ihr unerheblich erschienen? Nachdenklich kehrte Norma zur Staffelei zurück. »Fredo hat keine weiteren Kinder?«

»Außer Jeanne hat Fredo nur uns. Wir sind seine Familie. Ob das auch in Zukunft so sein wird?« Marleen zögerte. »Ich sollte nicht darüber sprechen …«

»Ich werde es für mich behalten«, versprach Norma.

Hinter der schwarzen Hornbrille blinzelte Marleen gegen die Sonnenstrahlen, die sich in der dystopischen Waldlandschaft verloren. »Unsere Bewegung wird durch eine Stiftung finanziert, darin steckt Fredos Vermögen. Nun will er die Satzung ändern und uns den Geldhahn zudrehen. Die Arbeit von AntiCar aktiv soll ohne uns weitergehen. Und das ist längst nicht alles.«

»Was plant er außerdem?«

»Letzte Woche hat er Lennart, Nick und Jule aus dem Haus geworfen. Nicht sofort, bis gestern hätten sie ausziehen sollen.«

»Dennoch sind alle noch hier«, bemerkte Norma verwundert.

»Die anderen haben beschlossen, Fredos Ultimatum zu ignorieren. Keine Ahnung, wie lange das gut gehen wird.« Sie errötete, als schämte sie sich für das Verhalten der Freunde. »Ich werde bestimmt nicht allein hier wohnen bleiben.«

»Oh, das muss euch tief treffen. Was hat ihn dazu getrieben?«

Marleen zuckte mit den Schultern. »Er befürchtet, die Kontrolle über die Gruppe zu verlieren. Wir sind ihm zu eigenmächtig. Jule und ihre Klebeblockade, Lennarts halsbrecherische Hängepartie am Kirchturm.«

Und vielleicht weit Schlimmeres? »Seid ihr in die Autobrände verwickelt?«, fragte Norma ohne Umschweife.

»Unsinn!«, widersprach Marleen knapp und entschieden. »Damit haben wir von AntiCar aktiv nichts zu schaffen.« Sie wandte sich ab und stieg die Wendeltreppe hinunter.

Als Norma ihr folgte, meldete sich ihr Telefon. Eine Sprachnachricht von Timon! Hatte er Neuigkeiten aus der Rechtsmedizin? Eilig verabschiedete sie sich von Marleen. Im Garten war sie ungestört. Timons Stimme drang in ihr Ohr. Er habe einige Telefonate geführt, erzählte er. Leider seien die Frankfurter Kollegen, was die Identität des Toten betraf, bisher nicht weitergekommen. Auch lasse sich noch nicht sagen, ob der Mann tatsächlich von genau dem Fahrzeug überrollt worden ist, das später Feuer gefangen hat. Ein interessantes Detail gab es allerdings, das Timon von einem befreundeten Kriminaltechniker erfahren hatte. Der SUV war nicht gewaltsam aufgebrochen worden.

Der Dieb hatte den Wagen mit einem passenden Funkschlüssel geöffnet.

24

Gegen Abend kehrte Ona nach Hause zurück. Die Großmutter empfing sie ungeduldig im Flur, als hätte sie seit geraumer Weile gewartet, um endlich eine Neuigkeit loszuwerden.

»Stell dir vor, Lothar ist verreist!«

»Und wohin?«

Verzweifelt schlug Jorinde die Hände zusammen. »Gute Frage! Auf jeden Fall fehlt Kleidung aus seinem Schrank.«

»Und das weißt du woher?«

»Es ist das Ergebnis einer detektivischen Ermittlung.«

»Lass mich raten! Du hast Norma Tann beauftragt, Onkel Lothar hinterherzuschnüffeln.«

Ona hatte nicht die Absicht, die Quelle dieser Erkenntnis zu verraten. Jorinde würde keine Ruhe geben und alles über die neuen Freunde erfahren wollen, und Ona war viel zu erschöpft für langatmige Ausführungen. Sich in der Gruppe zurechtzufinden und, nicht zu vergessen, die ausschweifenden Diskussionen über mögliche Anti-Auto-Aktivitäten: All das war kräftezehrend. Dazu kamen die ungewohnte Konzentration auf die deutschen Wörter und die Sorge, aus Versehen ins Spanische zu verfallen, was ihr peinlich wäre. Zu ihrer Erleichterung hielt die Großmutter ihre Bemerkung für eine naheliegende Vermutung.

»Nachschnüffeln? Ich bitte dich, Ona, wie das klingt! Ich habe Norma Tann um Hilfe gebeten, weil ich mich um Lothar sorge. Das bleibt unter uns, verstanden? Kein Wort zu Jeanne! Sie würde es sofort an Cordula weitertratschen.«

»Dich beschäftigt noch etwas anderes. Das sehe ich dir an.«

Jorinde wiegte den Kopf. »Damit will ich dich ungern belasten, aber da du fragst: Vorhin stand ein Pärchen vor der Tür. Die jungen Leute wären lieber heute als morgen hier eingezogen.«

Verdutzt hörte Ona sich an, was Jorinde über den merkwürdigen Besuch zu berichten hatte. »Du glaubst, Cordula steckt hinter dem Fake-Angebot?«

»Wer sonst?«, schnaufte Jorinde zornig. »Sie will uns aus dem Haus ekeln. Dafür ist ihr keine Schikane zu perfide. Mir reicht es, ich werde sie zur Rede stellen. Und zwar sofort!«

Ona bestand darauf, sie zu begleiten. Die Großmutter in dieser Situation allein zu lassen, war für sie keine Option, obwohl sie wenig Lust auf eine Begegnung mit Cordula verspürte. Tagtäglich ließ sich die Dame im Hundesalon blicken – in erster Linie, um ihrer Tochter naserümpfend alle möglichen Fehler vorzuwerfen. Ihrer Meinung nach machte Jeanne so ziemlich alles falsch, was eine Geschäftsfrau falsch machen konnte. Jeanne ließ die Maßregelungen an sich abperlen und setzte, kaum war Cordula wieder weg, ihre Arbeit unverdrossen fort. Die unverhohlene Missbilligung der Mutter hinderte sie keinesfalls daran, bei jeder Gelegenheit einen 20- oder 50-Euro-Schein zu erbetteln, weil sie gerade »kein Kleingeld griffbereit habe«. Und Cordula ließ sich grundsätzlich nicht lumpen. Kuriose Mutter-Tochter-Debatten, bei denen die Anwesenheit einer Aushilfskraft ausgeblendet wurde. Falls Cordula überhaupt einen Blick für Ona erübrigte, hätte er genauso gut einem struppigen Vierbeiner gelten können. Obendrein scheute Jeanne nicht davor zurück, sich regelmäßig Cordulas Wagen auszuleihen und sogar Ona mit dem SUV für Besorgungen loszuschicken – wohl wissend, dass ihre Helferin zwar einen Führerschein, jedoch kaum Fahrpraxis hatte.

»Cordula wird uns ignorieren wie gewöhnlich«, unkte Jorinde, als sie den Zeigefinger energisch auf den Klingelknopf presste.

Sie irrte sich. Unverhofft schwang die Tür auf.

Till nahm sie in Empfang. »Oh, Lothars geschätzte Verwandtschaft. Kommt herein!«

Ona fuhr ein freudiger Schreck in die Knie. Verlegen tauchte sie hinter Jorindes schmalem Rücken ab. Auch Jeannes Bruder war im Hundesalon ein häufiger Gast, und er hatte stets ein charmantes Lächeln und nette Worte für sie parat. In den ausgewählten Klamotten, mit denen er gut in einen Katalog englischer Herrenmode gepasst hätte, erschien er ihr als der absolute Gegenpart zu Nick in seinem Schlabberlook. Till war verheiratet, Vater zweier Kinder und sowieso viel zu alt für Ona. Doch was war dabei, im Geheimen für den Mann zu schwärmen? Ein schönes, stilles Spiel, das nicht an ihren Gefühlen für Nick rührte.

Till trat beiseite. »Bitte sehr! Folgt mir in den Salon.«

Salon? Wie besonders das klang! Dabei war es nichts anderes als ein Wohnzimmer mit Ledercouch sowie den dazugehörigen Sesseln in der Mitte und kantigen Holzmöbeln ringsum, wenn auch alles ausladender und großspuriger als drüben bei ihnen. Im verglasten Erker war Cordula damit beschäftigt, die Topfpflanzen zu versorgen. Voller Hingabe hantierte sie mit der Gießkanne und machte keine Anstalten, ihren Gästen einen Platz anzubieten. Wie Bittsteller verharrten Ona und die Großmutter auf dem gebohnerten Parkett. Vom spanischen Teil der Familie hätte sich das niemand erlaubt. War diese Unhöflichkeit eine deutsche Gepflogenheit? Oder spiegelte die unverhohlene Missachtung Cordulas Charakter wider?

»Wohin ist mein Bruder verreist?« Auffordernd stemmte Jorinde die Fäuste in die schmale Taille.

Cordula zupfte gemächlich einen vergilbten Wedel aus einer Zimmerpalme, bevor sie dem Gewächs den Rücken zuwandte und mit mildem Lächeln erklärte: »Seine Sache! Lothar hat die Nase voll von deinem Verfolgungswahn. Er will nichts als seine Ruhe.«

»Das möchte ich von ihm selbst hören«, verlangte Jorinde.

»Ich werde ihm deinen Wunsch ausrichten«, antwortete Cordula gelassen. »Noch was?«

»Allerdings!« Jorinde straffte den Rücken, bevor sie das nächste Problem aufs Tapet brachte. »Meine Wohnung wird von einem Makler inseriert. Stammt der Auftrag von dir?« Ihr Blick schien sich in Cordula hineinzubohren.

»Frag meinen Sohn, er kümmert sich um die Vermietungen.«

»Mir ist nichts dergleichen bekannt«, antwortete Till, der lässig im Türrahmen lehnte, ohne seine Haltung zu verändern. Von der verheißungsvollen Zuwendung keine Spur mehr.

»Ihr lügt! Alle beide!«, zischte Jorinde aufbrausend.

Cordula verschränkte die Arme vor der Brust. »Glaub doch, was du willst. Ich habe meine eigenen Sorgen. Mein

Wagen wurde gestohlen und ging in Flammen auf – mit einem Toten darin. Was für eine scheußliche Geschichte.«

»Du lenkst vom Thema ab«, wandte Jorinde ein. »Es geht um meine Familie.«

Cordula lachte auf. Das Meckern einer Ziege hätte lieblicher geklungen. »Eben, eben! Familie, das ist das passende Stichwort! Lassen wir die tatendurstige Anti-Auto-Aktivistin zu Wort kommen.«

Ona spannte sich unwillkürlich an und war auf der Hut. Die Frau führte etwas im Schilde, und das konnte nichts Gutes sein.

»Worauf willst du hinaus?«, fragte Jorinde mit beginnender Verunsicherung.

Wieder die Ziegenlaute. Dann sagte Cordula mit hinterhältiger Ruhe: »Offensichtlich hast du keinen Schimmer, mit welchen Banditen sich deine Enkelin abgibt. Sie treibt sich mit diesen Autohassern herum. Mich würde es nicht wundern, wenn sie mein Auto gestohlen und angezündet hätte und …«

Jorinde schnitt ihr das Wort ab. »Ona, eine Brandstifterin? So eine gemeine Behauptung passt zu dir!«

»Ich muss nichts erfinden, die Fakten sprechen für sich. Die Polizei hat festgestellt, dass der dazugehörige Funkschlüssel benutzt wurde. Dieses Mädchen ist die Autodiebin!«

Es hätte nur noch gefehlt, dass sie mit dem Finger auf Ona gezeigt hätte. Die Beschuldigung allein war furchtbar genug. Ach, könnte sie sich zwischen den Palmenkübeln verkriechen.

Jorinde legte ihr schützend die Hände auf die Schultern. »Cordula, du bist übergeschnappt. Beleidige meine Enkelin nicht!«

»Lass uns etwas prüfen«, schlug die Ziege glotzäugig vor. »Gewöhnlich hängt der Zweitschlüssel neben Jeannes Schreibtisch im Hundesalon. Gehen wir nachsehen!«

So zog die kleine Karawane los. Cordula eilte vorweg, Jorinde und Ona stapften ihr nach. Till folgte langsamer, als hielte er die Aktion für eine Schnapsidee. Seine Schwester staunte nicht schlecht über den Aufmarsch. Sie saß am Schreibtisch und tippte Zahlen in den Computer ein.

»Wo ist mein Autoschlüssel?«, fragte Cordula, als alle beisammen waren.

»Da, wo er immer hängt«, antwortete die Tochter. Ohne die Finger von der Tastatur zu heben, deutete sie mit dem Kinn auf das Schlüsselbrett an der Wand. »Wirf ihn fort, wir brauchen ihn nicht mehr. Dein Wagen ist ein Wrack.«

»Woran erkenne ich den Schlüssel, Kind?«

Mit genervtem Augenaufschlag unterbrach Jeanne ihre Arbeit. »Das weißt du doch!«

»Beschreibe ihn für Jorinde. Bitte!«

»Na ja, es ist kein Schlüssel mit Bart, wie man ihn früher hatte«, erklärte Jeanne eilig. »Es ist eher ein kleiner schwarzer Kasten mit drei Tasten.«

»Und der Anhänger«, verlangte Cordula aufgeregt, »beschreibe den Anhänger.«

»Na ja«, wiederholte Jeanne. »Es ist ein kleiner grauer Seehund aus Plüsch, ein Mitbringsel von der Nordsee.«

»Ein Autoschlüssel mit Seehundfigur«, wiederholte Cordula triumphierend. »Und, Jorinde, entdeckst du ihn irgendwo?«

Es war abstoßend, wie sie sich aufspielte. Wie herablassend sie mit der Großmutter umsprang! Demütigend. Arrogant. Hundsgemein. Ona hätte Cordula gerne heftig die Meinung gesagt, nur brachte sie keinen Ton heraus.

Jorinde schaute sich gründlich um. »Nun gut, hier hängt nirgends ein Seehund mit Kästchen. Das hat aber gar nichts zu bedeuten. Jeder Kunde oder Lieferant könnte den Schlüssel an sich genommen haben.«

»Das wird sich herausstellen. Kommt mit! Du auch, Jeanne. Ich brauche dich und Till als Zeugen.«

Erneut setzte sich die Karawane in Bewegung, nun um ein Mitglied reicher. Im Gänsemarsch stiegen sie die Treppen hinauf. Ona bildete die Nachhut. Ihre Beine wurden mit jeder Stufe schwerer.

25

Dienstag, der 31. Oktober

Das Gespräch fand am frühen Morgen in Jorindes Küche statt. Sie saßen zu dritt am Tisch: Jorinde, Ona und Norma, die gespannt darauf war, warum sie so zeitig hergebeten worden war. Es sei dringend, hatte Jorinde bei ihrem Anruf verlauten lassen. Und ausnahmsweise gehe es nicht um den Bruder.

Seit Minuten verharrte Jorinde in grüblerischem Schweigen. Ona hockte mit angezogenen Füßen auf dem Stuhl und wirkte im Großvaterhemd wie geschrumpft. Ein verloren gegangenes Kind, das an den Fingernägeln kaute. Je länger sie sich gegenübersaßen, desto stärker wurde Normas Verlangen, Onas malträtierte Hand zu ergreifen und sie aus der Gefahrenzone zu ziehen. Wie erwachsen war sie selbst mit 20 gewesen? Hoffentlich nicht ebenso unreif wie Ona. Sicher war sie sich da nicht. Zu ihrer Erleichterung ließ Ona die Nagerei abrupt sein und murmelte ein Dankeschön für Normas unverzügliches Erscheinen.

Jorinde zog verwundert die Augenbrauen hoch. »Wieso kommst du dazu, Frau Tann zu duzen?«

»Das ist in Ordnung«, beschwichtigte Norma »Wir haben uns gestern bei den Aktivisten gesehen. In der Gruppe sind alle per Du.« Mit wenigen Worten klärte sie Jorinde über AntiCar aktiv und deren Beziehung zu Fredo S. auf und fügte hinzu, dass sie den Maler leider nicht angetroffen habe.

»Wie schade«, sagte Jorinde bedauernd. »Als Lothars bester Freund könnte er uns vielleicht weiterhelfen. Das ist aber nicht unser einziges Problem. Ona steckt in großen Schwierigkeiten. Wir möchten Sie um Ihren Rat bitten.«

»Mit ›Du‹ redet es sich leichter, ist wie Familie. Ihr beide auch«, verlangte Ona mit trotzigem Herrschaftsgebaren. »Oma und du, Norma.«

»Gut, sagen wir alle Du«, antwortete Jorinde auf Normas zustimmendes Nicken hin. »Wenn es dir hilft, mein Kind. Und jetzt erzählst du Norma von dem Schlamassel, in den du hineingeraten bist.«

Ona rührte sich und änderte ihre Sitzposition, als müsste sie sich für etwas Größeres wappnen. Während sie schilderte, was sich am vergangenen Abend zugetragen hatte, hörte Norma mit wachsender Empörung zu.

»Cordula hat dein Zimmer durchsucht?«, staunte sie. »In Anwesenheit ihres Sohnes und der Tochter? Warum um Himmels willen habt ihr das zugelassen?«

»Sie hat mich vollkommen überrumpelt«, verteidigte sich Jorinde kleinlaut. »In Onas Kleiderschrank hat Cordula den Zweitschlüssel zu ihrem Wagen entdeckt. Verborgen zwischen Juans aufgestapelten Hemden.«

»Warum hast du sie überhaupt hereingelassen?«, fragte Norma an Ona gewandt.

»Weil ich nicht wusste, dass sich das Teil unter meinen Sachen befand. Ich habe den Schlüssel nicht dort versteckt.«

Norma ließ das Gesagte einen Moment sacken. Wollte das Mädchen sie auf den Arm nehmen? »Raus mit der Sprache! Was hast du mit dem Autoklau zu tun?«

Jorinde sprach ihrer Enkeltochter Mut zu. »Erzähle Norma, was du mir heute Nacht anvertraut hast. Es wird das Beste sein, glaube mir.«

Wie um sich zu sammeln, verhakte Ona die Finger ineinander, bis die Gelenke knackten. Stockend berichtete sie weiter. Vieles hätte Norma sich vorstellen können: Ärger mit Kunden im Hundesalon, ein Über-die-Stränge-Schlagen auf einer AntiCar-Demo, das Mitgehenlassen von Kaufhausware. Ein solches Geständnis hätte sie sich jedoch nicht träumen lassen.

»Du hast also heimlich den Zweitschlüssel aus dem Hundesalon stibitzt«, fasste Norma zusammen. »Hat Lennart dich dazu angestiftet? Er ist schwer verliebt in dich. Das sieht jeder, der Augen im Kopf hat. War es seine Idee, Cordulas SUV zu stehlen und anzustecken?«

Wie ein Häufchen Elend kauerte Ona am Tisch. Sie wich Normas Blick aus. »Nein, das habe ich mir ganz allein ausgedacht. Cordula hat im Hundesalon mit der Rede rumgenervt, die sie am Samstagabend vor den Automobilisten halten wollte. Das Auto ist Freiheit und so ein Quatsch. Grauenhaft. Außerdem wollte sie mich und die anderen wegen der Gegendemo am Mittwoch verklagen. Jeanne soll mich rauswerfen, hat sie verlangt.«

»Und du hast dir gedacht, um ihr eins auszuwischen, klauen wir das Auto und fackeln es auf dem Neroberg ab? Einfach so?«, fragte Norma und musste sich zur Besonnenheit zwingen.

Ona zog den Kopf ein. »Wie soll man Leute wie Cordula sonst aufrütteln? Solchen Autobesitzern ist doch alles egal, nur ihre Luxuskarren sind es nicht.«

Norma hätte das Mädchen packen und schütteln können, was wenig geholfen hätte. Hier würde sie nur mit einer Kombination von Druck und Nachsicht etwas erreichen. »Wusste der Rest der Gruppe von euren Plänen? Fredo, Jule, Marleen und Nick? Oder nur du und er?«

»Antworte, Kind!«, befahl Jorinde mit blassen Wangen.

Endlich wisperte Ona tonlos: »Nur wir zwei.«

»Lennart und du?«, fragte Norma nachdrücklich. »Hat er auch die vorigen Brände gelegt?«

»Weiß nicht«, lautete die gemurmelte Antwort.

»Und der Tote?«

Die Bemerkung hatte einen Nerv getroffen. Ona zuckte zusammen. Sie streckte die Beine aus und zog eine Grimasse. »Woher soll ich wissen, wie die Leiche im Wagen gelandet ist? Ich habe nicht in den Kofferraum geguckt. Wir haben vor dem Autohaus gewartet, bis die Luft rein war, und uns den Wagen geholt. Zuerst sind wir eine Weile rumgefahren. Später haben wir das Auto unter einer Brücke versteckt, bis es Nacht wurde. Dann sind wir zum Neroberg ...« Der Rest verlor sich in einem Weinkrampf.

Norma ließ Ona Zeit, sich zu beruhigen, bevor sie fragte: »Was habt ihr gemacht, nachdem ihr das Feuer entfacht hattet?«

»Wir sind zu Fuß los und durch den Wald hinunter in die Stadt gelaufen. Zu Hause bin ich runter in den Hundesalon und habe den Autoschlüssel zurück ans Brett gehängt.«

»Augenblick, eine Frage«, bat Norma. »Wie bist du dort hineingekommen?«

Trotz der Anspannung zeigte Ona ein kleines, schadenfrohes Grinsen. »Jeanne ist dermaßen chaotisch, sie vergisst andauernd ihr Schlüsselbund. Deswegen klebt der Ersatzschlüssel hinter dem Firmenschild. Den habe ich mir genommen.«

»Hat dein Freund dich in Jeannes Räume begleitet?«

»Ja, er ist mit rein und anschließend mit auf mein Zimmer.«

»Lennart?«, wiederholte Norma eindringlich. »Reden wir von Lennart?«

Ona zeigte keine Regung und starrte ins Leere.

Die Großmutter stutzte. »Du hast den Jungen mit zu uns genommen? Wie konnte mir das entgehen?«

»Im Fernsehen lief so ein Politiktalk, in dem die Leute sich anschreien. Deswegen hast du uns nicht gehört.«

Norma war mit ihren Gedanken bei dem Wagenschlüssel. Vorausgesetzt, Ona sagte die Wahrheit, müsste ihn jemand absichtlich in ihrem Schrank versteckt haben. »Hat dein Begleiter den Hundesalon vor dir verlassen oder kam er dir nach?«

Ona zögerte mit der Antwort. »Weiß nicht. Beides ist möglich. Ich war so aufgekratzt wegen dem Feuer und allem. Das ging alles durcheinander.«

»Natürlich, so war es!«, rief Jorinde. »Dein sogenannter Freund muss dir das Corpus Delicti untergeschoben haben. Hast du zwischendurch dein Zimmer mal verlassen?«

»Weiß nicht. Doch, ich habe uns etwas zu trinken aus dem Kühlschrank geholt. Warum hätte er das tun sollen?«, fragte Ona arglos.

»Irgendwie muss das Ding ja zwischen Juans Hemden gekommen sein«, wandte Jorinde energisch ein.

Als wäre alles gesagt, verstummte Ona. Auch Jorinde gab sich einem missmutigen Grübeln hin. Norma führte den Faden weiter.

»Was ist mit Cordula?«, überlegte sie laut in das Schweigen hinein. »Sie geht bei Jeanne ein und aus und könnte sich den Zweitschlüssel genommen haben, nachdem Ona ihn zurückgebracht hatte. Wenn sie es nicht war, dann vielleicht Till in ihrem Auftrag, oder Jeanne selbst hat ihn ihr gegeben.«

Jorinde zuckte die Achseln. »Um den SUV-Schlüssel in die Wohnung zu schmuggeln und mit großem Trara so zu tun, als hätte man ihn soeben im Kleiderschrank aufgestöbert? Zutrauen würde ich es ihr, Cordula ist boshaft genug. Allerdings habe ich weder sie noch ihre Bagage aus den Augen gelassen, solange sie hier waren.«

»Sie könnte ihn vorher deponiert haben. Hat sie einen Schlüssel für deine Räume?«

»Nicht dass ich wüsste«, sagte Jorinde. »Andererseits besitzt Lothar bestimmt einen ganzen Fundus von Reserveschlüsseln zu seinen Mietobjekten. Möglicherweise auch für meine Wohnung. Was geht dir durch den Kopf?«

Impulsiv hatte Norma mit der flachen Hand auf den Tisch geklopft. »Erinnere dich an gestern! Du hast dich gewundert, dass die Tür nicht abgesperrt war, als du vom Einkaufen zurückgekommen bist.«

»Verstehe«, sagte Jorinde mit traurigem Lächeln. »Cordula könnte meine Abwesenheit genutzt haben, um sich reinzuschleichen und den Autoschlüssel zu verstecken. Aber was könnte sie dazu getrieben haben?«

Norma formulierte eine Vermutung. »Möglicherweise hat sie beobachtet, wie sich Ona und ihr Kumpan zu ihrem Wagen geschlichen haben. Anstatt Ona durch eine mündliche Aussage zu belasten, erschien es ihr effektiver, gleich den Wagenschlüssel als Beweis zu liefern. Und um das Prozedere wasserdicht zu machen, hat sie Till und Jeanne als Zeugen mit antreten lassen.«

Jorinde gab ein zorniges Knurren von sich. »Zu diesem fiesen Plan passt Cordulas Ankündigung, heute Vormittag die Polizei über ihren Fund zu informieren.«

»Ihr dürft keine Zeit verlieren«, riet Norma. »Niemand muss sich selbst belasten, aber in diesem Fall geht es auch um einen mysteriösen Leichenfund. Ona sollte Cordula zuvorkommen und sich selbst wegen des Autodiebstahls anzeigen.«

Widerstrebend stimmte diese dem Vorschlag zu. »Wie mache ich das?«

Norma schilderte den Frauen, was zunächst anstand. »Die Sache ist brisant, nicht allein wegen des Todesfalls. Autodiebstahl und Zündelei sind keine Kavaliersdelikte. Ich informiere meine Ex-Kollegen, dass Ona aussagen möchte. Ihr müsst unbedingt einen Anwalt einschalten.«

Auf Jorindes Bitte hin zählte sie eine Reihe von Kanzleien auf, die ihr als kompetent und zuverlässig bekannt waren. Jorinde notierte die Adressen auf ein Blatt Papier.

Unverhofft rührte sich Ona, die erschöpft in sich zusammengesunken gewesen war. Mit fester Stimme erklärte sie: »Egal, was kommt und was man mir vorwirft, von mir wird niemand einen Namen erfahren.«

Erschrocken schaute Jorinde von ihrer Liste auf. »Du willst doch nicht die komplette Schuld auf dich nehmen? Ohne deine Freunde würdest du nicht in diesem Dilemma stecken. Selbstverständlich erklärst du, mit wem du das gemeinsam ausgeheckt hast.«

»Wieso verlangst du das von mir? Man muss füreinander einstehen, hast du immer gesagt. Und dass man sein Wort halten muss, egal was dann passiert, das hat mir Juan beigebracht. Ich habe geschworen, niemanden zu verraten.«

»Kind, dein Freund ist kriminell!«, begehrte Jorinde entsetzt auf. »Dieser Mensch zündet Autos an.«

»Und wenn schon! Was für eine Bedeutung hat totes Material wie Blech und Kunststoff? Es geht doch um das Leben an sich. Es ist unsere Pflicht, für eine bessere Welt zu kämpfen. Das war euer Spruch.« Triumphierend sah Ona ihre Großmutter an.

Die Blässe auf Jorindes Wangen wirkte durchscheinend, als wäre alles Blut aus ihrem Gesicht gewichen. »Wir haben niemals verbrecherische Methoden verwendet.«

»Du lügst!« Ona schnaufte angriffslustig, als sie ausstieß: »Juan hat mir von eurer Widerstandsbewegung erzählt. Wie ihr Bomben gegen die Contras und Amerikaner geworfen habt.«

»Die Missverständnisse meiner Jugend haben nichts mit deiner Situation jetzt zu tun«, murmelte Jorinde. Sie schien peinlich berührt. »Es waren verwirrende Zeiten. In Nicaragua herrschte Bürgerkrieg. Juan und ich wollten dem Morden nicht tatenlos zusehen.«

Norma war baff. Die Vorstellung, mit der adretten Seniorin eine ehemals mit Sprengstoff hantierende Rebellin vor sich zu haben, erschien ihr absurd.

Ganz die Enkelin einer streitbaren Großmutter fauchte Ona: »Man muss sich bedingungslos aufeinander verlassen können, daran hat Juan geglaubt. Er hätte niemals gewollt, dass ich einen Freund verpetze.«

»Gut, gut«, wiegelte Jorinde ab und atmete tief durch. Die Enthüllung ihrer Vergangenheit drängte sie in die Defensive. »Norma, diese Anschläge damals … Das war aus heutiger Sicht nicht recht … In jener Zeit dagegen …«

Besänftigend wehrte Norma ab: »Ich bitte dich, du bist mir keine Rechenschaft schuldig.«

»Verrat bleibt Verrat«, murrte Ona störrisch. »Ich halte mein Wort.«

»Wir werden sehen«, antwortete Norma kryptisch.

Ona verkroch sich in ihr Zimmer.

Bevor sich Jorinde zurückzog, um in einer Kanzlei anzurufen, hatte Norma eine Frage auf dem Herzen: »Warum hast du mir nicht gesagt, dass Fredo S. Jeannes Vater ist?«

»Ist das von besonderer Bedeutung?«, gab Jorinde zurück.

Mit zwiespältigen Gefühlen verließ Norma das Haus. Der Morgen hatte mit einem Paukenschlag begonnen. Was mochten die kommenden Stunden bringen?

26

Als Norma sich telefonisch bei Wolfert meldete, war er bereits über den aufgefundenen SUV-Schlüssel im Bilde. Dank Cordula von Schwenk, die dem Ermittlerteam einen frühmorgendlichen Besuch abgestattet hatte. So zeigte sich der Hauptkommissar lediglich darüber überrascht, dass Ona auf Normas Empfehlung hin ein Geständnis ablegen wollte. Während sie miteinander sprachen, begann ihr Bauch laut zu knurren. Jorindes Anruf hatte sie überstürzt und mit nüchternem Magen aufbrechen lassen.

»Hör mal, Dirk, du und Luigi, habt ihr Appetit auf eine kleine Stärkung?«

Sie sah sein liebenswürdiges Lächeln vor sich, als er antwortete: »Es wäre Luigis zweites und mein erstes Frühstück. Du bist uns herzlich willkommen.«

»In gut zehn Minuten kann ich im Präsidium sein«, stimmte sie zu.

Weil Jorinde es so dringend gemacht hatte, war sie, anstatt den Bus zu nehmen, mit dem Auto losgebraust. Obwohl der Kleinwagen wenig Raum beanspruchte, erwies sich die Parkplatzsuche in der Innenstadt gewöhnlich als Herausforderung. An diesem Morgen hatte sie in einer Seitenstraße der Adolfsallee Glück gehabt. Ihr dortiger Stellplatz hatte den einzigen Makel, unter einer ausladenden Kastanie zu liegen. So rechnete sie, als sie sich dem Fahrzeug näherte, mit übel riechenden Hinterlassenschaften auf dem Dach. Doch entweder waren die Stare bereits unterwegs gewesen, als sie ihren Wagen abgestellt hatte, oder diese Baumkrone galt in Vogelkreisen als unliebsames Schlafquartier, denn der Lack war nicht dreckiger als sonst. Erleichtert ließ sie sich auf den Fahrersitz fallen und schlug den Weg zum Konrad-Adenauer-Ring ein. Das dort angesiedelte Polizeipräsidium Westhessen lag auf dem Weg zu ihrer Wohnung am Biebricher Rheinufer.

Ob sie das Auto verkaufen sollte, falls sie und Timon ins Zentrum ziehen würden? Mit dieser Frage beschäftigt, fädelte sie sich in den fließenden Verkehr ein. Auf einen eigenen Stellplatz, wie er ihr zurzeit zur Verfügung stand, dürfte sie nach dem Umzug kaum bauen. Die Vorstellung, in Zukunft etliche Runden drehen zu müssen, um einen Anwohnerparkplatz zu ergattern, wirkte abschreckend. Trotzdem haderte sie mit der Forderung des Anti-Car-Teams, sämtliche Fahrzeuge aus der City zu verbannen. Timon hätte damit keine Probleme, er saß von jeher lieber auf dem Rad als hinter dem Steuer. Normas Gefühle dieses Thema betreffend waren weitaus zwiespältiger. Unter anderem mochte sie das Wägelchen, das für sie weit mehr war als ein Haufen Blech und Plastik, als den Ona es bezeichnen würde. Aus vielen misslichen Situationen hatte es sie herausgebracht, und für Observationen war das unauffällige Modell unverzichtbar. Dass sie kaum ohne Auto auskommen würde, wurde ihr mal wieder bewusst, als sie ihr Ziel erreichte und wie gerufen ein Besucherparkplatz frei wurde. Bequem war so ein Wagen schließlich auch.

Vom Öko-Gewissen geplagt, strebte sie zu Fuß dem Portal zu. Dem Ursprung als US-amerikanisches Militärhospital hatte das Polizeipräsidium Westhessen, wie die korrekte Bezeichnung der Behörde lautete, seine beachtlichen Dimensionen zu verdanken. Zwei mehrgeschossige Gebäudeflügel und ein lang gestrecktes, bogenförmiges Pendant schlossen sich zu einem symmetrischen Komplex zusammen. In den Jahren, in denen Norma tagtäglich dort ein und aus gegangen war, hatte sie diesen Besonderheiten kaum noch Beachtung geschenkt. Seit sie selten herkam, war sie jedes Mal beeindruckt von der bemerkenswerten Architektur.

Der Haupteingang lag mittig in einem Seitenflügel. Wolfert wartete bereits draußen unter dem Vordach, um sie abzuholen. In seiner Begleitung durfte sie sich als Außenstehende durch das Gebäude bewegen. Milano hatte einen Tisch am Fenster der Cafeteria geblockt. Seine fleischigen Unterarme umrahmten ein Tablett, als müssten sie das Espressotässchen und den Teller mit den zwei Brötchen darauf vor einem Überfall aus dem Hinterhalt beschützen. Die Tischkante drückte sich scharf in seinen Bauch.

»He, Ex-Kollegin!«, polterte er und winkte Norma heran.

»Geh nur«, sagte Wolfert. »Croissant und Milchkaffee? Was du damals immer bestellt hast?«

Sie erinnerte sich nicht daran, was sie in früheren Zeiten gefrühstückt hatte. Aber wenn Wolfert meinte, es zu wissen … »Warum nicht? Danke dir!«

»Dirk hat mich auf den aktuellen Stand gebracht. Deine Verdächtige wird nachher samt Anwältin erscheinen«, sagte Milano, nachdem Norma sich einen Stuhl genommen hatte.

»Der Hauptanteil am Geständnis gebührt der Großmutter«, gab sie zurück. »Ich habe nur ein wenig nachgeholfen.«

Wolfert balancierte ein Tablett heran.

»Kein Käsebrötchen für Norma? Nur ein Croissant?«, stellte Milano verwundert fest und schlug die Zähne in sein Salamibaguette.

Wolfert hielt mit seiner Last über dem Tisch schwebend inne. »Ist was nicht in Ordnung?«

»Sie hat noch nie ein Croissant gefrühstückt«, schnaufte Milano mit vollem Mund. »Nicht, solange ich denken kann.«

»Von wegen, du irrst dich …« Wolfert brach zweifelnd ab.

Norma sprang auf und nahm das Tablett entgegen. »Alles wunderbar, Dirk! Ich liebe Croissants. Im Augenblick auf jeden Fall.«

Sie nahm wieder Platz, und Wolfert setzte sich ebenfalls.

Milano erkundigte sich nach Ona. »Wird sie umfassend aussagen?«

Norma verriet nicht zu viel, als sie wiedergab, mit welchen Details zu rechnen wäre. »Sie steht zu dem, was sie getan hat. In ihr steckt ein eiserner Wille. Womöglich ein Erbe ihrer Vorfahren. Stellt euch vor, die Großeltern waren in jungen Jahren in Guerillakämpfe in Nicaragua verwickelt. Ona ist entschlossen, kein Wort über ihren Komplizen zu verlieren.«

Milano pfiff durch die Zähne.

Sein Kollege legte die Stirn in Falten. »Wenn wir von der AntiCar-Gruppe ausgehen, würde ich auf einen der beiden Wortführer tippen. Nick Kahlbach und Lennart Jameson waren letzte Woche bei der Protestkundgebung auf dem Luisenplatz.«

»Vom Denkmal aus spaziert man in einer Viertelstunde zu einem gewissen Lokal im Rheingauviertel«, ergänzte Milano mit finsterer Miene. »Um dort vor unserer Nase einen Wagen abzufackeln. Du kannst dir nicht vorstellen, welchen Spott die Kollegen über uns ausschütten!«

»Wenn es dich tröstet«, sagte Norma, »ich komme mir auch ziemlich blöd vor als doppelte Augenzeugin.«

»Für den Brand im Rheingauviertel hat Lennart ein Alibi angegeben«, erklärte Wolfert. »Oder sollte ich besser sagen: Er hatte ein Alibi? Angeblich war er in einem Bistro. Und wer ist seine Zeugin? Ona!«

»Wie treffend«, urteilte Norma. »Und Nick?«

»Nick Kahlbach behauptet, nach der Demo unverzüglich heimgekehrt zu sein, um sich für ein Seminar vorzubereiten. Allein. Das kann man glauben, muss man aber nicht.«

»Das heißt, alle drei sind im Spiel, was den Brand im Rheingauviertel betrifft«, bemerkte Milano zwischen zwei Bissen.

Gemächlich tauchte Norma den Löffel in den Milchschaum. »Einige Leute von AntiCar aktiv habe ich in Fredos Haus kennengelernt. Jule, Marleen und Lennart, auch Ona war dabei. Nick hat sich nicht blicken lassen. Fredo S. ist seit Samstag angeblich abgetaucht.«

Milano stieß einen weiteren Pfiff aus. »Falls er Onas Komplize vom Neroberg ist, wird ihm die Sache mit der Leiche im Kofferraum zu heiß geworden sein.« Er lächelte über sein eigenes Wortspiel.

Wolfert beugte sich vor. »Wie schätzt du die kriminelle Energie der Gruppe ein, Norma?«

Sie rief sich das Zusammentreffen in der Küche in Erinnerung. »Jeder und jede könnte hinter den Bränden stecken. Dass vor allem Lennart das Zeug für riskante Alleingänge hat, beweist sein Kletterkunststück an der Marktkirche.«

»Das Brandermittlerteam wird ihn noch gründlicher unter die Lupe nehmen«, prophezeite Wolfert.

»Wird sich Borching an Onas Vernehmung beteiligen?«

»Darauf kannst du wetten«, antwortete Wolfert. »Die Fälle hängen zusammen, der Brand und die Leiche. Unsere Teams arbeiten eng zusammen, das bündelt Kompetenzen.«

»Sofern man über solche verfügt«, grunzte sein schwergewichtiger Partner missmutig. Milano hatte sich noch nie gern in seine Arbeit reinreden lassen, selbst von Wolfert nicht. Je größer das Team, desto grimmiger seine Laune.

Würde Ona seiner und Wolferts Vernehmungstaktik standhalten können? Nicht ohne Grund eilte den Kommissaren der Ruf voraus, selbst erfahrene Kriminelle zum Reden zu bringen. Ona musste den Ernst der Lage begreifen und, was sie zu sagen hatte, offen und ehrlich aussprechen. Sicher, dass das klappen würde, war sich Norma allerdings nicht.

»Versprecht mir, dass ihr rücksichtsvoll mit Ona umgeht«, bat sie, während sie am Croissant knabberte und der knusprige Blätterteig an ihren Lippen kleben blieb. Sie spülte die Krümel mit einem Schluck Milchkaffee hinunter.

»Dafür wird schon die Anwältin sorgen, die der Kleinen bestimmt nicht von der Seite weicht«, sagte Wolfert schicksalsergeben und warf einen Blick auf die Armbanduhr. »In zwei, drei Stunden wissen wir mehr.«

Milano griff hinter sich, um das Telefon aus der Hosentasche zu ziehen. Der Klingelton summte »Spiel mir das Lied vom Tod«.

»Hatte der Tote ein Handy dabei?«, fiel Norma bei der Gelegenheit ein.

»Sofern du einen geschmolzenen schwarzen Klumpen

als Telefon bezeichnen möchtest«, antwortete Wolfert trocken und wechselte das Thema, während sich Milano dem Anrufer widmete. »Wie steht es mit deinen Ermittlungen, Norma? Konntest du mehr über den heimlichen Kunsthandel in Erfahrung bringen?«

Das Croissant war verputzt. Die letzten Krumen tupfte Norma mit den Fingerspitzen auf. »Leider ist Wiedbrecht, meine hoffnungsvollste Quelle, mit unbekanntem Ziel verreist. Ich will nicht ausschließen, dass er gemeinsam mit Fredo S. unterwegs ist.«

Milano hatte das Telefonat beendet und wandte sich mit blitzenden Augen Norma zu. »Wann, sagtest du, wurde Fredo S. zuletzt gesehen?«

»Am Samstagnachmittag von Bewohnern seiner WG.«

Brummend griff Milano nach der Espressotasse, die zwischen seinen Fingern zu zerbrechen drohte.

»Raus mit der Sprache, Luigi!«, forderte Wolfert ihn ungeduldig auf. »Was gibt es?«

In aller Ruhe leerte Milano das Tässchen, bevor er bedächtig erklärte: »Das war der Rechtsmediziner. Wir haben neue Informationen zur Brandleiche.«

Norma beschlich eine böse Ahnung. »Willst du uns etwa erzählen, dass Fredo …?«

»So ist es«, sagte Milano. »Bei der Brandleiche im SUV handelt es sich um die sterblichen Überreste von Alfred Schiergens alias Fredo S.«

»Ach du grüne Neune!«, entfuhr es Wolfert. »Kein Zweifel?«

»Eine Zahnärztin hat sich gemeldet. Er war ihr Patient, die Identität ist eindeutig«, bekräftigte Milano.

Zaudernd legte Wolfert das Brötchen, das er zum Mund geführt hatte, auf den Teller zurück. »Wie zum Teufel gelangt ein toter Maler in den Kofferraum dieser Auto-Befürworterin?«

Norma war über die Neuigkeit nicht weniger erstaunt. »Das herauszufinden, ist euer Job. Ich hätte allerdings einen Tipp für euch.«

»Raus damit!«, forderte Milano.

»Meine Recherchen mögen auf der Stelle treten. Folgendes kann ich euch trotzdem sagen. Fredo und Cordula kannten sich, und mehr als das. Jeanne Paulick ist ihre gemeinsame Tochter.« Norma gab wieder, was Marleen über Jeanne erzählt hatte.

»Damit wissen wir zumindest, wen wir über Fredos Ableben informieren müssen«, sagte Wolfert und bedankte sich bei Norma. »Nach der Familie sollten wir die Autogegner aufsuchen.«

»Seid ihr einverstanden, wenn ich mit Jeanne über ihren Vater spreche?«

»Nur zu. Wo wären wir ohne deine Spürnase?«, bekannte Milano großzügig. »Vorausgesetzt, du hältst uns weiterhin auf dem Laufenden.«

Sie fühlte sich durch Wolferts starke Brillengläser gemustert. Mit übergroßen Augen schaute er sie an. »Lass uns bitte zuerst mit Frau Paulick reden. Wir melden uns bei dir.«

Ihr war es recht, sie wollte sowieso erst einmal nach Hause. Sie war mit Timon zum Videochat verabredet, und dafür wollte sie allein sein. Sie freute sich sehr darauf, mit ihm zu sprechen.

27

Dank seiner Verbindungen hatte auch Timon soeben erfahren, wer der Tote war. Norma saß mit aufgeklapptem Laptop am Küchentisch, vor ihr sein Gesicht auf dem Bildschirm, und erzählte ihm alles, was sie wusste. Ein Austausch, der ihr half, ihre Gedanken zu ordnen.

Nachdem sie lange darüber gesprochen hatten, schien er sie auf andere Gedanken bringen zu wollen. »Was hältst du von einer Wohnung mit Garten?«, fragte er. »Moment, ich maile dir das Angebot.«

Seit Jahren lebte er in möblierten Wohnungen oder Häusern, die von ihren Besitzern zeitweise nicht genutzt werden konnten. Von daher war er Kompromisse gewohnt, sehnte sich jedoch mittlerweile nach einem dauerhaften Zuhause. Gewisse Anforderungen waren nicht diskutierbar. Dazu zählten eine Küche, die wirklich zum Kochen taugte, ein geräumiges Zimmer für jeden und eine Terrasse oder ein Balkon, der für den Fall der Fälle katzensicher ausgestattet werden konnte. Auch wenn die Poldi-Frage noch ungeklärt war.

Nach wenigen Sekunden war seine Nachricht da. Neugierig öffnete Norma die angefügte Datei. Die darin vorgestellte Wohnung befand sich nahe der Biebricher Allee, die den Stadtteil am Rhein mit der Innenstadt verband, und lag in günstiger Entfernung zu ihrem Büro und dem Hessischen Landeskriminalamt. Die Aufteilung der Zimmer passte, und es gab sogar einen Keller für Timons geliebtes Rad.

»Wann ziehen wir ein?«

Er strahlte über ihre Begeisterung. »Der Tipp kommt von einem Wiesbadener Kollegen. Der derzeitige Mieter ist sein Cousin, den es aus beruflichen Gründen in den Norden verschlägt. Mit der Hausbesitzerin habe ich vorhin telefoniert. Eine ältere Dame, sehr sympathisch.«

»Leider sehe ich einen dicken Haken. Die Konkurrenz wird Schlange stehen.«

Er blieb optimistisch. »Mach dir darüber keine Gedanken. Die gute Frau will keinen Makler im Haus, lieber verlässt sie sich auf Empfehlungen. Unsere Chancen stehen bestens. Frau Ebeling wartet auf deinen Anruf – das heißt, wenn du magst?«

Norma musste lachen. »Du stellst Fragen! Ich kümmere mich gleich darum.«

Kaum hatte er ihr die Telefonnummer diktiert, wandte sich sein Blick vom Bildschirm ab.

»Was ist los?«, fragte sie.

Er hielt das Smartphone in die Höhe. »Der hiesige Institutsleiter bittet um Rückruf. Scheint dringend zu sein.«

»Der Mann sollte nicht warten. Lass uns später noch mal sprechen.«

Er winkte zum Abschied in die Kamera. Norma wählte die 0611 für Wiesbaden und die darauffolgenden Ziffern, die Timon durchgegeben hatte. Das Gespräch verlief aussichtsreich.

Marietta Ebeling schien sich aufrichtig zu freuen und lud sie zur Besichtigung ein. »Heute um 17 Uhr? Klingeln Sie bitte bei Ebeling.«

Entzückt stimmte Norma zu und legte das Telefon auf dem Küchentisch ab. Leopold schmiegte sich an ihre Seite und begann wohlig zu schnurren, als sie die Finger in seinem stahlgrauen Pelz vergrub. Was sollte sie gegen eine Katze einzuwenden haben, war Marietta Ebelings unbekümmerte Antwort gewesen, als Norma vorsichtig nachgefragt hatte. Der Garten liege abseits der Hauptstraße und stehe allen Hausbewohnern – den zwei- wie den vierbeinigen – zur freien Verfügung. Das klang fast zu schön, um wahr zu sein.

Unverhofft stellte Leopold sein Schnurren ein und spitzte die Ohren. Als es an der Wohnungstür klingelte, musste Norma das Tier beiseiterücken, was der Kater mit einem erbosten Miauen kommentierte. Nur knapp entkamen ihre Finger einem Prankenhieb.

»Hätte ich mir denken können, dass Poldi bei dir ist.« Die Besucherin, die Norma in die Küche gefolgt war, musterte das Tier liebevoll.

Ebenso wie der Kater ließ sich auch Eva Vogtländer gern in der Dachwohnung blicken. Norma mochte diese spontanen Treffen, ob für einen Plausch beim Kaffee oder einen Abend mit langen Gesprächen bei einem guten Rheingauer Riesling. Über die Zeit waren sie zu Freundinnen geworden. Die Vermieterin befand sich in einer schwierigen Lebensphase. Ihre Zukunftsträume hatten sich zerschlagen – und damit ebenso Normas und Timons Pläne. Eigentlich hatte Eva zu ihrem Freund nach Köln ziehen wollen, um das jahrelange Pendeln zu beenden. Sogar eine neue Stelle als Lehrerin hatte sie sicher gehabt. Timon hätte ihre Wohnung im mittleren Stockwerk übernommen. Die perfekte Lösung für ihn und Norma: vereint unter einem Dach, dennoch jeder im eigenen Reich. Ein schwerer Autounfall in der Familie hatte Evas Pläne jedoch vereitelt.

»Habt ihr etwas in Aussicht?«, fragte sie und nahm den

Kaffee entgegen, den Norma schnell für sie aufgebrüht hatte.

Norma wusste, worauf sie anspielte. Das Thema war allgegenwärtig. »Ich schaue mir heute eine Wohnung an, klingt vielversprechend.«

»Ihr könnt nicht warten, bis sich meine Situation geklärt hat. Das verstehe ich, und es tut mir leid.«

»Ich bitte dich, Eva! Was du für deine Familie leistest, erfordert allen Respekt. Wenn jemand Schuld an dem Schlamassel hat, dann der Idiot, der volltrunken auf die Kreuzung gerauscht und dem Mann deiner Schwester in den Wagen gedonnert ist. Wie geht es deinem Schwager?«

Eva sank neben dem Kartäuser auf der Bank nieder. »Nicht gut, ihm steht die nächste Operation bevor. Meine Schwester ist mit den Nerven am Ende. Die Leitung der Firma muss sie allein stemmen. Deswegen will ich die Kinder für eine Weile zu mir nehmen. Vorher möchte ich meinen Freund für ein paar Tage besuchen.«

»Ich stehe wie immer als Dosenöffner bereit«, versprach Norma. »Hast du dich entschieden?«

Deutlicher musste sie nicht werden. Als wüsste er, um wen es ging, erhob sich der Kater, dehnte spielerisch seine Muskeln und überwand den Küchentisch mit zwei Sprüngen. Sein Ziel war das Fensterbrett, von dem aus er nach Tauben auf dem Dach Ausschau hielt.

Eva, die ihm zugesehen hatte, sagte bekümmert: »Ich werde zu wenig Zeit für Poldi haben, wenn die Kinder bei mir wohnen. Und wer soll ihn während meiner Reisen versorgen, wenn du ausziehst? Also ja!«

Norma wollte ihren Ohren nicht trauen. »Das heißt, es ist abgemacht? Wir dürfen ihn mitnehmen?«

»Sofern die Wohnung und das Umfeld für einen Kater

geeignet sind. Das ist eure Entscheidung. Ihr werdet das Richtige finden. Wo könnte Poldi es besser haben als bei dir und Timon?«

Norma bedankte sich, sie war tief gerührt über dieses Vertrauen. Sie schwankte zwischen Freude und Mitleid mit Eva, der anzumerken war, wie schwer ihr die Zustimmung gefallen war. So verstand Norma die plötzliche Hast, in der die Freundin den Kaffeebecher leerte und sich verabschiedete. Leopold blieb ungerührt auf dem Fensterplatz zurück. Seine Welt war in bester Ordnung. Katze müsste man sein.

Das Leben leben, wie es kommt.

28

Eine Viertelstunde später verließ Norma das Haus. Wolfert hatte Wort gehalten und ihr sein Okay für einen Besuch bei Jeanne Paulick als Nachricht aufs Handy geschickt. Norma meldete sich absichtlich nicht im Hundesalon an, um Jeanne keine Gelegenheit für Ausflüchte zu geben, was nicht sehr rücksichtsvoll war. Immerhin hatte die Hundefriseurin soeben vom Tod ihres Vaters erfahren. Norma wollte endlich mit den Nachforschungen, die schließlich auch Fredo S. betrafen, vorankommen und würde sich bei dem Gespräch auf ihr Gespür verlassen, um Jeanne in ihrer Trauer nicht mehr als notwendig zuzusetzen. Wieder entschied sie sich für den Wagen, um schnell und flexibel zu sein, falls Jeanne nach Hause gefahren war. Cordulas Tochter wohnte in einem Dorf im Untertaunus, wie dem Impressum ihrer Homepage zu entnehmen war.

Die Fahrt über die Stadtgrenzen hinaus blieb Norma erspart. Die Tür zum Salon war abgesperrt, auf mehrfaches Klingeln hin öffnete Jeanne jedoch. Sie wirkte verstört, die Nachricht hatte sie sichtlich geschockt. Im Haar trug sie einen geblümten Schal, dessen Knoten sich gelöst hatte, sodass er ihr halb auf die Schultern gerutscht war. Er drohte, jeden Moment hinunterzufallen, was seine Trägerin nicht zu stören schien. Sofern sie es überhaupt bemerkt hatte.

»Was wollen Sie?«, hauchte Jeanne. »Mir … mir geht es nicht gut.«

»Mein aufrichtiges Beileid zum Tod Ihres Vaters.« Norma griff nach Jeannes Hand, die sich kalt und kraftlos anfühlte.

»Woher wissen Sie …?« Jeanne versagte die Stimme.

Ihre Beine knickten ein. Sie sackte in Normas Armen zusammen. Norma ließ die Ohnmächtige sanft auf den Boden gleiten. Im Treppenhaus war es still. Als sie nach dem Handy griff, kam Jeanne wieder zu sich.

»Kein Arzt«, bat sie flüsternd. »Es geht mir gleich besser.«

Mit Normas Hilfe raffte sie sich auf und bewegte sich schwankend zur Sitzecke, wo Norma flugs zwei Sessel zusammenschob, damit die Entkräftete sich niederlassen und die Beine hochlegen konnte. In der Teeküche füllte Norma eine Karaffe mit Wasser und brachte diese zusammen mit einem Glas an den Tisch. Mit jedem Schluck kehrte mehr Farbe auf Jeannes Wangen zurück.

»Entschuldigung«, murmelte sie. »Das war alles zu viel. Zuerst hat Ona, der ich vertraut habe, mich hintergangen. Nun ist mein Vater tot! Und er starb im Wagen meiner Mutter! Was ist nur passiert? Es ist einfach schrecklich.« Schlagartig erblasste sie erneut, sodass zu befürchten war, sie würde ein zweites Mal ohnmächtig werden.

»Trinken Sie!«, verlangte Norma schnell und füllte das Glas auf.

Nachdem Jeanne sich gefangen hatte, rückte Norma einen Sessel für sich selbst heran.

»Fredo war ein so lebensbejahender Mensch«, sagte Jeanne mit einem zaghaften Lächeln.

Kurz überlegte Norma, ob ihre Frage angemessen war, wagte dann aber, sie zu stellen. »Wie gut haben Sie sich verstanden?«

Jeannes Finger fuhren in fahrigen Linien über die Armlehnen und zeichneten das grafische Stoffmuster nach. »Früher hatte wir kaum Kontakt, obwohl wir beide in Wiesbaden lebten. Ein Päckchen zu Weihnachten und zum Geburtstag, sofern er daran dachte, was selten genug geschah. Erst nach dem Tod meines Stiefvaters sind wir uns nähergekommen.«

»Traurig«, warf Norma mitfühlend ein.

»Ach, meine Kindheit war in Ordnung. Hasso von Schwenk war für Mama eine gute Partie, zunächst zumindest, und für mich war er ein passabler Vater. Hasso galt als Luftikus, andere hätten ihn Hallodri oder Windhund genannt, trotzdem war er auf seine Weise charmant. Das Geld, das er als Weinhändler verdiente, hat er mit Börsenspekulationen und auf der Rennbahn durchgebracht. Bevor meine Mutter die Scheidung einreichen konnte, ist er gestorben. An einem Herzinfarkt, mutterseelenallein vor seinem Computer, während er geborgtes Geld verzockte.«

»Ihre Mutter hat Schulden geerbt?«

»Einen ganzen Berg! Wie hoch er war, ahnte sie nicht, sonst hätte sie das Erbe natürlich ausgeschlagen. Zum Glück traf sie auf Lothar. Wie könnte sie sich diesen Luxus sonst leisten?«, entgegnete Jeanne mit einer Häme, die Norma ihr nicht zugetraut hätte.

»Lothar Wiedbrecht hat die ausstehenden Forderungen beglichen?«

»Viel mehr als das.« Jeanne deutete mit einer matten Armbewegung um sich herum. »Sehen Sie selbst! Cordula zuliebe hat Lothar mir diese Räume zur Verfügung gestellt, obwohl er sich vor Hunden fürchtet. Meinem Bruder, der ein dilettantischer Buchhalter ist, überlässt er die Verwaltung der Mietshäuser, weil Mutter es erwartet. Wie lange soll das gut gehen? Mit Tills Arbeit, mit meinem Laden? Der Salon ist nicht unbedingt eine Goldgrube, wenn Sie verstehen, was ich meine.«

Lothar Wiedbrecht fungiert als willfähriger Goldesel, fasste Norma für sich zusammen, was Jeanne über ihren Ziehvater offengelegt hatte. Ein Immobilienmogul, dessen Gutmütigkeit sich die Familie der Partnerin zunutze machte.

»Entspringt die Veräußerung der Kunstsammlung ebenfalls dem Wunsch Ihrer Mutter?«

»Sie wissen davon?«, staunte Jeanne. »Die Verkäufe sollten diskret abgewickelt werden. Cordula wird toben!«

»Gerüchte sind der Treibstoff der Kunstszene«, entgegnete Norma entspannt. »Fredo war verstimmt, nicht wahr?«

»Viel mehr als das, er war tief getroffen«, räumte Jeanne ein, »und konnte nicht begreifen, warum sein bester Freund vorhatte, ihn zu hintergehen. Deswegen wollte er sich mit Lothar aussprechen. Bei der Gelegenheit war er bei mir im Salon. Weil ich dringend etwas außer Haus erledigen musste, konnte ich ihm nur einen Kaffee anbieten und kaum ein Wort mit ihm wechseln. Wenn ich gewusst hätte …« Ihr verzweifelter Blick folgte Norma, die aufgestanden war und im Raum auf und ab tigerte.

»Darf ich fragen, wann er hier war?«

Nachdenklich richtete Jeanne ihren Schal. »Freitagmittag, sofern ich mich richtig erinnere.«

Das passte zu Marleens Anmerkung, Fredo habe erwähnt, seinen Freund am Freitag aufsuchen zu wollen. »Ist es zu dem Gespräch gekommen?«

»Nein, Lothar war nicht zu Hause.«

»Und Ihre Mutter?«

»Da bin ich überfragt.«

Norma nahm wieder Platz. »Wie gut kennen Sie die AntiCar-Aktivisten?«

Müde richtete Jeanne sich im Sessel auf. Ihre Hände suchten an den Armlehnen Halt. »In Fredos Haus geht es zu wie im Taubenschlag. Und mittendrin mein leichtgläubiger Erzeuger, der von seinen Jüngern geliebt werden wollte. Die Gruppe hat ihn und seinen Enthusiasmus schamlos ausgebeutet.«

»Sie sprechen von Geld?«

»Die Finanzierung von Aktionen, das ständige Füllen des Kühlschranks, die WG-Zimmer, die er ihnen für lau überlassen hat. Fredo besaß ein Herz aus Gold.«

Auch seiner Tochter gegenüber verhielt er sich spendabel, wenn man Marleen Glauben schenken durfte. War Jeanne eifersüchtig auf die Gruppe?

»Mein Vater war dermaßen in Rage über diese Brandserie«, fuhr Jeanne fort. »Jedes einzelne Feuer schade der großen Sache. So hat er sich ausgedrückt.«

»Hatte er jemanden aus dem harten Kern in Verdacht?«

»Möglicherweise«, entgegnete Jeanne ratlos. »Mit mir hat er nicht darüber geredet. Ich habe gespürt, wie enttäuscht er war. Was wird aus Ona? Ich mag … mochte sie. Hat sie Fredo überfahren?«

»Ona hat eingeräumt, den Wagen gestohlen und in Brand gesetzt zu haben. Von dem Toten wusste sie nichts, laut ihrer Aussage. Ob das stimmt, kann ich nicht sagen. Wir müssen abwarten, was die polizeilichen Ermittlungen ergeben.« Sie hatte sich in gestelzte Formulierungen geflüchtet. Der Polizeijargon verschaffte ihr Abstand zu dem beklemmenden Inhalt.

Jeanne nickte schweigend, vermutlich musste sie die Antwort sacken lassen.

»Ona handelte nicht allein. Ihr Freund war dabei«, fuhr Norma fort. »Lennart.«

»Sie ist verliebt«, antwortete Jeanne mit angedeutetem Lächeln. »Heftig verliebt sogar. Nicht in Lennart.«

»Wie? Ich dachte …«, verdattert brach Norma ab.

»Falsch kombiniert! Lennart hat ein Auge auf Ona geworfen, wohl wahr. Sie dagegen hat einen anderen im Visier. Sein Name ist Nick.«

»Sind Sie sicher?«, fragte Norma skeptisch.

»Der Junge mit den Dreadlocks hat es ihr angetan. Ein lässiger Typ, verstehe ich. Ona hat seinen Namen mehrmals erwähnt.« Jeannes Oberkörper sank in sich zusammen, ihre Augenlider zitterten. Sie wirkte erschöpft.

»Sie sollten sich ausruhen«, schlug Norma vor. »Möchten Sie, dass ich bleibe?«

Jeanne lächelte vergleichsweise entspannt. »Das Reden hat gutgetan. Gehen Sie nur, ich komme klar.«

Norma erhob sich. Eine Frage war offengeblieben. »Jorinde vermisst ihren Bruder sehr. Könnten Sie nicht vermitteln?«

Jeannes Miene verschloss sich von einem Atemzug auf den anderen. »Das ist allein Lothars und Mutters Angelegenheit. Jorinde sollte ihren Bruder in Frieden lassen. Mehr will ich dazu nicht sagen.«

Vor der Tür checkte Norma die neusten Eingänge auf dem Handy. Eine Nachricht stammte von Wolfert: *Vernehmung beendet, Geständnis erfolgt, aber unvollständig. Keine Entlassung.*

Auch Milano hatte sich gemeldet. Seine Information war kurz und bündig: *Zäh, die Kleine. Spielt die Rebellin.*

29

Weiße Rechtecke an den Wänden. Schlachthofkacheln auch auf dem Fußboden. Sogar der breite Sockel, auf dem die dünne Matratze lag, war weiß gekachelt. Oder musste es »gefliest« heißen? Es spielte keine Rolle. Was zählten in diesem klinischen Kerker die Feinheiten der deutschen Sprache? Sie war eingesperrt. Weggesperrt. Von der Freiheit getrennt durch eine Metalltür. Ohne Griff. Mit einem Guckloch und einer Klappe. In der Ecke des Raums eine Kloschüssel ohne Deckel. Daneben ein Waschbecken aus Metall. In Augenhöhe ein Spiegel, ebenfalls aus Metall, der ihr Gesicht verzerren würde, hätte sie hineingeschaut. Aber sie wollte niemanden sehen. Vor allem nicht sich selbst.

Nirgends ein Fenster, keine Luke. Nichts zum Rausgucken. Trotzdem war ihr bewusst, wohin man sie geschafft hatte: hinunter in den Keller des riesigen Polizeigebäudes. Eine Polizistin hatte sie nach der Vernehmung zu einem Fahrstuhl geführt, damit war es abwärts gegangen. Danach durch stille Gänge unter grellen Deckenlichtern, bis sich eine Tür hinter ihr geschlossen hatte. Nicht mit einem Knall. Leise war sie ins Schloss gerutscht. Mit einem kaum vernehmbaren Klacken, das in ihren Ohren dennoch nachhallte.

Der Kopf tat ihr weh, ein bohrendes Stechen hinter den Schläfen, als hätte sie für die Schule gebüffelt, ohne zwischendurch an die Luft zu gehen. Die Kehle brannte. Schmerzen und Durst sind Verbündete, sie schärfen die Widerstandskraft. So oder zumindest so ähnlich hatte sich

Juan ausgedrückt. Aus diesem Grund hatte sie während der Vernehmung Wasser und Kaffee abgelehnt. Hungerstreik. Das Wort beherrschte ihre Gedanken.

Aber hinsetzen, das wäre okay. Gefangene sollten mit ihren Kräften haushalten. Mit tastenden Schritten verließ sie die Raummitte, in der sie bewegungslos abgewartet hatte, und trat an den gefliesten Sockel heran. Zögerlich, als täte sie etwas Verbotenes, setzte sie sich auf die darauf liegende Matratze. Hielt sich aufrecht, obwohl jede Faser ihres Körpers danach verlangte, sich wie ein Kind zusammenzurollen und den Kopf in den Armen zu vergraben.

Was geschah in diesem Raum mit der Zeit? Sie hatte jedes Gefühl dafür verloren. Zu Hause schaute sie alle paar Minuten auf ihr Smartphone, jetzt wusste sie nicht, ob sie hier seit Stunden ausharrte oder ob wenige Minuten verstrichen waren. Ihre Beharrlichkeit schwand dahin. Sie fiel auf die Seite, zog die Knie an den Bauch heran und schlang die Arme um die Beine, so fest sie konnte. Ihr Gesicht wurde nass. Die Tränen versickerten im Matratzenbezug.

Und sperrt man mich ein
im finsteren Kerker,
das alles sind rein
vergebliche Werke;
denn meine Gedanken
zerreißen die Schranken
und Mauern entzwei:
die Gedanken sind frei.

Wenn sie länger hierbleiben müsste, würden ihr, so hoffte sie, die anderen Verse einfallen. Das Volkslied hatte Jorinde sie gelehrt.

Sie vermisste ihre Pillen.

30

Jorinde passte Norma im Hausflur ab. »Wenn du meinst, ich hätte dir aufgelauert, würde ich dir nicht widersprechen.« Sie habe beobachtet, wie Norma in den Hundesalon gegangen sei, und sich seitdem nicht von der Stelle gerührt.

»Hast du von Ona gehört?«, fragte Norma. »Soweit ich weiß, befindet sie sich im Polizeigewahrsam. Durftest du mit ihr sprechen?«

Jorinde seufzte bekümmert. »Wir haben kurz telefoniert. Vorerst wird man sie nicht gehen lassen. Schlimmstenfalls kommt sie in ein richtiges Gefängnis.«

Als ehemalige Polizistin konnte Norma diese Konsequenzen nachvollziehen. »Sie ist spanische Staatsbürgerin. Wenn der Haftrichter befürchtet, Ona könnte sich ins Ausland flüchten, wird er eine Untersuchungshaft anordnen.«

»Meine Enkeltochter wird behandelt wie eine Verbrecherin«, beschwerte sich Jorinde bitter. »Dabei hat sie sich freiwillig gestellt.«

»Wir haben einen ungeklärten Todesfall«, gab Norma zu bedenken. »Außerdem sind Autoklauen und Feuerlegen kein Ladendiebstahl. Ona muss endlich alles offenlegen. Warum diese Geheimniskrämerei?«

Jorinde zögerte mit der Antwort. »Es ist schwer zu erklären. Ich glaube, es hat mit meinem Mann zu tun. Ona und ihr Großvater waren, wie sagt man, ein Herz und eine Seele. Sie hat ihn vergöttert, hat an seinen Lippen gehangen. Das Wenigste, was er sagte, war für die Ohren eines

Kindes tauglich. Doch sie hatte die Gabe, die düstersten Erinnerungen aus ihm herauszusaugen.«

»Vielleicht sollte sie als Vernehmungsspezialistin zur Polizei gehen«, scherzte Norma. Ernsthaft fügte sie hinzu: »Von welcher Art Erlebnissen sprichst du?«

»Als Arzt in Krisengebieten musste Juan viele Schikanen gegen die Bevölkerung miterleben, darunter die erschütterndsten Verbrechen, nicht selten von staatlicher Seite. Es hieß, als ausländische Hilfskraft solle man sich dem Regime gegenüber neutral verhalten. Das hat Juan nicht gekümmert. Missstände prangerte er an.«

»Mutig, aber riskant!«

Jorinde schnaufte verärgert. »Sein Sinn für Gerechtigkeit hat ihn immer wieder in Situationen gebracht, in denen er um sein Leben fürchten musste. Frag mich nicht, wie oft er verhaftet wurde. Ihm war bewusst, dass er mit seinem Verhalten nicht nur sich selbst, sondern auch mich und seine Mitarbeiter in Gefahr brachte. Er konnte nicht anders. Dafür hat Ona ihn bewundert. Wie auch ich.«

»Was verständlich ist. Juan hat sich für die Menschen eingesetzt.«

»Ich fühle mich wie ein Opfer unserer eigenen Ansprüche«, bekundete Jorinde kläglich. »Den Kameraden verrät man nicht. Sein Mantra! Nun hält sich Ona daran, was sagt man dazu?« Ihr Gesichtsausdruck schwankte zwischen Großmutterstolz und schierer Verzweiflung.

»Der unbekannte Kamerad hat Ona in ein Verbrechen reingezogen, und die Leiche …«

Aufgeregt fiel Jorinde ihr ins Wort. »Für den Todesfall ist Ona gewiss nicht verantwortlich.«

»Meine Ex-Kollegen werden sich nicht mit Mutmaßungen begnügen.«

»Mir ist klar, dass allein der gute Glaube einer betagten Großmutter wenig ausrichten kann«, fuhr Jorinde ernüchtert fort. »Wirst du mir helfen?«

Worum es ging, war unschwer zu erraten. »Ich soll den Kompagnon und Brandstifter ausfindig machen?«

Jorinde stimmte mit heftigem Nicken zu. »Wenn du ihn überführst, ist Ona raus aus der Zwickmühle. Der Verrat wäre nicht mehr nötig.«

»Netter Plan! Er hat nur einen Haken.«

»Wenn du dir Gedanken wegen Lothar machst: Die Suche nach ihm sollst du bitte weiterführen. Ich bezahle deinen Mehraufwand. Für meine Enkelin ist mir nichts zu teuer. Abgemacht?«, fragte sie erwartungsvoll.

»Mir geht es nicht ums Geld«, widersprach Norma aufrichtig. »Seit Wochen brütet eine Sonderkommission über den Brandstiftungen. Warum, glaubst du, sollte ich erfolgreicher sein als die Spezialisten der Wiesbadener Kripo?«

»Ich traue es dir zu«, gab Jorinde mit fester Stimme zurück. »Allein dein Einbruch bei Cordula hat mich schwer beeindruckt. Du bist unerschrocken, du bist kreativ. Dir wird weit mehr einfallen als diesen Polizisten.«

Norma lächelte über den Vertrauensvorschuss. Gut, dass Milano und Wolfert nicht Mäuschen spielten. »Einverstanden! Ich bekomme eine Summe im Erfolgsfall. Was hat Priorität? Dein Bruder oder die verhängnisvolle Freundschaft?«

»Wie du vorgehen willst, bleibt deine Entscheidung«, bot Jorinde an. »Was Lothar betrifft, bin ich weitergekommen. Diese Mietinteressenten haben mich nervös gemacht, deswegen wollte ich herausfinden, ob Lothar mir tatsächlich die Wohnung überschrieben hat.«

»Du hast seinen Notar angerufen?«, fragte Norma aufs Geratewohl.

»Der Mann ist Lothars Schulfreund, ich kenne ihn von früher. Wir waren bis über beide Ohren … das ist eine andere Geschichte.« Sie hielt inne, als hätte sie den Faden verloren, was Norma zu der Frage brachte, ob die alte Dame den dramatischen Ereignissen gewachsen war.

»Der Notar?« Geduldig brachte sie den Punkt in Erinnerung.

Jorinde blickte nervös auf, sammelte sich und fuhr fort: »Er hat die Kanzlei längst der Tochter übergeben, gute Freunde betreut er jedoch weiterhin persönlich. Bei all seinen Geschäften habe sich Lothar stets auf ihn verlassen. Niemals würde er einen anderen Notar zurate ziehen – sagt der alte Freund.«

»Und in jüngster Zeit hat er Lothar nicht gesehen?«

»Seit Monaten sei er nicht dort gewesen, sagt er, und ich habe keinen Grund, daran zu zweifeln. In welchem Notariat ist Lothar nur gewesen?«

»Und aus welchem Anlass?«, gab Norma zurück. »Um deine Wohnung wird es eher nicht gegangen sein.«

»Das könnte uns Cordula sagen, diese Schlange«, fauchte Jorinde erbost.

»Auf ihre Kooperation dürfen wir kaum hoffen.«

»Dir wird sicher etwas Gescheites einfallen«, verkündete Jorinde zuversichtlich. »Du bringst mir meinen Bruder zurück und befreist meine Enkelin von dem entsetzlichen Vorwurf, ein Menschenleben auf dem Gewissen zu haben. Wer könnte das außer einer Privatdetektivin, die mit allen Wassern gewaschen ist?«

Wohl eher mit dem Klammerbeutel gepudert, schoss es Norma durch den Kopf, als sie das Haus verließ. Wie sollte sie Jorindes hohen Erwartungen gerecht werden?

Auf dem Gehsteig empfing sie das Trällern der Stare, die

sich für den Zug in den Süden sammelten. Die unbekümmerten Sänger dachten nicht daran, die lauschigen Baumkronen zu räumen, und ließen ihre Exkremente weiterhin auf die Autos niederplatschen. Blech gegen Natur. Standplatz gegen Lebensraum. Ihr Wägelchen war wieder einmal unbekleckert davongekommen. Norma freute sich und fuhr los in Richtung Kureck. Auf Höhe des Kurparks führte die Strecke steil hinauf ins sogenannte Komponistenviertel, dessen Straßen die Namen berühmter Musiker trugen. Sie parkte abseits vom eigentlichen Ziel, weil sie es schätzte, vor einem wichtigen Gespräch ein Stück zu gehen. Mit etwas Glück würde sie auf Marleen treffen, das auskunftsfreudigste Mitglied des Autogegner-Trupps. Umgeben von gediegenen Gründerzeithäuser und prätentiösen Neubauten, die die Baulücken zwischen den historischen Gebäuden füllten, war ihr Fredos Urwald beim ersten Besuch wie ein Stück Utopia erschienen. Dieses Mal störte lebhaftes Treiben die Beschaulichkeit. Polizeiwagen verstellten den Gehweg. Rot-weiße Absperrbänder flatterten um das Anwesen. Eine Schar von in weiße Anzüge gehüllten Personen suchte mit gesenkten Köpfen den Boden ab. Deren Kollegen strebten, klobige Metallkoffer mit sich schleppend, zielstrebig dem scharfen Knick zu, hinter dem sich Fahrspuren im Dschungellabyrinth verloren. Die provisorische Zufahrt schlug, wie Norma von ihrem ersten Besuch und dank des Blicks aus dem Küchenfenster wusste, eine Schneise in das undurchdringliche Gestrüpp und endete vor dem Nebengebäude.

Sie schlenderte näher heran, ohne die Aufmerksamkeit auf sich zu ziehen. Lediglich eine Schutzpolizistin, die zur Bewachung der Absperrung beordert worden war, nahm sie zur Kenntnis. Die Arbeiten erforderten von allen Spezialisten der Wiesbadener Tatortgruppe die volle Aufmerksamkeit. Norma hielt nach bekannten Gesichtern Ausschau, konnte jedoch niemanden aus früheren Zeiten entdecken. Sie war einfach schon zu lange raus. Dann jedoch tauchte hinter einem mannshohen Busch eine vertraute, massige Gestalt auf. Sie hob den Arm und nahm, als alles Winken nichts nützte, das Telefon zu Hilfe. 20 Schritte weiter fischte Milano das Handy aus der Gesäßtasche, lauschte einen Augenblick mit eingezogenem Genick in den Apparat hinein, schaute sich suchend um und eilte ihr endlich entgegen. Immer wieder war sie beeindruckt, wie geschmeidig er seinen bulligen Körper zu bewegen wusste.

»Hältst du hier allein die Stellung?«, fragte sie verwundert, weil Wolfert nicht zu sehen war.

»Wir sind zwar wie ein altes Ehepaar, aber wir können auch einzeln. Dirk ist im Büro geblieben und erledigt den Papierkram.« Eine Arbeitsteilung, der Milano zweifellos eine Menge abgewinnen konnte.

»Hat Ona geredet?«

»Viel zu wenig«, brummte er. »Das Mädchen hält dicht, was ihren oder ihre Komplizen betrifft.«

»Den inneren Zirkel der Aktivisten habt ihr gewiss überprüft?«

»Selbstverständlich! Lennart, Jule und Marleen haben angeblich von mittags bis in die Samstagnacht hinein in der Küche gehockt und gepokert.«

Norma nickte zustimmend. »Dasselbe hat Jule mir erzählt. Klingt für mich wie abgesprochen. Wo war Nick?«

»Er hat in seinem WG-Zimmer für die Uni gelernt. Ein fleißiger Junge!«

»Zeugen?«

Milano zuckte mit den fülligen Schultern. »Es war Licht im Zimmer, der Computer lief, behaupten seine Kumpels. So weit Nicks Alibi.«

»Ziemlich dünn! Was sagt Ona über Nick?«

»Sie kenne ihn kaum, was zu Borchings bisherigen Ermittlungen passt. Nick ist von allen am wenigsten präsent in der Gruppe. Ein friedfertiger Mitläufer, wie es scheint.«

Irrte sich Jeanne, was Onas Schwärmerei betraf? Norma fragte nach dem Autowrack. »Seid ihr auf irgendwelche Spuren gestoßen? DNA oder anderes?«

»Das Feuer hat alles vernichtet. Das hilft uns nicht weiter. Aber unser Team hat sich den Parkplatz vor dem Autohaus genau angesehen.«

»Den Ort, an dem Cordulas Wagen abhandenkam?«, vergewisserte Norma sich.

»Dort gibt es nichts, was auf einen Unfall schließen ließe. Fredo könnte überall in der Stadt unter die Räder geraten sein. Wir brauchen den Unfallort, um voranzukommen. Wolfert hat darauf bestanden, hier alles unter die Lupe zu nehmen. Wenn du mich fragst, verlorene Liebesmüh.« Er zuckte ergeben die Achseln, als käme es auf diese Verzweiflungstat nicht mehr an.

»Puh«, machte sie beim Mustern der Zufahrt, die nichts anderes war als ein vom Bewuchs befreites Stück Gartengrund. Trockenes Laub und herabgefallenes Geäst bedeckten das von Reifenspuren zerfurchte Erdreich. »Sisyphus lässt grüßen! Wenn der Weg wenigstens ordentlich befestigt wäre. Pflastersteine vertrugen sich jedoch offenbar nicht mit Fredos Verständnis von naturnaher Gartengestaltung.«

Milano lachte, was mutlos klang. »Wie sollen wir in diesem Biotop verwertbare Hinweise auf ein Tötungsdelikt finden? Wünsch uns Glück!«

Norma reckte die Hände nach oben. »Ich drücke beide Daumen! Wie steht es mit Neuigkeiten zum Brandopfer?«

»Wenn du wissen willst, ob der Mann unter den Schwenk'schen SUV geraten ist, brauchst du Geduld. Die Untersuchungen laufen zäh.«

»Darf ich ins Haus und mit den jungen Leuten reden?«

»Vor mir aus«, gestattete er großzügig, um dann anzumerken: »Es ist eh niemand da.«

»Die Aktivisten sind in der Hochschule?«

Milano brummte geringschätzig. »Eher auf einer Demo, schätze ich. Womöglich hängen sie gerade an einer Autobahnbrücke. Oder sie lassen sich von unseren Kollegen von der Straße schleppen, sofern sie sich nicht festgepappt haben.«

»Wir waren auch mal jung! Hast du nie demonstriert, Luigi?«

»Das willst du gar nicht wissen, was ich alles angestellt habe«, entgegnete er mit gespielter Düsterheit. »Hast du deinen Immobilienfuzzi aufgespürt?«

»Der Mann ist wie vom Erdboden verschluckt«, erklärte sie betrübt. »Bevor er verschwand, hat er angeblich noch einen Notar aufgesucht.«

»Lass mich raten! Mit seiner Lebensgefährtin?«

»So hat es seine Schwester gesagt. Er scheint reichlich tatterig und nicht mehr in der Lage zu sein, allein Auto zu fahren.«

Milano strich sich eine dunkle Locke aus der Stirn. »Wie kommt man schnell und einfach an viel Geld?«

»Entführung oder Banküberfall«, spekulierte Norma.

»Okay, anders gefragt: Schnell, einfach und *legal*?«

Aber ja! Ein diffuser Gedanke, den sie bislang nicht zu fassen bekommen hatte, zeigte sich nun plötzlich glasklar. »Durch eine – wie nennt man das juristisch? – eine …«

»Eine General- und Vorsorgevollmacht«, erklärte Milano mit bitterer Zufriedenheit. »Für Skrupellose gibt es kaum eine bessere Methode, sich ein Vermögen zu ergaunern. Ich hatte eine Tante mütterlicherseits, die als Witwe ihr spätes Glück fand. Der hübsche, junge Ehemann nahm sie aus wie eine Weihnachtsgans, und die eigenen Kinder guckten in die Röhre … Gibt es hier Gespenster? Oder welcher Geist ist dir gerade erschienen?«

»Ich frage mich«, sagte sie nachdenklich, »ob Wiedbrecht noch am Leben ist. Oder ob ihn seine Lebensgefährtin aus dem Weg geschafft haben könnte.«

»Um sich sein gesamtes Vermögen unter den Nagel zu reißen? Das müsste sie vor seinem Dahinscheiden erledigt haben. Oder er hat sie in seinem Testament bedacht. Die Welt ist schlecht. Warum mit einem Mal so eilig, Norma? Was hast du vor?«

Im Gehen wandte sie sich um. »Nach der Leiche in Cordulas Keller suchen.«

31

Durch die dünne Matratze hindurch spürte sie die harten Fliesen überdeutlich. Doch Ona kümmerte sich nicht um ihren schmerzenden Hüftknochen. Sie ließ sich von ihrer Erinnerung bis nach Gerona tragen. Die Großeltern hatten damals die verheerenden Ausmaße der verunglückten Verabredung gespürt, auch wenn sie von der Dramatik der Ereignisse nichts gewusst hatten. Ona erwähnte lediglich einen Streit, dem der Ausflug mit den Freundinnen zum Opfer gefallen wäre. Fürsorglich bot Juan an, mit ihr zum Kloster zu fahren. Sein Zuspruch konnte den Vorfall nicht ungeschehen machen, war ihr aber dennoch ein Trost. Ihr wurde warm ums Herz, wenn sie sich an die Sommer ihrer Kindheit und die Ausflüge in die Natur mit Juan erinnerte. Sie war sich vorgekommen wie eine Heldin, wenn er sie auf Nebenstrecken ans Steuer ließ, und sie mit dem Seat durch die Serpentinen kurvte. Später waren andere Dinge wichtiger geworden.

Die Stadt wärmte sich in der Morgensonne auf, als Ona ihren Rucksack und eine Jacke auf den Rücksitz des Seats warf. Die Berge seien nebelverhangen, hatte der Radiosprecher poetisch vermeldet. Das Wetter werde aufklaren, verkündete Juan zuversichtlich, während er sich mit allen Tricks bemühte, den Motor zu starten. Ona rutschte auf den Beifahrersitz. Der betagte Wagen ließ sich gern eine Weile bitten. An diesem Morgen schien das Gefährt fest entschlossen, nicht mehr als ein leierndes Scheppern von sich zu geben, sobald Juan den Anlasser betätigte. Ona brach in Tränen aus. Musste in ihrem Leben alles schiefgehen?

Als der Wagen nach einem trostlosen Röcheln gar keinen Laut mehr hören ließ, trat Pablo vors Haus und winkte mit dem Schlüssel seines Geländewagens. Juans Weigerung fand kein Gehör. Wozu sei ein Freund und Nachbarn da? Keine Widerrede, ihr nehmt den SUV! Lächeln, Bonita! Hübsche Mädchen sollten nicht weinen. Hübsch? Pablo wollte sicher nur nett sein … Es musste etwas dran sein an Albas gehässiger Bemerkung, die sie niemals vergessen könnte.

Der Mann aus dem Radio hatte die Wetterlage treffend beschrieben. Je höher sie kamen, je enger sich die Steinmäuerchen an den Straßenrand drängten, umso dichter umwoben die dunstigen Schwaden die Landschaft. Aufmerksam hielt Juan den Blick nach vorn gerichtet. Der SUV schnurrte durch die Kurven. Er fuhr nicht, er glitt vorwärts. Nicht zu vergleichen mit Juans jämmerlicher Rumpelkiste.

Unvermittelt lag nach einer sich bergauf schraubenden Haarnadelkurve der wilde Hang frei vor ihnen: karge, steile Wiesen, vereinzelte Buschgruppen wie hineingetupft, und in der Ferne lauerte, reglos wie ein versteinertes Tier aus der Urzeit, die mächtige Klosteranlage.

»Darf ich jetzt?«, quengelte Ona zum x-ten Mal, als wäre sie immer noch 13.

32

Die sprichwörtliche Leiche im Keller musste sich gedulden. Sowieso mangelte es Norma im Augenblick an Ideen, wie sie die Suche nach Lothar Wiedbrecht intensivieren sollte. Inzwischen hatte sie zwei Fälle, einer erwies sich als verzwickter und aussichtsloser als der andere. Ein bedeutsamer Termin stand bevor und lenkte sie von den Grübeleien ab. Erwartungsvoll begab sie sich auf den Weg zur Biebricher Allee, bog in eine der Nebenstraßen ab und stand pünktlich um 17 Uhr an der angegebenen Adresse.

Vier Namen befanden sich auf dem Klingelschild. Voller Vorfreude drückte sie auf den Knopf oben rechts für »Ebeling« und wiederholte, als alles still blieb, den Versuch ein zweites, ein drittes und ein viertes Mal. Nichts rührte sich. Verwundert checkte Norma ihr Telefon, ob sie eine Nachricht, einen Anruf verpasst hatte. Das war nicht der Fall. Hatte die liebenswürdige Dame sie schlicht versetzt? Angespannt wanderte sie auf dem Gehweg auf und ab und warf über das Mäuerchen einen Blick in den Garten hinein, in dem Rosen mit wilden Ranken wucherten und späte Herbststauden ihre leuchtenden Farbteppiche ausbreiteten. Dazwischen blühte Katzenminze, die nur darauf zu warten schien, dass sich Leopold in ihrem Duft wälzte.

Am Eingang tat sich etwas.

Ein Mann in Jeans und locker fallendem Hemd trat heraus und kam ihr entgegen. Die nackten Füße steckten in abgelaufenen Schlappen. Er stellte sich als Dr. Reimers vor und sagte, er habe sie erwartet. »Frau Ebeling muss sich bedauerlicherweise entschuldigen.«

»Sehr schade! Wir haben den Termin erst heute Vormittag ausgemacht.« Die Enttäuschung schwang hörbar in ihrer Stimme mit.

»Marietta liegt im Krankenhaus«, erklärte der Herr Doktor mit fürsorglichem Unterton.

»Oh, das tut mir leid. Was ist ihr zugestoßen?«

»Ein Unglück auf der Treppe. Oberschenkelhalsbruch, OP, Krankenlager und anschießend Reha«, fasste er knapp zusammen, was Marietta Ebeling bevorstand. »Sie hat mich aus der ›Paulinen Klinik‹ angerufen und gebeten, ihre Wellensittiche zu versorgen und die Blumen zu gießen. So bald wird Marietta nicht entlassen werden. Wenn Sie möchten, können Sie sich die Räume trotzdem anschauen. Ich bin derjenige, der ausziehen wird.«

Neugierig folgte sie ihm durch seine Wohnung, die sich nicht als Palast entpuppte, aber als solide, ruhig und mehr als geräumig für zwei Menschen und einen Kater. Die von Rabatten umrankte Terrasse wies in den Garten hinaus und erschien ihr so einladend, dass sie sich mit Vergnügen im Liegestuhl ausgestreckt hätte. Mit dem Einverständnis des Bewohners schoss sie Handyfotos für Timon.

»Mein Partner muss zustimmen, aber ich bin mir sicher, er würde gern hier einziehen«, sagte sie am Ende des Rundgangs.

»Die Vermietung ist Mariettas Sache. Ich lege ein gutes Wort für Sie ein«, bot Dr. Reimers an. Termine mit anderen Wohnungssuchenden seien seines Wissens nicht geplant.

Aus dem Auto heraus sandte sie die Bilder an Timons Handy und konnte seinen Rückruf kaum erwarten. Morgen würde sie der Verunglückten einen Blumenstrauß ins

Krankenzimmer schicken, ergänzt von einer Karte mit netten Zeilen, die neben den Genesungswünschen ihr Interesse an der Wohnung bekräftigten.

Es wurde Abend, bis Timon sich meldete und sie anrief. So gut es tat, seine Stimme zu hören, so schmerzlich vermisste sie den Anblick seines Gesichts, selbst wenn es nur von den Pixeln eines Displays dargestellt wurde.

Beschwingt schob sie den Teller mit ihrem Abendbrot beiseite. »Allein die Terrasse ist ein Schmuckstück und der Garten ein echter Abenteuerspielplatz für einen unternehmungslustigen Kater. Wenn du das Zimmer mit dem Erker nimmst, würde ich …«

»Wir sollten nichts überstürzen.«

Sie stutzte. »Was ist los, Timon? Wir waren uns einig, dachte ich. Willst du mit mir zusammenziehen oder nicht?«

»Natürlich will ich das! Nur sollten wir uns Zeit …«

»Zeit wofür?«, unterbrach sie ihn ärgerlich. »Um weitere Absagen zu kassieren? Wir haben eine tolle Chance, und die müssen wir nutzen. Lass uns am Wochenende darüber reden. Wenn du hier bist …«

»Magst du nicht nach Brüssel kommen, Norma? Gestern habe ich ein fantastisches veganes Restaurant entdeckt. Wir essen, wir reden. Auch über die Wohnung.«

Wieso *auch*? Was sollte das? Weshalb diese Ausflüchte? »Das wird schwierig, ich habe gleich zwei Aufträge und nicht die geringste Vorstellung, wie lange es dauern wird, sie abzuschließen. Sofern ich überhaupt etwas rausfinde.« Aufgebracht horchte sie in sein Schweigen hinein. »Verstehst du das?«

»Was glaubst du, Norma? Ich weiß, wie wichtig dir deine Aufträge sind. Wer könnte das besser verstehen als ich? Wir brennen doch beide für unsere Arbeit.«

Sein leises Lachen heizte ihr Misstrauen an. »Was … ist … los? Timon!«

»Beruhige dich, Norma. Wenn du nicht nach Brüssel reisen magst, komme ich nach Wiesbaden. Abgemacht?«

Sie ließ ihn eine Weile zappeln, bis ihr Ärger verrauchte. »Wir sehen uns zu Hause.«

33

Mittwoch, der 1. November

Wer hätte das gedacht, in Cordula von Schwenk verbarg sich eine wahrhaftige Heilsbringerin. Neben ihrem Einsatz für die Initiative »Unser Auto bleibt mobil« fand sie außerdem die Zeit für bedürftige alte Menschen.

Wie so oft saß Norma am Tisch ihrer behaglichen Biebricher Küche. Das Tablet und einen Becher frisch aufgeschäumten Cappuccino vor sich und an ihrer Seite den schlummernden Kater, arbeitete sie sich durch die Webseite der Karlsbader Seniorenhilfe, zu der sie die Internetrecherche zu Cordula von Schwenk geführt hatte. Eine Herzensangelegenheit dieser Wiesbadener Organisation, so stand dort zu lesen, sei die tschechische Bäderstadt Karlovy Vary, einstmals Karlsbad. Seit Jahrzehnten waren beide Städte über eine Patenschaft verbunden. Der Verein setzte sich für bedürftige ältere Menschen ein, die in Karlovy Vary lebten. Diverse Seniorenheime erhielten bei Bedarf finanzielle Unterstützung oder Sachspenden. Cordulas ehrenamtliche Mitarbeit wurde lobend hervorgehoben. Ihr Engagement könne nicht hoch genug bewertet werden, dabei sei sie erst kürzlich Mitglied geworden. Wie zum Beweis sah man sie auf mehreren Fotos, meistens inmitten von Kartons, die helfende Hände in Transporter einluden. Ein Bild zeigte sie auf dem Fahrersitz eines Wagens, um – wie der Text erläuterte – die Gaben persönlich nach Tschechien auszuliefern. An ihrer Seite der Präsident des Vereins, vorgestellt als Dr. Jan-Steffen Brinkhäuser.

Während sich Norma weiter durch die Webseite klickte, fiel ihr ein Eintrag unter »Termine« auf. Eine Sitzung des Präsidiums. Heute, am 1. November, um 12 Uhr im Kurhaus-Restaurant. Sechs Personen gehörten laut Impressum dem Vorstand an, darunter Cordula von Schwenk in ihrer Funktion als Schatzmeisterin. Ob sie die Sitzung schwänzen würde? Norma blieben noch anderthalb Stunden bis zu deren Beginn. Den Cappuccino ließ sie unberührt zurück.

Dieses Mal nahm sie den Bus. Jorinde öffnete die Wohnungstür mit erwartungsvoller Miene. Norma hatte ihr Kommen angemeldet, ohne den Grund dafür zu nennen.

»Durftest du Ona noch einmal sprechen?«, fragte Norma nach der Begrüßung.

Jorinde nickte bekümmert. »Sie bleibt dabei, nichts zu verraten.«

»Und Lothar?«

»Nicht zu hören und nicht zu sehen, leider! Zufällig habe ich Cordula vor der Tür erwischt. Sie behauptet, es gehe ihm gut und er sei verreist. Mehr kam bei dem Gespräch nicht heraus. Cordula hatte es eilig, sie will zu einer Vereinssitzung.«

»Ist mir bekannt«, entgegnete Norma. »Ich habe mich draußen versteckt, bis sie aus dem Haus war. Deswegen bin ich hier.«

Jorinde betrachtete Norma aus zusammengekniffenen Augen. »Du willst in die Wohnung?«

»Von Wollen kann keine Rede sein. Ich brauche einen Hinweis, einen Impuls, irgendeinen Anstoß, um weiterzukommen. Den Schlüssel hast du sicherlich noch?«

Sie würde wieder durch die Hintertür hineinspazieren, um sich einen Fluchtweg zu sichern und niemandem in die Arme zu laufen. Ihre Knie zitterten, als sie sich auf Jorindes Balkon begab. Mochte es am Älterwerden liegen? In ihrer Anfangszeit als Privatdetektivin hatte sie sich von riskanten Aktionen weniger einschüchtern lassen. Auf jeden Handgriff achtend, erklomm sie das Balkongeländer. Der Schlüssel steckte in einer Hosentasche, das Handy griffbereit in der anderen: ohne Ton, nur auf Vibrieren geschaltet, falls Cordula früher als erwartet zurückkehren sollte. Jorinde hielt im Hausflur Wache, um zur Not eine Warnung abzusenden. Norma grauste vor einem erneuten Intermezzo in Lothars Kleiderschrank. Der eklige Geruch hing ihr noch immer in der Nase.

Der Schlüssel glitt ins geölte Schloss, die Balkontür öffnete sich einen Spalt, Norma schob sich hindurch in den Flur. Auf Zehenspitzen begann sie ihren Rundgang. Lothars Schlafzimmer wirkte unverändert. Der Schrank war ebenso leer wie beim ersten Besuch. Norma begnügte sich mit einer Stippvisite. Ihr Ziel war das Arbeitszimmer. Testweise startete sie den Computer, der wie zu befürchten ein Passwort verlangte. Nach einige Versuchen gab sie auf und betätigte den Ausschalter. Der nächste Benutzer würde sich wundern, falls der Computer mit einer Fehlermeldung startete, aber dieses Risiko musste sie eingehen. Sie wollte es wenigstens probiert haben. Weiter im analogen Umfeld! Ein Regal war Cordulas persönlichen Unterlagen vorbehalten. In einem Karton befand sich ein Stapel Prospekte, die für die Karlsbader Seniorenhilfe warben. Als Norma ein Heftchen aufschlug, entdeckte sie auf einem Gruppenfoto Cordula Seite an Seite mit dem feschen Dr. Brinkhäuser. Zu den Abgelichteten gehörte ebenso Sohnemann Till, der sich im Hintergrund hielt.

Normas Nerven hatten sich beruhigt. Sie fühlte eine kühle Wachsamkeit in sich aufsteigen. Aus einem Ablagefach lugte ein Kuvert heraus. Neugierig zog sie den Umschlag heraus und drehte ihn in den Händen: DIN A4, adressiert an Cordula von Schwenk, abgeschickt von Dr. Jan-Steffen Brinkhäuser. Notar in Wiesbaden. Der Präsident der Seniorenhilfe führte ein Notariat.

Das Telefon vibrierte. Eilig fischte sie den Apparat aus der Hosentasche.

Stimmen im Flur, schrieb Jorinde. *Till im Anmarsch!*

Aufhalten, tippte Norma mit fliegenden Fingern.

Der Umschlag war bereits aufgeschnitten. Glück gehabt. Hastig überflog sie den Text. Obwohl er in Juristendeutsch verfasst war, genügten ihr wenige Sätze, um die Tragweite der Urkunde zu erfassen: eine Vorsorge- und Generalvollmacht, ausgestellt auf Cordula von Schwenk und ihren Sohn Till von Schwenk. Lothar Wiedbrecht hatte sein Leben aus der Hand gegeben.

Während Norma die Seiten hastig mit dem Handy abfotografierte, ploppte die nächste Textnachricht auf.

Raus, schnell!

Noch drei Seiten, zwei, die letzte – bloß nichts fallen lassen. Mit zittrigen Händen schob sie die Papiere in den Umschlag, legte diesen zurück an seinen Platz und wagte einen Blick in den Flur. Zu sehen war niemand.

Draußen vor der Tür Jorindes Stimme. »Moment bitte, Till, lauf nicht davon. Rede mit mir. Du musst doch wissen, wohin mein Bruder gefahren ist.«

Ein Mann entgegnete barsch: »Keine Zeit, kläre das mit Mama. Ich habe im Büro zu tun.«

Die Wohnungstür fiel ins Schloss. Das Tappen leichter Schritte auf dem Parkett. Ein Mann, der seine Jacke an der Garderobe aufhängte.

Bitte, gönn dir einen Kaffee, bevor du dich an den Schreibtisch setzt, hoffte Norma.

Ihr stummes Flehen wurde erhört. Till von Schwenk bog auf halbem Weg in die Küche ab. Norma holte tief Luft, zog die Bürotür lautlos hinter sich zu und brachte sich über den Balkon in Sicherheit.

34

»Vielen Dank, dass Sie es so kurzfristig einrichten konnten«, sagte Norma auf eine geschäftsmäßige Art, die ihr angemessen erschien.

»Warum wollten Sie mich sprechen?« Cordula von Schwenks selbstsicheres Auftreten stand in starkem Kontrast zu dem verhuschten Verhalten ihrer Tochter.

»Jorinde hat mich gebeten, mit Ihnen zu reden. Wie Sie sich vielleicht denken können, geht es um ihren Bruder Lothar.«

Deutlicher durfte sie nicht werden – zumindest nicht in diesem Augenblick. Wie hätte sie den notariellen Vertrag ansprechen sollen, ohne ihren Besuch in der Wohnung preiszugeben? Seit zehn Minuten saßen sie sich gegenüber, auf dem Tischchen zwischen ihnen die soeben aufgetragenen Kaffeetassen und Kuchenteller. Zu Normas Erleichterung war Cordula mit einem spontanen Treffen einverstanden gewesen und hatte das Maldaner, ein Kaffeehaus im Wiener Stil, vorgeschlagen. Die Wohlfühlatmosphäre des alteingesessenen Cafés in der Wiesbadener Marktstraße könnte, so Normas Hoffnung, zu einem erfolgreichen Gespräch beitragen.

Jorinde hatte alles andere als gelassen reagiert. Beim Studieren der abfotografierten Blätter war sie regelrecht explodiert. Sie hatte geschrien und getobt, geweint und gewimmert, um sogleich wieder von vorn anzufangen. Eine Kolonne von Gefühlsausbrüchen. Cordula, diese Hexe, müsse die treibende Kraft sein! Cordula habe ihren

Bruder gezwungen! Lothar müsse dement sein, unwissend darüber, was er unterzeichnet habe. Völlig plemplem. Wie sonst hätte dieser teuflische Pakt zwischen ihm und Cordula zustande kommen sollen?

»Seit Tagen reiße ich mich am Riemen, um nicht mit dieser … dieser *Person* aneinanderzugeraten«, hatte sie gezetert. »Meine Geduld ist erschöpft. Ich könnte nicht an mich halten. Ihr die Augen auszukratzen, ist das Harmloseste, das mir einfällt. Rede du mit ihr, Norma. Ohne mich.«

Eine Bitte, der Norma nach dem Tobsuchtsanfall gerne nachkam. Wenn bei einer Konfrontation die furiose Energie, die in Jorindes zierlichem Körper steckte, und Cordulas abgebrühte Skrupellosigkeit aufeinanderprallen würden, wären die Fronten endgültig verhärtet. Was Lothar Wiedbrecht auf keinen Fall helfen würde.

»Liebe Frau Tann, ich bin dankbar für die Gelegenheit, die Tatsachen zurechtzurücken«, schmeichelte Jorindes Beinahe-Schwägerin nun und pickte mit der Kuchengabel in das Schokoladentörtchen, das auf dem Teller vor ihr lag. »Jorinde sollte sich an die eigene Nase fassen. Jahrelang kümmert sie sich einen Dreck um ihren Bruder. Unversehens taucht sie auf, weil sie Spanien satthat, und verlangt eine Wohnung von ihm. Eine Wohnung! In bester Wiesbadener Lage und mit allem Pipapo. Wissen Sie, was so eine Bleibe wert ist? Auf einem leer gefegten Immobilienmarkt?« Empört hieb sie mit dem aufgespießten Kuchenstück in die Luft.

»Wem sagen Sie das«, antwortete Norma leutselig. »Ich suche selbst etwas zur Miete. Jorinde ist überzeugt, die Wohnung gehöre ihr. Lothar habe sie ihr vor Jahren als Geschenk versprochen.«

»Sehen Sie!«, rief Cordula triumphierend. »So ist Jorinde. Fordernd. Rechthaberisch. Verlogen.«

Die Gäste am Nebentisch spähten herüber.

Mit gesenkter Stimme fuhr Cordula fort: »Bei allem Erfolg, der Lothar vergönnt war, und trotz seines Rufs als angeblicher Spekulant: Im Grunde seines Herzens ist er zu weich. Er ist zu zartfühlend für diese Welt. Gegen seine Schwester kommt er nicht an. Deswegen ist er ihr ausgewichen und hat sogar sein Zuhause verlassen. Um sich vor seiner habgierigen Schwester zu verstecken. Ist das nicht furchtbar?«

Was für ein Widerspruch zu Jorindes Beteuerungen! Wollte Cordula mit den Vorwürfen von ihren eigenen Plänen ablenken, oder waren Jorindes Absichten tatsächlich weniger ehrenwert, als sie vorgab? Um Zeit zum Nachdenken zu gewinnen, widmete Norma sich ihrem Apfelstrudel. Überfordert von der opulenten Auswahl an der Kuchentheke, hatte sie einfach irgendwo draufgezeigt. Das fluffige Gebäck zerging auf der Zunge.

Nach dem ersten Happen fragte sie: »Wollen Sie damit andeuten, Jorinde habe in Wahrheit gar keinen Anspruch auf die Wohnung?«

»Ich deute nichts an, es ist Fakt«, zischte Cordula frostig. »Nichts hat Lothar seiner Schwester zugesagt, rein gar nichts. Alles leere Behauptungen! Jorinde nutzt seine Gutmütigkeit brutal aus. Sie zahlt keinen Cent Miete, hat sich dort einfach mitsamt ihrer verbrecherischen Brut eingenistet. Wissen Sie, was das Mädchen angerichtet hat?«

»Ich bin im Bilde über die Vorwürfe«, erwiderte Norma, ohne ins Detail zu gehen. Sie sprach Cordula ihr Beileid zum Tod von Fredo S. aus. »Jeanne ist Ihre gemeinsame Tochter. Standen Sie und Fredo sich nahe?«

Cordula schwieg einen Moment, bevor sie antwortete: »Ich würde es nicht Freundschaft nennen, dennoch haben wir uns über die Jahre nicht aus den Augen verloren. Fredo ist ein großes Kind geblieben, ein Träumer. Ohne Lothar wäre er vor die Hunde gegangen. Künstlerisch und finanziell. Von Anfang an hat Lothar seine Bilder gekauft.«

»Die Gemälde gelten als hochpreisig«, warf Norma ein.

Ihre Gesprächspartnerin schmunzelte selbstgefällig. »Bis vor wenigen Jahren krähte kein Hahn danach. In der Kunstszene hat man Lothar belächelt, weil er sein Geld an einen Loser verschwendete. Das Blatt hat sich gewendet.«

»Und nun will Ihr Mann endlich Gewinn aus der Sammlung ziehen?«

Das Lächeln blieb, wirkte jedoch gezwungen. »Es ist mir zu Ohren gekommen, dass Sie sich brennend für den Verkauf von Fredos Werken interessieren. Wenn Sie ein Gemälde erwerben möchten, stelle ich für Sie den Kontakt zu dem Galeristen her, der das Geschäft für Lothar abwickelt.«

»Warum nicht?«, antwortete Norma zuvorkommend und ignorierte die Geringschätzigkeit, die in Cordulas Worten mitgeschwungen hatte. Als fragte sie sich, wie sich eine kleine Privatdetektivin eine solche Exklusivität leisten wollte. »Der Künstler soll tief enttäuscht gewesen sein. Am Freitag war er bei Ihnen im Haus, um Lothar zur Rede zu stellen. Hat er ihn angetroffen?«

Überstürzt griff Cordula nach ihrer Tasse und verschluckte sich am Kaffee. Ihr Hustenanfall erregte erneut die Aufmerksamkeit der Umsitzenden. Der Kellner eilte herbei und harrte ebenso hilflos wie Norma am Tisch aus, bis Cordula zu Atem gekommen war und er sich diskret zurückziehen durfte. Die anderen Gäste führten ihre Unterhaltungen weiter. Norma kramte im Rucksack und zog ein Päckchen Papiertaschentücher heraus.

Hüstelnd nahm Cordula ein Taschentuch entgegen, um sich die Augen abzutupfen, das Gesicht gerötet von der Luftnot. »Bitte entschuldigen Sie! Fredos Tod nimmt mich furchtbar mit. Lothar empfindet genauso. Nichts hat ihm fernergelegen, als sich mit seinem besten Freund zu überwerfen. Er hätte dieses Missverständnis liebend gern ausgeräumt. Nun wird es keine Aussöhnung geben.«

»Wäre es nicht an der Zeit, Jorinde mitzuteilen, wo ihr Bruder sich aufhält?«

»Sie haben sich von ihr einlullen lassen«, antwortete Cordula mit mitleidigem Augenaufschlag. »Sie sind auf ihr Ich-bin-die-Retterin-der-Welt-Gelaber reingefallen. Begreifen Sie endlich, diese Frau ist eine Gefahr für Lothar. Die Wohnung wäre nur der erste Schritt. Jorinde will an sein gesamtes Vermögen heran. Mein Liebster war völlig aufgelöst, so sehr hat sie ihm zugesetzt. Aber daraus wird nichts werden, wir haben uns abgesichert.« Siegessicher wedelte sie mit dem Taschentuch.

»Wie meinen Sie das?«, fragte Norma, obwohl sie sich denken konnte, worauf Cordula hinauswollte.

»Wie Sie vermutlich wissen, sind Lothar und ich nicht verheiratet. Wir mussten uns anderweitig vor Jorindes Habgier schützen. Deswegen hat mein Lebensgefährte mir und meinem Sohn eine notarielle General- und Vorsorgevollmacht ausstellen lassen.«

»Was allerdings nicht sein altvertrauter Schulkamerad erledigen durfte.«

Cordula zwinkerte überrascht, besann sich jedoch sogleich. »Hat Jorinde dort nachgefragt? Sehen Sie, Frau Tann, genau deswegen habe ich Lothar von seinem Juristenfreund abgeraten. Wir waren bei einem Notar, für den die Schweigepflicht nicht nur eine Floskel ist.«

Geschickt gekontert, erkannte Norma beeindruckt. Sie sparte sich die Bemerkung, Brinkhäuser sei mit Cordula durch den Verein bekannt. »Mit der Generalvollmacht können Sie und Ihr Sohn über Lothars Geld, seine Häuser, seinen gesamten Besitz verfügen. Sogar über ihn selbst, sofern er dazu nicht mehr imstande sein sollte.«

»Wenn Sie das so negativ sehen wollen, Ihre Sache«, entgegnete Cordula scharf. »Es stimmt, die Vollmacht würde mir erlauben, über Lothars Wohnort zu verfügen. Dazu besteht allerdings keinerlei Veranlassung. Lothar geht es bestens. Er entscheidet selbst, wo er sich aufhalten möchte. Und dazu zählt keinesfalls die Nähe seiner Schwester. Sie hat im Leben ihres Bruders nichts verloren. Und ebenso wenig in seinem Haus. Aus familiärer Verbundenheit gewährt er ihr eine Frist bis zum Monatsende, um die Wohnung zu räumen. Sein endgültiges Wort! Richten Sie ihr das bitte aus. Betrachten Sie sich als eingeladen.« Mit der letzten Bemerkung hatte sie einen 20-Euro-Schein auf den Tisch gelegt. Ohne ein weiteres Wort erhob sie sich und rauschte aus dem Café.

Norma blieb verwirrt zurück. Zur Beruhigung ließ sie sich noch einmal Apfelstrudel und Cappuccino bringen. Niemals hätte sie damit gerechnet, dass Cordula es ihr so leichtmachen und die Generalvollmacht von sich aus ansprechen würde. Zögernd hantierte sie mit dem Handy. Jorinde wartete sicher ungeduldig auf eine Rückmeldung, aber Norma hatte wenig Lust, mit ihr am Telefon über Cordulas Vorwürfe zu diskutieren. Sie seufzte unwillig, als der Klingelton surrte. Jorinde, die ihr zuvorkam? Doch die Wiesbadener Festnetznummer war nicht hinterlegt.

»Ingrid Mayerbach«, meldete sich eine muntere Frauenstimme. »Schauen Sie noch nach einer Wohnung? Ich hätte ein Angebot.«

Umgehend stand Norma das Bild der netten Endsechzigerin vor Augen, für die sie vor geraumer Zeit tätig geworden war. Seit Kurzem war Frau Mayerbach im Ruhestand und arbeitete nur noch gelegentlich für wenige Stammkunden als Maklerin, hatte aber versprochen, an Norma zu denken, falls eine Immobilie infrage kommen sollte. Was nun der Fall sein könnte: eine helle Dachwohnung in Sonnenberg. Von der Dachterrasse schaue man unmittelbar auf die Burgruine. Der Mietpreis? Kein Schnäppchen, jedoch verglichen mit den Summen, die in Sonnenberg üblich waren, vergleichsweise günstig. Immerhin zählte der »Millionärshügel« zu den teuersten Wohnlagen der Landeshauptstadt.

Seit Beginn ihrer Suche hatte Norma zu viel erlebt, um nicht auf alles gefasst zu sein. Ihr Herz schlug für die Gartenwohnung bei der Biebricher Allee. Sie hatte einen Blumenstrauß ans Krankenbett geschickt und kurz darauf ein Dankeschön erhalten. Marietta Ebeling hatte versprochen, sich wegen der Vermietung zu melden, sobald es ihr besser ging. Ein positives Signal, nur könnte, solange der Vertrag nicht unterschrieben war, ein zweites Eisen im Feuer nicht schaden.

»Und der Pferdefuß?«

»Gibt es nicht«, versicherte Ingrid Mayerbach eilig. »Lediglich eine Kleinigkeit …«

Also doch, dachte Norma resigniert. »Was müssten wir tun, außer dem Hausbesitzer Einblick in unsere Bankkonten zu geben? Jeden Samstag den Rasen mähen, abends die Kinder hüten oder umständliche Fahrten zum Baumarkt erledigen?«

Die Maklerin ließ ein gekränktes Hüsteln hören. »Ich bitte Sie, Frau Tann! Das Angebot ist in jeder Hinsicht seriös. Allerdings dürfen Sie keine Zeit verlieren. Sie müssten sich die Wohnung heute noch ansehen.«

Die geplante Vermietung, die ein anderes Büro vorbereitet habe, sei kurzfristig geplatzt, erklärte sie, und die Hausbesitzerin habe sich hilfesuchend an sie gewandt. »Frau Dempter will sich nicht noch einmal mit einer Flut von Interessenten auseinandersetzen. Die Entscheidung soll so rasch wie möglich fallen. Ich habe mir erlaubt, Sie und Ihren Lebensgefährten als die optimalen Mieter zu empfehlen. Wollen Sie? Dann kündige ich Sie für heute Nachmittag an.«

»Unbedingt, ich bin gespannt. Danke vielmals!«

Fix notierte Norma sich die Adresse auf einer Serviette. Die Zeit bis zum Termin reichte für einen Sprung nach Hause, um von dort aus in Ruhe zu telefonieren. Es nutzte nichts, sie musste Jorinde reinen Wein einschenken. Cordulas Unterstellungen würden ihren Zorn gehörig anfachen.

Den nächsten Anrufer signalisierte das Handy, als Norma durch die Drehtür auf die Straße trat. Draußen ließ sie eine Gruppe Passanten vorbei und zog sich in den Nebeneingang des Cafés zurück, um das Gespräch anzunehmen.

»Jetzt sofort, Wilfried … eh, Walter?« Warum zum Teufel kam ihr jedes Mal zuerst ein falscher Vorname in den Sinn?

Dieses Mal konterte Borching nicht mit »Nora«, sondern knurrte übellaunig: »He, Schnüffelnase, du wolltest deine Kamera schnellstens wiederhaben. Ich habe Elisa ordentlich Dampf gemacht.«

Sie wollte gar nicht wissen, welchen Befehlston die Nachwuchspolizistin deswegen hatte aushalten müssen. »Bin ich keine der Hauptverdächtigen mehr?«

»Spar dir den Sarkasmus und hole deinen Kram ab! Mein Büro ist keine Asservatenkammer.«

Dem Kriminalhauptkommissar eile der Ruf voraus, noch penibler als Wolfert zu sein, hatte Milano ihr anvertraut. Borchings Schreibtisch sei blitzblank wie ein Ausstellungsstück im Möbelhaus.

»Gib mir eine halbe Stunde«, bat Norma.

Sie war gespannt auf die Nachtaufnahmen. Daran hatte sie gar nicht mehr gedacht. So viel war seit der Vollmondnacht auf der Löwenterrasse passiert.

Wie am Tag zuvor Wolfert wartete nun der Brandermittler im Schatten des Vordachs. Doch anders als ihr Ex-Kollege, der ein militanter Nichtraucher war, paffte Borching eine E-Zigarette. Weiße Schwaden dampften aus seinen Nasenlöchern.

»Du bist überpünktlich«, bemerkte er anerkennend und bückte sich zu seinen Füßen hinunter, um einen Karton aufzuheben. »Hier, das Beweismittel. Du bist rehabilitiert!« Er grinste. Seine Art von Humor. Der folgende Zug fiel tief aus.

»Ich hoffe für euch, dass die anderen Spuren zielführender sind.«

Durch die Rauchwölkchen hinweg betrachtete er sie lauernd. »Du warst eine von uns, deswegen sage ich es dir ganz offen: Die Karre steckt im Dreck fest! Was die Feuerleger angeht, treten mein Team und ich auf der Stelle. Dazu haben wir die Brandleiche am Hals.«

Der Mann sprach in Metaphern, wenn auch unpassenden. Seine schiefen Vergleiche konnten Norma schnuppe sein, solange sie seine Gesprächigkeit nicht ausbremsten.

Möglichst unaufdringlich erkundigte sie sich nach der Aktivisten-WG. »Ihr habt Fredos Haus bestimmt nach möglichem Material für Brandstiftungen durchsucht. Gab es dort so etwas wie Grillanzünder oder Farbsprühdosen?«

»Klar, die Autohasser-WG haben wir uns lange vor Fredos Hinscheiden vorgenommen. Ebenso klar, ein Maler hantiert mit Terpentin und Sprühfarben. Der Mann hat Stein und Bein geschworen, dass keine Sprühfarbe fehlen würde. Die Studenten sind zu schlau, um sich was anhängen zu lassen. In ihren Zimmern war nicht einmal ein Teelicht aufzutreiben.«

»An ihrer Stelle würde ich ebenfalls keine Brandbeschleuniger unterm Bett verstauen.«

Resigniert wedelte er sich den Rauch aus dem Gesicht. »In der WG haben wir jeden Winkel durchstöbert. Entweder horten sie das Zeug anderswo, oder sie besorgen es sich für jeden Anschlag neu. Dafür reicht ein Stopp an der Tanke. Die Hausdurchsuchung war für die Katz.«

Damit diese Unterhaltung nicht für die Katz war, fragte Norma nach weiteren Erkenntnissen. »Die Tatortgruppe hatte sich Fredos Einfahrt vorgenommen und …«

»Davon weißt du?« Er winkte ab. »Was wundert es mich, du hockst ständig mit Genie und Protokoll zusammen.«

»Augenblick, meine Freunde haben mich nicht informiert, wenn du das meinst«, widersprach Norma. »Ich bin zufällig am Malerhaus vorbeigekommen.«

»Vielleicht interessiert dich ein brandneues Ergebnis der Kriminaltechnik?«

Norma ertappte sich dabei, wie sie Borching anstarrte. Wollte er tatsächlich aus freien Stücken eine interne Erkenntnis rausrücken? »Nur zu!«

»Der Maler wurde eindeutig von genau dem Wagen überrollt, in dem seine Leiche verbrannte.«

»Weißt du, wo das geschehen sein soll? Vor Fredos Haus?«

»Diese Spuren sind noch nicht ausgewertet«, murmelte er, wieder ganz der missmutige Grantler, für den Norma ihn bisher gehalten hatte. So stark er auch am Mundstück zog, die E-Zigarette gab keinen Hauch mehr von sich. »Pause beendet, hat mich gefreut. Nora.«

Damit wandte er sich um und strebte dem Foyer zu. Norma sah ihm stirnrunzelnd hinterher.

35

Für die Bustour nach Sonnenberg fehlten ihr nach dem ereignisreichen Vormittag die Muße und die Geduld. Kurzerhand stieg sie ins Wägelchen, das zu allem bereit hinter dem Fachwerkhaus wartete. Die Fahrt führte sie quer durch das Wiesbadener Zentrum, vorbei an Kurhaus und Bowling Green und entlang des Kurparks durch die Sonnenberger Straße in Richtung Rambach, bis der kantige Bergfried in ihr Blickfeld geriet. Aus hellem Mauerwerk und mit schiefergedecktem Dach erhob er sich über den Grundmauern der einstigen Höhenburg. Für Norma ein Zeichen, sich rechts zu halten und den Wagen hinter dem Hofgartenplatz steil bergauf zu lenken. Nach etlichen Biegungen suchte sie sich einen Parkplatz und aktivierte im Smartphone die Navigation. Während sie zu Fuß den Anweisungen der Computerstimme folgte, dachte sie selbstkritisch daran, dass ein gedruckter Plan sie früher ebenso erfolgreich, dafür mit deutlich mehr Eigenleistung zum gewünschten Ort geführt hatte. Was nicht zum eigenen Schaden gewesen war. Und vor allem sicherer, weil sie beim Gehen die Augen auf die Straße gerichtet und nicht wie paralysiert auf den Apparat in der Hand gestarrt hatte. Es hätte nicht viel gefehlt und sie wäre in ein Motorrad hineingelaufen. Sportlich kam es um die Straßenecke geschossen. Mit einem akrobatischen Schlenker verhinderte der Fahrer den Zusammenstoß und wischte mit dem in Orange gekleideten Arm vor seinem offenen Visier hin und her, um deutlich zu machen, was er von Normas Verhalten hielt.

»Depperter Heizer!«, schrie sie dem Mann vor Schreck auf der aufröhrenden Maschine hinterher, obwohl sie wusste, dass der Fehler bei ihr gelegen hatte.

Aufgrund des Helms hatte sie nur wenig von seinem Gesicht sehen können, aber die Augenpartie des jungen Mannes war ihr bekannt vorgekommen. Auf dem weiteren Weg, auf dem sie nun deutlich aufmerksamer war, ging sie in Gedanken die Biebricher Nachbarn, die Reihen der Klienten und den erweiterten Bekanntenkreis durch, allerdings ohne fündig zu werden, was kein Wunder war. Der Blickkontakt war kurz gewesen. Sie hakte den Vorfall gedanklich ab. An ihrem Ziel erwartete sie ein Wohngebäude aus den 1980er-Jahren. Die Dame des Hauses, Maria Dempter, empfing sie sichtlich erfreut, dann folgte ein Redeschwall, der Norma über alles Wesentliche in Kenntnis setzte. Sie erfuhr unter anderem, dass die Besitzerin gemeinsam mit ihrem Ehemann und Joschi die Gartenetage bewohnte. Ihr Sohn, nahm Norma an. Bevor sie Gelegenheit hatte, darauf einzugehen, begann Maria Dempter, von ihrem Bruder zu erzählen.

»Die Liebe hat ihn nach Kassel geführt. Deswegen suchen wir Mieter für seine Wohnung.« Mit lebhaftem Winken forderte sie Norma auf, ihr ins Dachgeschoss zu folgen.

Im oberen Stockwerk durchschritt Norma die geräumigen Zimmer. Im Bad hatten frühere Bewohner Zeichen gesetzt. Was zählten altbackene Fliesen gegen eine Dachterrasse, von der aus man tatsächlich bis zum Burgturm sehen konnte? Durch das Küchenfenster betrachtete sie den parkähnlichen Garten und malte sich aus, wie der Kater durch die Blumenrabatten pirschte.

Draußen heulte ein Motor auf. Vor dem Nachbarhaus

hatte ein Motorrad gehalten. Die Montur des Fahrers war schwarz – abgesehen von einem in Orange abgesetzten Ärmel. Ungeduldig wartete Norma, ob er den Helm abnehmen würde. Anstatt ihr diesen Gefallen zu tun, stieg er ab und entfernte sich durch das geöffnete Garagentor.

»Klasse Maschine«, begeisterte sich Maria Dempter, die an Normas Seite aus dem Fenster schaute. »Und innig geliebt von ihrem Eigentümer.«

In diesem Augenblick kehrte der Fahrer ins Freie zurück. Den Helm hatte er gegen eine Ringelmütze getauscht. Täuschte sie sich oder schauten helle Dreadlocks unter den Wollstreifen hervor? Sie beugte sich vor, um mehr zu erkennen. Die filzigen Haarsträhnen. Der wippende Gang. Die gesamte Erscheinung gab ihr heftig zu denken. Hatte dort jemand die Pluderhosen gegen eine Lederkluft getauscht? Sie hoffte, dass er sich die Mütze vom Kopf ziehen würde, damit sie Gewissheit hätte.

»Der Junge schraubt in jeder freien Minute an seiner Yamaha herum«, erklärte die Hausdame und reckte sich auf die Zehenspitzen, um bloß nichts von den Vorgängen nebenan zu verpassen. »Nick ist ein richtiger Freak.«

»Nick Kahlbach?«

»Sie kennen Nick?«

»Flüchtig. Neulich war ich Gast in seiner WG. Was tut er in Ihrer Nachbarschaft?«

»Dort wohnt seine Großtante. Sie hat ihm die Garage überlassen. Wenn Sie mich fragen«, fügte sie in vertraulichem Ton hinzu, »erhofft sie sich davon mehr Gesellschaft. Doch der Plan geht nicht auf. Anstatt mit der Tante Kaffee zu trinken, beschäftigt er sich mit der Maschine. Er sei verrückt nach der Geschwindigkeit, sagt meine Nachbarin, und er liebe den Geruch von Motorenöl.«

Verdutzt sah Norma auf den Biker hinab, der hingebungsvoll mit einem Tuch über den Sitz wedelte. Anti-Car aktiv und die Liebe zu einer schnellen Maschine – wie passte das zusammen? »Motorradfahren ist kein billiges Hobby, und Nick ist Student, soweit ich weiß. Wie kann er sich das leisten?«

»Sein Opa hat ihm einen höheren Geldbetrag vermacht. Der Junge steckt jeden Cent, den er erübrigen kann, in seine Yamaha, weiß ich von meiner Nachbarin«, sagte Maria Dempter und wandte sich Norma zu. »Frau Mayerbach erwähnte, Sie möchten gemeinsam mit Ihrem Partner einziehen. Sie sind beide bei der Polizei, habe ich das richtig verstanden?«

Norma trat vom Fenster zurück. »Beinahe korrekt. Mein Freund ist beim Landeskriminalamt angestellt. Ich war früher Kriminalkommissarin, gegenwärtig arbeite ich als Privatdetektivin.«

Maria Dempter hatte einige Fragen, zeigte sich jedoch schnell zufrieden. Sie erbat sich Bedenkzeit, konnte sich die Vermietung an Norma und ihren LKA-Beamten aber durchaus vorstellen.

Währenddessen rumorte Nick gedanklich in Normas Hinterkopf herum. »Kommt Nick immer allein?«

»Ich habe ihn noch nie mit Freunden gesehen. Bis auf ein Mädchen, das neulich …« Das Schlagen einer Tür lenkte Maria Dempter ab. »Mein Mann und Joschi sind zurück. Lassen Sie uns hinuntergehen.«

Auf halber Treppe fragte Norma: »Wie alt ist Ihr Sohn?«

Die Hausbesitzerin blieb stehen und schaute sie verwundert an. »Welcher Sohn?«

»Na, ich dachte … Joschi?«

Zur Antwort erhielt Norma ein belustigtes Kopfschütteln.

In der Diele öffnete Maria Dempter eine Tür, und ein Hund kam angelaufen. Das Tier ging Norma bis zu den Knien, war rabenschwarz und umwuselte den Gast zutraulich.

Sein Frauchen beobachtete ihn mit liebevollem Blick. »Das ist er, unser Joschi!«

Intensiv schnupperte Joschi an Normas Schuhen. Als sie ihn ansprach, hob er den Kopf und suchte den Augenkontakt durch einen exakt gekürzten Pony hindurch. Der spitz zulaufende Bart war ebenso perfekt gestylt wie bei seinen Rassekollegen, die die Fotos in Jeannes Salon zierten. »Ein Schnauzer, nicht wahr? Die Fellpflege ist bestimmt aufwendig.«

»Gute Pflege sollte selbstverständlich sein. Die Dame von Fellkids hat das richtige Händchen für unser Schätzchen.«

»Ach, Sie sind eine Kundin von Jeanne Paulick?« Noch so ein Zufall!

»Haben Sie auch einen Hund, Frau Tann?«

»Oh nein, ich mag Hunde, aber noch mehr liebe ich Katzen. Falls wir hier einziehen, wir würden gern unseren Kater Leopold mitbringen.«

Maria Dempter zuckte wie vom Blitz getroffen zurück. »Ein Kater? Ach herrje, das ist vollkommen unmöglich.«

»Wegen Joschi? Verträgt er sich nicht mit Katzen?«

»Nein, nein, es liegt nicht an unserem Hund«, entgegnete Maria Dempter bedauernd. »Mein Mann kann Katzen nicht ausstehen, und ich fange an zu husten, wenn ein Stubentiger in meine Nähe kommt. Bedaure, Frau Tann, mit einem Kater – das geht nicht.«

Damit war es entschieden. Von der Straße aus spähte Norma zum Nachbargrundstück hinüber. Das Garagentor war geschlossen. Die Yamaha stand nicht mehr auf ihrem Platz.

36

Auf der Rückfahrt kreisten Normas Überlegungen weiterhin um Nick. Was mochten seine Aktivisten-Freunde zum CO_2-Abdruck seines Schätzchens sagen? Oder hatten sie keinen Schimmer von seinem Hobby? Nick hätte allen Grund, aus seiner Leidenschaft ein Geheimnis zu machen. Mit der Enthüllung wäre seine Glaubwürdigkeit als Kämpfer für die Umwelt weniger wert als die Luft in den Motorradreifen. Eine andere Frage blitzte auf, als sie den Wagen dem Kureck entgegenrollen ließ. Rechter Hand, weit oberhalb der Sonnenberger Straße, befand sich die grüne Künstlerhölle. Ob der dortige Einsatz der Tatortgruppe zu verwertbaren Spuren geführt hatte? Selbst das geringste Indiz könnte Bewegung in die Ermittlungen bringen. Bisher hatten die Ex-Kollegen nichts von sich hören lassen.

Mit leerem Bauch ließ sich schlecht denken. Der Nachmittag war angebrochen, und ihr Magen grummelte, als hätte es den Apfelstrudel im Maldaner nie gegeben. Sie war es gewohnt, das Mittagessen auszulassen. Doch das Hin und Her durch die Stadt hatte sie ungewöhnlich hungrig gemacht. Außerdem wünschte sie sich etwas Müßiggang, um sich auf das Gespräch mit Jorinde vorzubereiten. Cordulas Anschuldigungen hatten ihre Wirkung nicht verfehlt. Es schmerzte Norma, in Jorinde jemand anderen zu sehen als eine sich sorgende Schwester. Dennoch war ihr bewusst, dass jede Medaille ihre zwei Seiten besaß. Oder im Klartext: War Jorinde womöglich mehr am Besitz der eigenen vier Wänden gelegen als am Wohlergehen ihres Bruders? Sie ließ das Auto im zentral gelegenen Parkhaus unter dem Luisenplatz zurück. Ein kleines Thai-Restaurant wirkte einladend. Gestärkt von einem höllisch gewürzten Gemüsecurry, fühlte sie sich für die Diskussion mit Jorinde gewappnet.

Jorinde erwartete sie im Treppenhaus. Mit dem ersten Blickkontakt rückten Normas Zweifel in den Hintergrund. Mitgefühl! Darauf kam es jetzt an. Ihrer Klientin war die Anspannung deutlich anzumerken. Was hatte Jorinde in den vergangenen Tagen nicht alles ertragen müssen! Zu den Sorgen um den Bruder gesellte sich der Kummer über die Enkelin. Onas Zeit im Gewahrsam des Polizeipräsidiums neigte sich dem Ende zu. Heute noch werde man sie in die Untersuchungshaft nach Frankfurt bringen, lautete die Neuigkeit, die Jorinde mit düsterer Miene verkündete, ohne sich von der Stelle zu rühren. Nur wenige Minuten habe sie mit Ona sprechen dürfen. Es wurde das Risiko gesehen, dass die Enkelin sich nach Spanien davonmachen könnte.

»Darf ich reinkommen?«, fragte Norma mit nachsichtigem Lächeln.

»Bitte entschuldige, ich wollte nicht unhöflich sein«, rief Jorinde und gab eilig den Weg frei. »Mir schwirrt der Kopf von all der Aufregung. Gehen wir in die Küche. Dort fühle ich mich am wohlsten.«

In Normas Kehle brachte sich die Chilisoße nachhaltig in Erinnerung. Sie bat um ein Glas Wasser, das Jorinde ihr reichte.

»Ich mache uns Tee, der tut nach einem scharfen Essen gut«, meinte Jorinde und füllte einen Elektrokessel auf. Während sie darauf wartete, dass das Wasser zu sprudeln begann, erzählte sie von dem Gespräch mit der Enkeltochter. »Ona bleibt stur. Sie will keinen Verrat begehen. Das sei sie Juan schuldig, behauptet sie.«

»Ob ein solches Opfer tatsächlich in seinem Sinn wäre?«, wandte Norma kritisch ein.

Piepsend stellte der Wasserkocher seine Arbeit ein. Jorinde ließ sich Zeit mit der Antwort, bis sie die Teekanne aufgefüllt hatte. »Schwer zu sagen. Juan hing seinen sehr individuellen Moralvorstellungen an.«

Norma sog den aromatischen Duft ein, der sich in der Küche ausbreitete: Kamille, Minze und andere wohlriechende Nuancen. »Der Autounfall deines Mannes … Auf welche Weise war Ona darin verwickelt?«

»Lass uns im Sitzen weiterreden.« Jorinde trug die Kanne und zwei Becher zum Tisch hinüber.

Als sich beide niedergelassen hatten, berichtete sie von dem unheilvollen Ereignis. »Juan und Ona sind gemeinsam in die Berge gefahren, zu einer historischen Klosteranlage. Unterwegs ist der Wagen von der Straße abgekommen. Ona kann sich an nichts erinnern. Gott sei Dank blieb sie unverletzt. Juan habe einen Fahrfehler gemacht, glaubte die Polizei. Weil er zeit seines Lebens alte Klapperkisten gefahren habe, sei er mit dem PS-starken Motor überfordert gewesen. Es herrschte dichter Nebel, und das Gelände ist unübersichtlich.«

»Was war das für ein Auto?«

»So ein Geländewagen mit allem Drum und Dran. Unser Freund und Nachbar Pablo hat ihn Juan geradezu aufgedrängt. Juans Klapperkiste hatte wieder einmal den Dienst verweigert, und Ona war tief enttäuscht gewesen. Pablo wollte helfen.«

»Kann es sein, dass Ona ihr jetziges Schweigen als eine

Art Wiedergutmachung betrachtet? Um Juan auch nach seinem Tod etwas zu beweisen?«

»So habe ich das noch nicht betrachtet, aber ja, gut möglich, obwohl es überspannt klingen mag. Ona denkt in einer eigenwilligen Logik.«

Nachdenklich schlürfte Jorinde den Tee und sagte nach einer Gedankenpause: »Als ich vorhin wegen Ona bei der Polizei war, habe ich meinen Bruder offiziell als vermisst gemeldet. Kommissar Wolfert war sehr verständnisvoll. Er will sich der Sache annehmen. Cordula werde sich querstellen, befürchtet er.«

»Wo genau sieht Wolfert das Problem?«

»Nun, wegen dieser vermaledeiten Vollmacht könne Cordula tun und lassen, was sie will. Sie müsse kein Wort darüber verlieren, wo Lothar sich aufhält, hat mir der Kommissar erklärt. Lothar habe seiner Autonomie Adieu gesagt.«

Eine geschraubte Formulierung, wie Wolfert sie hin und wieder verwendete. Norma meinte, seine Stimme im Ohr zu hören. »Vorhin im Maldaner ist Cordula aus freien Stücken auf die General- und Vorsorgevollmacht zu sprechen gekommen. Sie sagte, Lothar wolle sich damit vor deinen überzogenen Ansprüchen schützen.«

»Was diese Frau sich erlaubt!«, rief Jorinde entsetzt.

»Das ist längst nicht alles. Bis zum Ende des Monats hast du die Wohnung zu räumen. Dies sei der ausdrückliche Wunsch deines Bruders, soll ich dir ausrichten.«

Vor Empörung ließ Jorinde die Faust so kräftig auf den Tisch niederkrachen, dass die Teekanne auf dem Metallstövchen schepperte. »Das ist eine Lüge! Niemals würde Lothar mich aus dem Haus jagen. Cordula behauptet das einfach. Aus purer Bosheit und getrieben von Habgier, das durchtriebene Weibsstück. Warte!«

Sie sprang auf und stürmte wie von fassungslosem Zorn getrieben aus der Küche. Aus dem Wohnzimmer nebenan war das Klappern von Schranktüren zu hören. Im Laufschritt kehrte Jorinde zurück, einen dicken Aktenordner in beiden Händen haltend. Nach eiligem Blättern fand sie, was sie gesucht hatte, und nahm ein abgeheftetes Papier heraus. »Sieh selbst! Den Brief hat mir Lothar geschickt. Da war ich noch in Gerona.«

Gespannt überflog Norma die kurzen Sätze, um sie anschließend Wort für Wort zu lesen. Ein Datum war nicht vermerkt. Die Formulierungen klangen verschroben, die Grammatik war fehlerhaft. Sofern das Schreiben wahrhaftig von Wiedbrecht stammte, hatte er es in aller Hast heruntergetippt. Aus Sorge, von seiner Partnerin ertappt zu werden? Oder spiegelten sich darin Anzeichen einer Demenz oder Paranoia wider? *Alles gleitet mir aus der Hände*, schrieb er. *Ich habe Angst, weil sie lassen mich nicht aus den Augen*. Wen meinte er mit »sie« – Cordula und ihren Sohn Till? Oder von wem sonst könnte er sich bedroht gefühlt haben? Der mittlere Textabschnitt betraf die Wohnung.

Jorinde hielt es nicht auf dem Stuhl. Ungeduldig stand sie wieder auf und schaute Norma über die Schulter. »Dort steht es schwarz auf weiß. *Deine Wohnung ist frei geworden. Deine Wohnung sie wartet auf dich. Das Rechtliche machen wir klar, wenn du hier.*«

Der Brief endete mit dem Satz: *Jorinde, komm zurück Wiesbaden, ich brauche dich*. Die Unterschrift bestand aus einem einzigen, in zittriger Handschrift gesetzten Wort.

»Soll das ›Lolo‹ heißen?«

»So habe ich ihn als Kind genannt«, antwortete Jorinde mit entrücktem Lächeln.

Der Brief war auf einem Computer verfasst und auf herkömmlichem Papier ausgedruckt worden. Den Krakelnamen hätte ebenso gut sie selbst daruntermalen können.

Norma legte das Blatt auf den Tisch. »Gibt es den Umschlag noch?«

Falls sie Normas Skepsis erahnte, ließ Jorinde es sich nicht anmerken. »Warum hätte ich das Kuvert aufheben sollen? Was zählt, ist der Inhalt. *Das Rechtliche machen wir klar!* Lothar wollte mir die Wohnung übertragen. Sie steht mir zu.«

»Der Umschlag wäre ein Indiz dafür gewesen, dass dieses Schreiben überhaupt abgeschickt wurde.«

Jorinde reagierte verärgert. »Du glaubst mir nicht?«

»Nun, du musst mir die Frage gestatten«, antwortete Norma in stoischer Ruhe, »warum du erst jetzt damit kommst. Weshalb hast du mir den Brief nicht früher gezeigt?«

»Weil ich ihn vergessen hatte, einfach vergessen! Ich habe ihn nicht gefälscht«, widersprach Jorinde flehentlich.

Norma ließ es vorerst dabei bewenden. Falls Jorinde ihre Ansprüche vor Gericht verteidigen wollte, müssten IT-Spezialisten ergründen, ob das Schriftstück aus dem Drucker in Lothars Arbeitszimmers ausgeworfen worden war. Und zwar zu einem Zeitpunkt, der vor Jorindes Umzug nach Wiesbaden liegen müsste. Und, ebenso entscheidend, vor dem Ausstellen des Papiers, das der Lebensgefährtin uneingeschränkten Zugang zu Wiedbrechts Vermögen sicherte. Technisch mochte es möglich sein, diese Zusammenhänge festzustellen. Ob es Jorinde wahrhaftig in den Besitz der Wohnung bringen würde, erschien Norma fraglich. Denn dass Lothar das Schreiben persönlich verfasst hatte, wäre damit längst nicht bewiesen.

»Was wäre, wenn dein Bruder nicht zurückkommen würde?«

»Du meinst, wenn er …« Jorinde brach verunsichert ab. »Wenn er tot sein sollte?«

»Nur einmal angenommen … Wer erbt in diesem Fall?«

Schweigend griff Jorinde zur Teekanne und ließ das heiße Gebräu in die Becher strömen. Norma gab ihr die Zeit, sich zu sammeln, wartete still ab und genoss den Tee, dessen bittere Note sich in ihrer Kehle ausbreitete: würzig und angenehm schmackhaft.

Endlich räusperte sich Jorinde und setzte zu einer Erklärung an. »Unsere Eltern sind früh verstorben, und Kinder hat Lothar nicht. Da er und Cordula nicht verheiratet sind, würde mir als seiner nächsten Verwandten der Nachlass zustehen.«

»Es sei denn, er hat Cordula in seinem letzten Willen zu seiner Erbin bestimmt«, gab Norma zu bedenken.

»Falls es ein solches Testament gibt«, sagte Jorinde entschieden, »weiß ich davon nichts. Es ist sowieso egal. Lothar lebt! Er liegt nicht auf dem Friedhof. Er ist verreist.«

»Um dir aus dem Weg zu gehen. Zitat Cordula.«

»Diese Person lügt, sobald sie den Mund aufmacht. Wenn ihn jemand bedrängt hat, dann ihre eigene Sippschaft. Zeit seines Lebens war Lothar ein intelligent handelnder Geschäftsmann. Wenn er nun mit der Generalvollmacht die Zügel aus der Hand gelegt hat, beweist das vor allem eins: Er hat den Verstand verloren. Wie kann ein Notar für einen dementen Mann tätig werden? Das ist Betrug«, ereiferte sich Jorinde.

»Ein schmaler Grat! Ein Jurist ist schließlich kein Mediziner, und bei dementen Menschen gibt es gute und schlechte Tage. Der Notar wird behaupten, Lothar habe auf ihn absolut geschäftstüchtig gewirkt. Abgesehen davon wird Cordula nicht ohne Grund dieses Notariat gewählt haben.«

»Worauf willst du hinaus?«

Norma zögerte einen Augenblick, der Verdacht wog schwer. »Ich will dem Mann nichts anhängen, aber Cordula kennt ihn privat. Er ist ein Vereinskollege, mit dem sie nach Karlsbad gefahren ist.« Sie klärte Jorinde über die karitative Organisation auf.

»Cordula, eine selbstlose Helferin? Ich würde lachen, wenn es nicht so abgrundtief traurig wäre. Ihre wahren Motive müssen anderswo liegen.« Jorindes Augenlider verengten sich angriffslustig. »Glaubst du, dieser Jurist ist korrupt und hat sich von Cordula schmieren lassen?«

»Eine solche Anschuldigung ist ein zu heißes Eisen, um allein darauf zu setzen. Wir müssten beweisen, dass Lothar nicht testierfähig war, als er die Vollmacht unterschrieb.«

»Das machen wir!«, entschied Jorinde euphorisch. »Mein Bruder soll die allerbeste Betreuung bekommen. Ich will mich um ihn kümmern, das ist meine Aufgabe, nicht die von Cordula. Wir müssen die Vollmacht anfechten. Lass uns einen Plan schmieden.«

»Leicht wird das nicht. Zunächst brauchen wir Zeugen, die sich glaubhaft über Lothars Gesundheitszustand äußern können.«

Jorindes Hoffnungsschimmer erlosch so rasch, wie er aufgeflackert war. »In der letzten Zeit ist Lothar nur selten unter Leute gegangen. Regelmäßigen Kontakt hatte er zu Till und Jeanne. Sie stehen felsenfest an der Seite ihrer Mutter und werden uns niemals beispringen. Anders als Fredo, sein bester Freund, der ein ehrlicher Mensch ist … war.«

Wenn jemandem der Tod des Malers gelegen kam, dann Cordula, überlegte Norma. Fredo hätte Indizien für die Anfechtung der Generalvollmacht liefern können. Sein Tod verschaffte Cordula Zeit. Solange Lothar angeblich auf Reisen war, konnte seine bessere Hälfte in aller Seelenruhe die Konten leer räumen und seinen Besitz zu Geld machen – angefangen mit dem Verkauf der Gemäldesammlung. War ihr Lebensgefährte womöglich verstorben, und sie verheimlichte seinen Tod, um sich Zeit zu verschaffen?

Ihre Gedanken wanderten zu Fredo. Wer wird den Künstler beerben? Der Löwenanteil des Vermögens floss in die Stiftung, die aktuell das derzeitige Team von AntiCar aktiv begünstigte. War er vor seinem Tod dazu gekommen, die Satzung zu ändern und Lennart und Co. außen vor zu lassen? Ansonsten käme sein unerwartetes Hinscheiden nach wie vor dem Inner Circle der Autogegner gelegen. Und Jeanne? Wie viel stand ihr von dem Vermögen ihres Vaters zu? Was Jeanne vom Erbe einstrich, würde auch der Mutter zugutekommen, die ihre mäßig erfolgreiche Tochter aushalten musste.

Das zweite Mordmotiv für Lothars treulose Herzensdame! Zugleich regte sich ein gesundes Misstrauen gegen die AntiCar-Aktivisten. Normas Herzschlag beschleunigte sich. Das war es, was sie an ihrem Beruf so liebte.

Jagdfieber.

37

Donnerstag, der 2. November
Frankfurt am Main

Die Zelle in Frankfurt war schaurig, beklemmend und trostlos. Beinahe sehnte sie sich zurück in das klinische Weiß im Keller des Wiesbadener Polizeipräsidiums. Nur ging es nicht nach ihren Bedürfnissen. Sie musste funktionieren. Kämpfen. Sich den inneren Bildern stellen.

Der Großvater, der sie mit einem Seitenblick streifte, wieder auf die Straße schaute, die in steilen Bögen aufwärts führte. Bald würden sie das Kloster Sant Pere de Rodes erreichen.

»Bitte! Früher hast du mich immer gelassen.«

»Dieses Trumm ist kein gemütlicher Seat!«

»Eben drum, so ein modernes Auto fährt sich wesentlich leichter. Automatik! Ich muss nicht mal aufs Schalten achten. Bitte, Juan!«

Er nutzte eine Abzweigung zum Halten, und sie tauschten die Plätze. Die Aufregung beschleunigte Onas Herzschlag, als sie das Lenkrad umfasste. Nervös tastete ihr Fuß nach dem Gaspedal.

»Vorsichtig anfahren«, mahnte der Großvater und rief: »Langsamer!«

Der SUV schoss auf die Straße und hätte beinahe ein Schild gestreift. Ona brauchte ein bisschen, um sich hineinzufinden. Andauernd wollte der Wagen schneller als sie, doch Kurve für Kurve eroberte sie sich die Herrschaft über das wuchtige Gefährt. Was für eine Challenge auf einem Sträßchen, das sich an den aufragenden Berghang schmiegte. So steil die Bergflanke links neben der Fahrbahn aufstieg, so abgründig senkte sie sich gegenüber ins Nichts ab. Bald war die Fahrbahn nur noch unwesentlich breiter als Pedros Schlitten. Sie fürchtete um den Außenspiegel. Sollte ihnen hier ein anderer Wagen entgegenkommen, müsste sie oder der andere Fahrer zurücksetzen. Ona hoffte, es würde nicht sie treffen.

Ihr Blick fiel auf das Armaturenbrett. »Wofür sind alle diese Knöpfe da?«

»Konzentriere dich auf den Weg!«

Erst jetzt wurde ihr bewusst, dass seit geraumer Zeit ein Ton zu hören war. »Und dieses nervige Piepen? Was ist das?« Das Geräusch nagte in ihrem Ohr.

»Das liegt daran, dass ich nicht angeschnallt bin.«

Mit starrem Genick stierte sie auf die nächsten heranfliegenden Meter der Schotterpiste. »Warum bist du's nicht?«

»Weil ich mir von der Technik nichts befehlen lasse. Wir tauschen sowieso gleich die Plätze. Siehst du die Bergnase dort vorn? Dahinter hältst du in der ersten Seitenbucht an. Die Sicht wird wieder schlechter.«

Mit beiden Händen am Lenkrad wagte sie einen flüchtigen Blick zur offenen Seite der Straße. Dichte weiße Fetzen stiegen aus dem Tal herauf und formierten sich vor dem Berghang zu einer gigantischen Wolke. Ihr wurde es unheimlich zumute. Der Nebel wirkte bedrohlich. Nur noch um die nächste Biegung herum. Dann wollte sie die Fahrt stoppen.

Sie rauschten hinein in eine Nebelwand. Da war dieser schwarze Körper mitten im Dunst. Mitten auf der Straße. Ein Hund? Eine Ziege? Ein Berggeist? Bei diesem Wetter wäre alles denkbar. Ona trat mit aller Kraft zu. Anstatt zu bremsen, krachte ihr Fuß in das Gaspedal. Der Wagen beschleunigte katapultartig, geriet ins Schleudern und prallte gegen eine Felswand. Ein zischendes Ploppen, und Ona wurde vom Sicherheitsgurt zurückgerissen. Im nächsten Moment schlug ein heller Sack gegen ihre Brust. Ein zweiter Knall. Rauch breitete sich aus, als wäre der Nebel durch die Scheiben gekrochen. Währenddessen drehte sich der Wagen um seine Längsachse und schoss auf den Straßenrand zu. Der Sack vor ihrem Oberkörper fiel in sich zusammen und gab den Blick auf die zersplitterte Frontscheibe frei. Instinktiv riss Ona das Lenkrad herum und konnte – endlich – den Wagen stoppten. Parallel zum Straßenrand kam er zum Halten. Sie stellte den Motor ab. Aus!

»Juan? Juan! Großvater!«

Ihm hatte kein Gurt Halt gegeben, erkannte Ona erschrocken. Der Großvater war mit voller Wucht auf den Airbag geprallt. Nutzlos geworden, baumelte das Material in sich zusammengesunken am Armaturenbrett.

Juan krümmte sich, stöhnte und fasste sich an den Kopf. »Himmel, was war das auf der Straße? Bist du in Ordnung?«

»Ja. Ich glaube schon. Mir tut nichts weh. Und du?«

»Ich muss hier raus. Mein Kopf! Mir ist übel. Bin ganz benommen … brauche Luft.«

Als er sich aufrichtete, bemerkte sie Blut auf seiner Stirn. Ein dicker roter Strich, der ihm in die Augen sickerte. Seine Bemühungen, das Blut fortzuwischen, machte die Sache nur noch schlimmer. Blind tastete Juan nach dem Türgriff, fand ihn endlich und stieß die Tür auf. Er hob die Beine an, drehte sich zur Seite. Sie begriff, was geschehen würde.

Sie sah es vor sich! Dennoch war sie wie gelähmt. Unfähig, den geringsten Laut auszustoßen.

Jetzt waren seine Beine draußen.

Sie gab ein mühsames Flüstern von sich. »Achtung … Nicht … Nein …«

Schon hatte er sich vom Sitz abgestoßen. Seine Hüften, sein Oberkörper, zuletzt der Schädel: Pfeilschnell tauchte sein Körper ab und verließ ihr Blickfeld.

Hatte er geschrien? Sie wusste es nicht.

Sie erinnerte sich, wie sie an seiner Seite kniete – nein, nicht kniete. Es war ein verzweifeltes Sich-Anklammern und Festkrallen an den Felsbrocken und den windzerzausten Sträuchern, die es geschafft hatten, über dem Abgrund Wurzeln zu schlagen. Ihr fehlte jede Vorstellung, wie sie überhaupt hier hinuntergekommen war. Wie tief mochte das sein? 10 Meter? 15 Meter? Wie zum Hohn war der Nebel einer milden Sonne gewichen. Weiter oben erkannte sie die Silhouette des Wagens, dessen rechte Räder haarscharf an der Abbruchkante standen. Der Felsvorsprung, auf dem sie hockte, hatte Juans Sturz aufgefangen. Der Großvater war in qualvoller Verrenkung auf dem Rücken aufgeprallt. Sein Gesicht war das eines Fremden, der durch einen sonderbaren Zufall in Juans kariertes Flanellhemd hineingeraten war.

Er war bei Bewusstsein. Das erkannte sie an den flatternden Wimpern. Sein Mund formte Worte. Sachte senkte sie ihr Ohr zu ihm hinab.

38

Wiesbaden

Unverhofft war das Wetter umgeschlagen und hatte Landregen mitgebracht. Sein sachtes Tröpfeln holte Norma aus dem Schlaf. Wo mochte der Kater stecken? An diesem Morgen, an dem man keinen Hund vor die Tür schickte, lauerte er nicht auf dem Dachfenster, wartete aber auch nicht im Treppenhaus, als sie sich nach dem Frühstück ins Büro aufmachte. Dafür musste sie lediglich zwei Etagen hinuntersteigen.

Unten angekommen, entdeckte sie Leopold vor dem Ladeneingang, in den er sich geflüchtet hatte. Mit einer Laune, als wäre Norma höchstpersönlich für seine nassen Pfoten verantwortlich, huschte der Kater vor ihr durch die Tür.

Der Postbote hatte einen Stapel Briefe hinterlassen. Zuerst trennte sie in der papiernen Post Wesentliches von Nebensächlichem, danach widmete sie sich dem elektronischen Maileingang. Als auch das erledigt war, gönnte sie sich eine Pause und stöberte durch die Fotos, die sie in der Brandnacht auf dem Neroberg aufgenommen hatte. So richtig überzeugen konnte das Material nicht. Eine nächtliche Fotosession machte keine Meisterin. Sie würde üben müssen, und das wollte sie auch.

Von draußen klopfte jemand an das Fenster. Durch die Scheibe erkannt sie eine kompakte Frauengestalt in einer Regenjacke. Sie war mit dem Fahrrad gekommen. Kurze, nasse Haarsträhnen quollen unter dem Helm hervor. Auf den Gläsern der dunklen Hornbrille glitzerten Regentropfen.

Norma öffnete die Tür. »Marleen! Was für eine Überraschung.«

Marleen blieb abwartend stehen. »Ich müsste dich sprechen. Es ist dringend.«

»Dein Bike kannst du im Hof abstellen«, schlug Norma vor und deutete auf den Nebeneingang. »Schieb es einfach durch das Tor dort.«

Als Marleen kurz darauf das Büro betrat, hielt Norma ein Handtuch bereit. Dankbar rubbelte sich die Besucherin durch die pitschnasse Frisur.

Norma hatte den Helm entgegengenommen. Obenauf war eine kleine Kamera montiert. »Du zeichnest deine Touren auf?«

Mit einem schmalen Lächeln blinzelte Marleen unter dem Handtuch hervor. »Gewiss nicht zum Vergnügen. Du kannst dir nicht vorstellen, wie oft ich von Autofahrern geschnitten und abgedrängt werde. Die Beleidigungen, ob verbal oder durch Gesten, kann ich nicht mehr zählen.«

»Mein Freund erlebt Ähnliches, leider. Und mit der Kamera hältst du die Vorfälle fest?«

»Die Szenen stelle ich ins Netz. Wohin damit?« Fragend hielt sie das nasse Handtuch hoch.

Norma nahm es ihr ab. »Warum zeigst du die Autofahrer nicht an? Es wäre gut, wenn solche Situationen offiziell dokumentiert würden. Nur unter dem öffentlichen Druck werden diese Leute lernen, Rücksicht zu üben.«

»Anzeigen bringen nichts, das sagen alle, die es probiert haben«, widersprach Marleen betrübt. »Auf der Straße gilt das Recht des Stärkeren. Aber deswegen bin ich nicht gekommen.«

Der Himmel riss auf. »Wollen wir draußen reden?«, fragte Norma.

Bis zum Rheinufer waren es wenige Schritte. Die Götterstatuen auf der Rotunde erhoben ihre Häupter in ein lichtes Blau. Norma und ihre Begleiterin nutzten eine Lücke im Verkehr, um sicher über die Rheingaustraße zu kommen. Mit dem Schloss im Rücken blickten sie auf den Fluss hinaus. Die Rettbergsaue – Rheininsel und Vogelbiotop – schien nur einen Katzensprung entfernt.

»Verrückt, Aprilwetter im November«, bemerkte Marleen und schaute sich um. »Wie schön es hier ist! Wenn man in der Innenstadt unterwegs ist, wird man überall an die heißen Quellen erinnert. Darüber sollte man nicht vergessen, dass Wiesbaden auch am Rheinufer liegt.«

»Dank Biebrich, das vor gut einhundert Jahren zum Stadtteil wurde«, fügte Norma hinzu.

»Mein Heimweg wird anstrengend. Acht Kilometer und vor allem bergauf.«

Auf den Bänken standen Pfützen, so schlenderten sie weiter. Norma fragte sich, was Marleen von ihr erwartete, wollte ihr aber das erste Wort überlassen.

Endlich öffnete Marleen sich ihr. »Ich bin schrecklich durcheinander. Ich muss mit jemandem reden. Du warst Polizistin, du kennst dich aus.«

Beide blieben stehen.

»Raus mit der Sprache. Was bedrückt dich?«

»Gestern Abend hat die Polizei uns abgeholt«, erzählte Marleen mit bebender Stimme. »Wir alle mussten mit aufs Präsidium.«

»Was bedeutet: wir alle?«

»Lennart und Nick, Jule und ich. Diese Kommissare, der Dicke und der Dünne, haben uns einzeln vernommen und uns richtig zugesetzt. Der reinste Psychoterror«, schimpfte Marleen.

Über die Fakten habe man sie und die anderen weitgehend im Unklaren gelassen, erzählte sie. Ein Detail jedoch sei deutlich ausgesprochen worden. Die Spurenlage beweise zweifelsfrei, dass der Maler auf seinem Grundstück überfahren worden sei, hatte man den Aktivisten mit auf den Weg gegeben, bevor sie in der Nacht nach Hause gehen durften.

»Was genau wirft man euch vor?«

Marleen holte tief Luft. »Einer von uns soll Fredo getötet haben. Oder wir alle gemeinsam. In der Einfahrt vor Fredos Haus. Mit dem Wagen, der später abgefackelt wurde. Aber wir waren das nicht! Jule, Lennart und ich haben, ganz ehrlich, bis in die Nacht in der Küche gesessen und gepokert.«

»Und Nick? Hat er wirklich in seinem Zimmer für die Uni gelernt?«

Marleen strich sich durch das langsam trocknende Haar, dessen dunkle Spitzen sich in alle Richtungen ringelten. »Er war zu Hause! Verdächtigst du uns auch?«

Die Frage ließ Norma unkommentiert. »Jeder Mord braucht ein Motiv.«

»Die Kommissare werfen uns Habgier vor. Sie wissen von der Stiftung und davon, dass Fredo die Satzung ändern und uns namentlich von der Finanzierung ausschließen wollte. Daraus wollen sie uns einen Strick drehen. Wir hätten Fredo umgebracht, bevor er die Formalitäten regeln konnte. In der gegenwärtigen Rechtsform gilt die Stiftung über Fredos Tod hinaus. Zu unserem Vorteil.«

»Klingt einleuchtend, sofern man ein Mordermittler ist.«

»Hast du der Polizei von der Stiftung erzählt?« Marleen klang angegriffen. »Hätte ich neulich im Atelier nur den Mund gehalten.«

»Sei lieber froh! Unser Gespräch im Atelier könnte dich entlasten.«

»Wie meinst du das?«, fragte Marleen verständnislos.

»Wir haben uns *nach* Fredos Tod unterhalten. Wenn ihr die Mörder wärt, hättest du mir anschließend sicher nicht das Motiv auf die Nase gebunden. Abgesehen davon habe ich es den Ermittlern nicht gesteckt. Das muss jemand aus deinem Team gewesen sein.«

Ungläubig wiegte Marleen den Kopf.

Norma ließ ihr keine Zeit zum Spekulieren. »Lass uns über den Samstag reden. Wo hat sich Fredo am Nachmittag aufgehalten?«

»In seinem Atelier, nehme ich an, wie sonst auch. Gegen 16 Uhr hat er das Haus verlassen, wir haben seine Schritte im Flur gehört.«

»Gesprochen habt ihr ihn nicht?«

»Wir waren in unser Spiel vertieft. Jule hat Lennart und mich regelrecht abgezockt. Von Fredo haben wir danach nichts mehr gehört oder gesehen.«

Die Antworten klangen wie auswendig gelernt, was Norma nicht wunderte. Marleen wird ihre Aussage vor Milano und Wolfert mehrfach wiederholt haben. »Deine Freunde behaupten dasselbe?«

»Natürlich, weil es die Wahrheit ist.«

»Trotzdem musst du dich auf eine harte Zeit gefasst machen. Ich kenne die Kommissare, wir sind seit Langem befreundet. Die Vernehmungen gestern waren launige Plaudereien im Vergleich zu dem, was euch erwartet, wenn Wolfert und Milano euren Alibis auf den Grund gehen.«

»Wie gut, dass du dir Zeit für mich nimmst«, sagte Marleen dankbar.

»Bevor wir uns weiter unterhalten«, warf Norma ein, »musst du eines wissen. Onas Großmutter hat mich gebeten, die Hintergründe aufzuklären. Ona gibt zu, den Wagen gestohlen und das Feuer am Neroberg gelegt zu haben. Dabei war sie nicht allein. Ihren Komplizen will sie nicht preisgeben.«

»Echt? Den Mut hätte ich ihr nicht zugetraut. Und um Ona aus der Klemme zu helfen, sollst du den Brandstifter überführen?«

»So ist es! Meine Nachforschungen könnten mich in einen Konflikt bringen, was eure Gruppe betrifft. Überlege dir also, was du mir gegenüber offen aussprichst und was lieber nicht.«

Nach einer Pause nickte Marleen zustimmend. »Verstehe, das ist trotzdem kein Problem für mich. Ich habe nichts zu verbergen. In Fredos Tod bin ich nicht verwickelt, und meine Freunde ebenso wenig. Wir kämpfen für eine autobefreite Stadt und für eine lebenswerte Zukunft. Wir sind keine Mörder.«

»Aber Feuerteufel womöglich?«

»Vermutest du den Brandstifter in der AntiCar-Gruppe? Was im Klartext heißen würde, du verdächtigst Jule, Lennart und Nick. Und mich!« Sie wich Normas Blick aus und zuckte mit den Schultern. »Ich habe bei keinem einzigen Auto gezündelt. Das schwöre ich.«

»Ich weiß, Marleen.«

»Mein Wort reicht dir?«, fragte Marleen zweifelnd.

»Ich bin mir sicher«, gab Norma freimütig zurück. »Feuerlegen passt nicht zu dir. Das sagt mir meine Intuition. Diese kriminelle Energie möchte ich dir nicht unterstellen.«

Ein Lastkahn kämpfte sich stromaufwärts. Mit aufschäumender Gischt brachen sich die Wellen vor seinem Bug. Ein Kind an Bord winkte ausgelassen herüber.

»Was würde ich dafür geben, auf diesem Schiff zu sein«, sagte Marleen sehnsuchtsvoll. »Weit weg von allem hier.«

Gemeinsam schauten sie dem Kahn eine Weile nach.

Norma hatte noch eine Frage. »Zurück zum Samstagnachmittag. Habt ihr einen Wagen gehört?«

Die Antwort war ein stummes, energisches Kopfschütteln.

»Wie auch!«, schalt Norma sich selbst. »Ein Wagen mit Hybridmotor bleibt geräuschlos, solange er langsam mit Strom voranrollt.«

Nachdenklich starrte Marleen auf das Wasser hinaus. »Da war was.«

»Was denn?«, fragte Norma gespannt.

»Ich glaube, die Türglocke ging. Ja, tatsächlich! Deswegen ist Fredo aus dem Haus gegangen.«

»Hast du das bei der Vernehmung angegeben?«

Marleen schüttelte den Kopf. »Es ist mir gerade erst eingefallen.«

»Und beim Kartenspielen seid ihr die ganze Zeit über zusammen gewesen? Niemand von euch war zwischendurch für eine Weile fort?«

»Warum glaubst du mir nicht?«

Eine Gegenfrage. Keine Antwort war auch eine Antwort.

39

Frankfurt am Main

Die Zelle schien alle Kraft aus ihr herauszusaugen. Dazu kamen frische Erinnerungen, die Ona nicht losließen.

Es war wenige Tage nach der ersten Begegnung mit Nick gewesen. Jeanne hatte keine Vorstellung davon, was sie von ihrer Aushilfskraft verlangte. In Onas Kopf war der Teufel los! Warum hatte sie beim Einstellungsgespräch nicht gelogen und die Frage nach einem Führerschein verneint? Stattdessen war sie in anbiedernder Manier sofort einverstanden gewesen mit gelegentlichen Botentouren zur Kundschaft. Vielleicht, weil »Botentouren« in ihren Ohren nach gemächlichem Herumkutschieren geklungen hatten. Dass sie nach allem, was in Gerona geschehen war, zur Fahrschule gegangen war, hatte sie als eine Art Therapie betrachtet. Zur eigenen Verwunderung war ihr sogar die Prüfung gelungen. Wenn sie danach mit Juans Seat durch Gerona getuckert war, dann vor allem, um für Jorindes Café einzukaufen. Mit dem tröstlichen Gefühl, der Großmutter behilflich zu sein.

»Hab dich nicht so«, schimpfte Jeanne, um ihr mit dem nächsten Atemzug gut zuzureden. »Keine Sorge, Mamas Auto ist vollkaskoversichert. Ich würde selbst fahren. Aber du siehst ja, was hier los ist.«

Realistisch betrachtet herrschte Flaute im Hundesalon. Weit und breit kein Vierbeiner, der für eine pflegende Behandlung vorgesehen wäre. Stattdessen wartete lediglich der letzte frisch getrimmte Klient des Tages darauf, zu seinem Frauchen chauffiert zu werden. Eine Fahrt, die Ona erledigen sollte, damit die Chefin sich in aller Seelenruhe mit einem Glas Chianti der neusten Folge ihrer Lieblings-Netflix-Serie widmen konnte.

Jeanne wackelte mit einer winzigen Tierfigur vor Onas Nase herum. Ein Seehund als Schlüsselanhänger. »Mit Mamas SUV kommt jedes Kind zurecht. Automatik. P, D und R – mehr brauchst du nicht. Bevor du irgendwo anstoßen könntest, piept dir die Karre die Ohren voll.«

Die Vorstellung, einen chromblitzenden Straßenpanzer quer durch Wiesbaden zu steuern, flößte Ona Angst ein. Ein solches Monstrum hatte Juans Tod verursacht. Wie könnte sie es beherrschen? Kurz blitzte in ihr die Fantasieszene auf, wie sie den SUV in überhöhtem Tempo um eine Kurve jagte und dahinter Jule und Marleen erblickte, die mit festgeklebten Händen auf einer Straßenkreuzung hockten. Wie aus dem Nichts stürmten Lennart und Nick auf den Wagen zu. In den Fäusten lodernde Fackeln, zu allem bereit …

»Erde an Ona! Auf nach Sonnenberg!«

»Ich … ähh … ich …« Sie sammelte sich, verbannte die Hirngespinste und besann sich auf die Fakten. »Ich kenne mich in Wiesbaden nicht aus. Wie soll ich zu der Adresse finden?«

Jeanne rollte abfällig mit den Augen. »Mädel, stell dich nicht blöder an als ein Beagle. Immer dem Navi nach, wie denn sonst? Auf jetzt, die Besitzerin erwartet ihr Goldstück. Sie ist eine ebenso anspruchsvolle wie großzügige Kundin. Liefere ihr einen entspannten Joschi ab, und ein dickes Trinkgeld ist dir sicher.«

Die Aussicht auf einen Zuverdienst einerseits und andererseits Jeannes unverhohlene Drohung, sie rauszuwerfen, wenn sie nicht spurte, brachen Onas Widerstand. Wollte sie Jorinde nicht auf der Tasche liegen, brauchte sie den Job. Der Zwergschnauzer schien wenig erpicht auf eine Spritztour und zwickte Ona in den Finger, als sie ihn in die Transportbox steckte. Sein erregtes Knurren begleitete ihren Weg nach draußen. Der Wagen stand im Hinterhof. Ona hob die Hundekiste in den Kofferraum.

Jeanne eilte hinterher und sicherte die Last mit Spanngurten. Dabei geizte sie nicht mit letzten Anweisungen. »Halte nach dem Burgturm Ausschau. Dann bist du auf dem richtigen Weg.«

Ona fühlte sich von Jeanne kritisch beobachtet, als sie den klotzigen SUV rückwärts aus der Parklücke lenkte und es anschließend schaffte, ihn auf knappem Raum beulenfrei zu wenden. Nachdem dieses Manöver überstanden war, entließ Jeanne sie mit einem Handzeichen.

Ob Cordula ahnte, wen ihre Tochter mit ihrem Luxusschlitten losgeschickt hatte? Ona kam sich vor wie eine Diebin. Im Schneckentempo steuerte sie durch die Ausfahrt und bog in die Adolfsallee ein. Vorsichtig testete sie das Gaspedal. Der Motor reagierte nur langsam. Mit einem Mal setzte ihr Herzschlag beinahe aus. Cordula! Im hellen langen Mantel verharrte Jeannes Mutter auf dem Bürgersteig und glotzte mit offenem Mund auf den eigenen Wagen, der ihr entgegenzuckelte. Auf Cordulas Höhe gab Ona Gas und rauschte vorbei.

Der Motor schnurrte gehorsam. Ihre Anspannung hielt sich hartnäckig. Bis zur Wilhelmstraße hatte sich Joschis Winseln zu einer auf- und abschwellenden Kaskade gesteigert. Den Hundeprotest nahm Ona jedoch nur am Rande wahr. Ihre Aufmerksamkeit war auf das Fahren und die Frauenstimme gerichtet, die sie gnadenlos voranschickte.

Auf Höhe des Bowling Greens verstummte ihr Fahrgast, was Ona sofort alarmierte. War etwas mit Joschi? Ging es ihm gut? Nachschauen kam nicht infrage. Zum Anhalten war sie viel zu aufgeregt. In der Sonnenberger Straße gab Joschi wieder Lebenszeichen von sich, und ihr Vertrauen in die eigenen Fahrkünste begann zu wachsen. Der Bergfried geriet in Sicht, und wenig später kündigte die Ansagerin das Ziel an. Ona bremste am Straßenrand und drückte den Ausknopf, wie Jeanne es ihr gezeigt hatte. Ungestüm hüpfte Joschi aus der Box und zog japsend und entschlossen an der Leine, womit er Ona ersparte, nach der Hausnummer Ausschau zu halten. Maria Dempter öffnete, bevor Ona die Klingel drücken konnte. Wie Jeanne prophezeit hatte, erwies sich die Hundehalterin als spendabel und hielt einen Geldschein parat.

Auf dem Rückweg bemerkte Ona, dass sie den Wagen direkt vor einer Garagenausfahrt geparkt hatte. Das Blut schoss ihr ins Gesicht. Wie blind konnte man sein? Ob der Hausbesitzer die Polizei alarmiert hatte? Aus Spanien kannte sie die happigen Bußgelder, die Falschparkern drohten. Falls es in Deutschland ähnlich teuer war, würde sie der Job mehr kosten als einbringen. Es sei denn, Bußgelder wären in einer Vollkaskoversicherung mitenthalten, worin sie sich unsicher war. Dagegen hatte sie keinerlei Zweifel, welcher Ärger von Cordula zu erwarten wäre, wenn sie Post vom Amt bekäme. Diese Frau lauerte darauf, Jorindes Enkelin nach allen Regeln der Kunst abzukanzeln. Zum Glück war Ona keine fünf Minuten fort gewesen. Angespannt schaute sie sich um.

In diesem Moment öffnete sich das Garagentor. Ein junger Mann trat heraus. Verblüfft fuhr er sich in den Haarturm. »Was tust du hier?«

»Und du?« Was Gescheites fiel ihr auf die Schnelle nicht ein. Ihm so unvorbereitet gegenüberzustehen, ließ ihr Blut aus dem Kopf direkt in die Knie rauschen.

»Meine Tante wohnt hier«, sagte Nick und beäugte den Wagen, als hätte er einen unberechenbaren Stier vor sich. »Sag bloß, du bist damit gefahren. Wie kommst du zu dem Teil?«

Eilig erklärte sie die Zusammenhänge und brachte die deutschen Wörter vor Aufregung durcheinander. »Ich wurde gezwungen. Das gehört zu meiner Arbeit.«

»Suche dir was anderes! Ein Kumpel von mir vermittelt Fahrradkuriere.«

»Nee, lass mal! Ausgebeutet zu werden ist nicht mein Ding.«

Wieder wurde ihr schwindelig – nun aus Ärger über sich selbst. Da arrangierte das Schicksal ein Zusammentreffen mit Nick, noch dazu unter vier Augen, und ihr kam nichts Besseres in den Sinn, als sich mit ihm anzulegen.

»Lieber solche Spritschleudern fahren, oder wie?«, zischte er aufgebracht. »Jeder verbrauchte Liter ist einer zu viel.«

Beim genaueren Hinschauen fiel ihr ein ölverschmierter Lappen in seiner Hand auf. Nick wiederum war diese Entdeckung nicht entgangen. Hastig versteckte er das Tuch hinter seinem Rücken. Eine kribblige Unruhe hatte sich seiner bemächtigt, das sah Ona. Dazu kam ein verunsicherter Blick über seine Schulter, der ihren Mut anfachte. Sie zögerte nicht länger, drängte sich an ihm vorbei und stapfte in die Garage hinein.

Ein Motorrad. Eine Yamaha. Eine feurige, windschnittige Maschine.

»Ona, es ist … war schon immer mein …«

Sie fuhr herum. »Hey, spinnst du? Erzähl du mir was vom Benzinsparen.«

»Bitte, Ona! Die anderen dürfen davon nichts erfahren. Ein Umweltaktivist mit Yamaha ist schlimmer als ein Veganer an der Würstchenbude.« Er grinste bemüht unbekümmert.

»Marleen wäre schwer enttäuscht von dir. Lennart würde toben. Und Jule würde dich aus der Gruppe werfen. Von jetzt auf gleich und ohne einen Funken Mitleid.«

»Das kannst du nicht wollen, Ona!«

Sein überraschend kleinlautes Einlenken, das sie ihm unter keinen Umständen zugetraut hätte, tat ihr weh. Zugleich gefiel ihr die Macht, die ihr die Entdeckung so unverhofft schenkte. Sie kam sich vor wie eine Gouvernante und konnte es nicht lassen, mit hochgerecktem Kinn das Motorrad zu umrunden und über den Estrich zu stolzieren. Hochmütig spähte sie in ein Regal, das sich über eine Längswand erstreckte und mit Werkzeug und Gartengeräten belagert war. Nick verfolgte ihre Inspektion schweigend und mit angespannter Miene. Während sie den hinteren Bereich erkundete, versuchte er verstohlen, mit der Fußspitze einen Rucksack unter ein Fach zu schubsen.

Die Aktion misslang. »Was versteckst du?«

Nick zuckte mit den Schultern. »Geht dich nichts an.«

»Jetzt zeig schon, was drin ist!«

Vermutlich hatte er es sogar darauf angelegt, sie neugierig zu machen. Nein, ganz sicher hatte er das. Nicht sie war die Katze gewesen – er hatte mit ihr gespielt. Allerdings begriff sie diesen Zusammenhang erst in der hässlichen Frankfurter Zelle. In der Garage, vor dem Regal: Da war sie die Königin gewesen.

Unter Protest gab er sich geschlagen und präsentierte ihr seine Schätze, die er Stück für Stück aus dem Rucksack fischte. Zwei Sturmfeuerzeuge, eine angebrochene Schachtel mit Grillanzündern, mehrere Farbsprühdosen und anderes mehr, was man brauchte, um einen PKW auflodern zu lassen.

»Kein Wort zu den anderen! Nicht über die Yamaha. Nicht über das, was im Rucksack ist. Versprichst du mir das, Ona?«

»Claro«, antwortete sie beglückt. »Unter einer Bedingung.«

»Die wäre?«

»Beim nächsten Mal darf ich dabei sein. Wir lassen es brennen, und ich weiß auch schon, was!«

Ihr Herz schlug rasch und flüchtig wie das eines Vogels, als sie den SUV an der Burg vorbeilenkte. Der Motor schnurrte wie ein behäbiger Kater, und der Wagen schwebte gehorsam voran. Sie hoffte auf weitere Auftragsfahrten. Routine konnte nicht schaden.

40

Wiesbaden

Die Sonne verlor gegen die Vorherrschaft der Wolken, die sich über der Insel zu einer dunstigen Wand auftürmten. Der Strom büßte seinen Blauton ein und schäumte in schmutzig grauen Wellen gegen den schmalen Kiesstrand unterhalb der Promenadenmauer. Sogar das graubraune Gefieder der Nilgansfamilie, die sich am Ufer versammelt hatte und die Köpfe unter den Flügeln versteckte, fügte sich in die erneut getrübte Herbststimmung ein.

Wortlos wandte sich Marleen vom Wasser ab und setzte den Uferweg in grüblerischem Schweigen fort. Norma folgte ihr mit Abstand – dankbar für die Redepause. Sie musste nachdenken, ungestört Ordnung in ihre Gedanken bringen. Marleen hatte weder zugegeben noch abgestritten, dass der Autozündler zum inneren Zirkel gehörte. Der kühnen Jule, die sich nicht scheute, aus Protest die Hände auf den Straßenteer zu fixieren, waren die Brandstiftungen ebenso zuzutrauen wie Lennart. Seine Aktion an der Marktkirche hatte bewiesen, wie wenig er Alleingänge scheute. Könnte Jule mit Ona gemeinsame Sache gemacht haben? Eher unwahrscheinlich. Warum sollte sich die taffe Demonstrantin in einer heiklen Situation auf eine Anfängerin verlassen? Anders Lennart, der für Ona entflammt war und ihr zu imponieren versuchte. Und Nick? Ihn einzuschätzen, fiel Norma schwer. Ona war angeblich in ihn verliebt – erwiderte er ihre Zuneigung?

Norma zuckte zurück. Marleen hatte auf dem Absatz kehrtgemacht, und beinahe wären sie zusammengestoßen.

»Danke für deine Offenheit«, bekannte die Aktivistin. »Unser Gespräch hat mir gutgetan. Die anderen sollten nichts von diesem Treffen erfahren.«

»Sei unbesorgt, das bleibt unter uns«, versprach Norma. »Als wir uns neulich in Fredos Atelier unterhalten haben, hast du mir von dessen Rauswurf der anderen erzählt und dass sie sich einfach darüber hinwegsetzen würden. Wie ist Fredo damit umgegangen?«

Mit verlegener Miene wandte Marleen sich ab. »Fredo hat wütend vor sich hin gegrummelt. Die Stimmung wurde immer angespannter und es wäre sicherlich eskaliert.« Sie atmete sichtlich angespannt ein.

»Wie geht es nun mit der WG weiter? Wird Jeanne als Fredos einziges Kind das Haus bekommen?«

Ungeachtet ihrer eigenen Sorgen grinste Marleen, was nicht wohlwollend wirkte. »Jeanne hat im wahrsten Sinne des Wortes mehr Glück als Verstand. Hätte Fredo es rechtzeitig geschafft, die Satzung und sein Testament anzupassen, wäre Jeanne weitgehend leer ausgegangen.«

»Willst du damit sagen, er wollte sie enterben? Aus welchem Grund?«

Zögernd holte Marleen zu einer längeren Erklärung aus. »Am Samstagmorgen hatte ich ein kurzes, intensives Gespräch mit Fredo. Ich hoffte, seinen Ärger darüber, dass die Gruppe außer Kontrolle geraten war, abmildern zu können. Er war sehr offen zu mir. Sein Zorn betraf außer uns auch Jeanne. Er wollte sie bestrafen.«

»Bestrafen – aber wieso?«, fragte Norma ungeduldig. Marleens Neigung zu ausschweifenden Beschreibungen begann, an ihren Nerven zu zerren.

»Er war zufällig Ohrenzeuge, als Jeanne mit ihrem Halbbruder Pläne schmiedete. Er sagte, sie sei scharf auf das Grundstück und habe geklungen, als könne sie ihr Erbe kaum abwarten. Ihre lieblosen Worte haben ihn sehr gekränkt.«

»Was hatte Fredo vor?«

Wieder das hintergründige Lächeln. »Anstatt Haus und Grundstück Jeanne zu vermachen, wollte er die Immobilie zusätzlich in die Stiftung einbringen. Ihm würden sein Atelier, Leinwände und Farben reichen, um im Alter auszukommen. Mit einem Bilderverkauf ab und zu habe er genug zum Leben, meinte er. So wäre Jeanne nach seinem Tod bis auf den Pflichtteil leer ausgegangen.«

»Wäre! Für die Änderungen kam sein Tod zu früh. Deswegen bleibt alles beim Alten. Eure AntiCar-Gruppe steht dank der Stiftung finanziell gut da. Und die Tochter bekommt Haus und Garten.« Norma hatte keine konkrete Vorstellung vom Wert dieses Stücks Grund und Boden im Komponistenviertel. Sie ahnte jedoch, dass die Summe immens war.

»Jeanne hat Großes vor«, erzählte Marleen mit resignierter Miene. »In ihrem Auftrag wird der Bruder das Haus abreißen und ein Mehrfamilienhaus in den Garten setzen. Was zählen Fredos alte Hütte und sein geliebter Wildwuchs gegen Luxuswohnungen für die Reichen und Schönen? Seine schlimmsten Befürchtungen werden sich bewahrheiten.«

»Wann müsst ihr raus?«

»Jeanne ist kein Unmensch. Zumindest waren das ihre Worte. Bis die Abrissbirnen losschlagen, dürfen wir bleiben. Einige Wochen, Monate womöglich, dann ist Schluss. Keine Ahnung, was aus der Gruppe werden soll. Fredo war das Herz von AntiCar aktiv. Was bringt uns die finanzielle Absicherung, die unserer Bewegung erhalten bleibt, wenn mit Fredo sein unerschöpflicher Enthusiasmus verloren gegangen ist? Ohne ihn sind wir nichts.«

Ein leichter Nieselregen benetzte ihre Haare und Schultern. Gemeinsam kehrten sie zu Normas Büro zurück. Dort stieg Marleen mit kurzem Gruß aufs Rad und rollte davon. Leopold hatte sich auf das höchste Regal zurückgezogen und beobachtete aus der Vogelperspektive, wie Norma ihre Arbeit wieder aufnahm. Während sie Mails beantwortete oder im Papierkorb versenkte, schweiften ihre Gedanken ab. Einem Impuls folgend, griff sie zum Telefon.

Maria Dempter nahm umgehend ab.

41

Freitag, der 3. November
Frankfurt am Main

Wie Nagelköpfe drückten sich die dunklen Pupillen in die Augenhöhlen. Stumpf wie mattiertes Glas lag die Haut auf den mageren Wangenknochen. So still und in sich gekehrt, wie Ona den Besprechungsraum betreten hatte, saß sie nun auf dem Stuhl. Norma war beunruhigt über die apathischen Züge und die erbärmliche Haltung, in der sich das Mädchen zusammenkrümmte. Als hätte sich all ihre Zuversicht davongestohlen.

Am frühen Vormittag war Norma aufgebrochen. Am Wiesbadener Hauptbahnhof hatte sie den Zug nach Frankfurt genommen und war nach der Ankunft dort mit U- und S-Bahnen weitergefahren. Die Justizvollzugsanstalt für straffällig gewordene Frauen lag im Stadtteil Preungesheim. Die Strecke hatte sie von früheren Terminen als Kriminalkommissarin in Erinnerung. Ebenso gegenwärtig war ihr die bedrückende Stimmung, die sie jedes Mal dort erfasst hatte. Ihr Ersuchen war bei Milano und Wolfert auf offene Ohren gestoßen. Das gesamte Ermittlerteam schien darauf zu hoffen, einer vertrauten Person könnte es gelingen, die »verstockte Göre«, wie Borching sich ausgedrückt hatte, zum Reden zu bringen. Norma war weniger optimistisch.

Beharrlich wich Ona ihrem Blick aus und schien von Minute zu Minute tiefer in sich selbst zu versinken. Immerhin, sie hörte zu, zumindest wiesen ein unwillkürliches Zucken der Mundwinkel und das Flackern der Augenlider darauf hin, als Norma von Jorinde erzählte und deren liebevolle Grüße ausrichtete. Norma hatte zwei Becher mit Milchkaffee aus einem Automaten mitgebracht und ihren bereits leer getrunken, als Ona endlich die Hand nach dem zweiten Becher ausstreckte, zaghaft kostete und sich einen Keks aus der Schachtel griff, die Norma wie nebenbei zwischen ihnen platziert hatte.

Zum ersten Mal hob Ona den Kopf. »Den Weg hast du umsonst gemacht. Auch dir verrate ich nicht, wer mit mir auf dem Neroberg war.« Eine Aussage wie ein Statement.

»Lass uns über etwas anderes reden«, erwiderte Norma und lehnte sich zurück. »Fühlst du dich schuldig am Tod deines Großvaters? Jorinde geht davon aus. Ist es so?«

»Ihr habt keine Ahnung, was passiert ist!«

Die Worte waren jäh aus Ona herausgebrochen. Norma wartete ab. Je länger sie schwieg, desto unruhiger wurde das Mädchen.

»Juan musste meinetwegen sterben«, sagte sie endlich.

»Ihr seid zusammen in die Berge gefahren, bei Nebel …«

»Gar nichts weißt du!«

»Erkläre es mir! Ich werde nichts von dem weitergeben, was du für dich behalten willst. Du hast mein Wort.«

Unverändert skeptisch schaute Ona sich aufmerksam um, musterte kritisch die nackten Wände und die tiefe Fensternische des kargen Besprechungsraums. »Und die Kameras? Mikrofone?«

Norma lächelte beruhigend. »Das ist kein Fernsehkrimi. In diesem Raum gibt es nichts dergleichen. Vertrau mir.«

Wie um sich zu sammeln, straffte Ona die Schultern. »Plötzlich war da dieser schwarze Schatten im Nebel, ich bin so erschrocken, der Wagen … Ich wollte bremsen, habe dabei das Gaspedal …«

Sie hielt stockend inne, doch Norma hatte verstanden. »*Du* saßt am Steuer? *Du* bist gefahren?«

Ona nickte zögerlich. »Da war dieser Abgrund, direkt neben den Rädern, als der Wagen endlich stand. Juan hatte Blut im Gesicht, war völlig verwirrt. Bevor ich ihn aufhalten konnte, hat er die Tür aufgestoßen und … er ist tief gefallen. Ich bin zu ihm runtergerutscht, er war noch am Leben. Ich musste es ihm versprechen.«

Norma schluckte beklommen. Sanft fragte sie: »Worum hat er dich gebeten?«

Ona rang sichtlich mit sich, hauchte schließlich: »Ich dürfe nie im Leben zugeben, dass ich gefahren bin. Niemals. Jetzt habe ich es doch getan!«

»Gut so, Ona! Ich kann mir denken, warum Juan sich das gewünscht hat. Er wollte sicher, dass du keinen Ärger bekommst wegen des Unfalls.«

»Auch, ja, und wegen dem Wagen, der war völlig verbeult, und ob die Versicherung gezahlt hätte? Ich hatte schließlich keinen Führerschein.«

»Bitte was?«

Ona hob verschämt die Schultern. »Das war aber nicht der Hauptgrund.«

»Sondern?«, fragte Norma und gab sich sogleich selbst die Antwort. »Es ging ihm um seine Frau. Deine Großmutter.« Sie staunte über die Gefasstheit des Mädchens.

Ona strich sich eine Träne aus dem Augenwinkel, den einzig sichtbaren Ausdruck einer Gefühlsregung. »Jorinde wollte nicht, dass er mich ans Steuer ließ, wenn wir in die Berge fuhren. Sie fand es gefährlich und unverantwortlich. Juan hatte ihr versprochen, er werde es nicht mehr tun, erlaubte es mir aber trotzdem weiterhin. Jorinde hätte ihm das nie verziehen. Und auch mir nicht. Ich bin schließlich für seinen Tod verantwortlich. Sie hat ihn sehr geliebt.«

»Was hast du direkt nach dem Unfall getan?«

»Genau das, was Juan mir noch sagen konnte. Ich weiß nicht, wie, aber ich konnte das Auto wenden, ohne damit abzustürzen. Meine Hände haben so gezittert ... Dann hielt ein Wagen mit zwei Männern. Sie kümmerten sich um mich und riefen einen Arzt für Juan. Aber es war zu spät.«

»Was hast du den Männern erzählt, wie der Unfall abgelaufen ist?«

Ona berichtete stockend: »Ich habe ihnen von dem Schatten erzählt, einem Hund oder Wolf, und dass Juan ihm ausweichen wollte. All das haben die Männer Wort für Wort vor den Polizisten wiederholt. Damit hat sich die Polizei zufriedengegeben. Ich tat ihnen leid. Mich hat man gar nicht angehört und in Ruhe gelassen.«

Norma brauchte einen Moment, bevor sie nachhakte: »Und Jorinde? Wollte nicht wenigstens sie im Detail erfahren, was passiert war?«

»Nein, sie mochte mir nicht wehtun und hat nicht weiter nachgefragt, auch später nicht. Es ist schlimm, darüber zu reden.« Sie vergrub den Kopf zwischen den Armen.

Auch Norma schwieg nachdenklich. Ob Juan in den letzten Minuten seines Lebens bewusst war, welche Bürde er der Enkelin mit dieser Lüge auflud? Sich dem Fehler zu stellen und die Konsequenzen zu tragen, wäre auf Dauer sicher weniger belasten gewesen, als die Schuldgefühle mit sich allein ausmachen zu müssen.

Ona löste sich aus ihrer Kauerstellung. »Was würdest du an meiner Stelle tun, Norma?«

»Ich würde Jorinde die Wahrheit sagen. Sie wird wütend sein, enttäuscht und traurig. Alles ist besser, als diese Lüge weiterhin zwischen euch stehen zu lassen. Wenn du möchtest, könnte ich mit ihr …«

»Nein, nein«, fiel ihr Ona mit plötzlicher Entschlossenheit ins Wort. »Ich mach das, ich rede mit ihr, wenn sie mich besucht.«

Norma warf einen raschen Blick auf ihr Handy, das sie vor sich abgelegt hatte. Die genehmigte Zeitspanne war so gut wie verstrichen. »Ich weiß, wer mit dir zusammen auf dem Neroberg gezündelt hat.«

»Das kann nicht sein.«

»Es gibt eine Zeugin«, antwortete Norma gelassen. »Warum nimmst du die Verantwortung für den Diebstahl und das Feuer allein auf dich? Glaubst du, auch das deinem Großvater schuldig zu sein? Weil Juan jede Art von Verrat verachtete?«

Ona verlor kein Wort.

Norma beugte sich ihr entgegen. »Weißt du, was ich glaube? Es geht dir weniger um deinen Komplizen als um dich selbst. Du willst dich dafür bestrafen, was du Juan angetan hast. Du hast dich völlig verrannt. Was hat die Brandstiftung mit dem Unfall in den Bergen zu tun?«

Ona belauerte sie wie ein in die Enge getriebenes Tier.

Norma spielte ihren Trumpf aus. »Du hast den Wagen gemeinsam mit Nick gestohlen.«

Fahrig verhakte Ona die Finger ineinander. »Woher …?«

»Die Nachbarin seiner Tante hat euch vor der Garage beobachtet.«

»Aber wie …?«

»Warte! Lass mich bitte ausreden. Ich kann eins und

eins zusammenzählen. Du hast ihn mit seinem Motorrad erpresst.«

»Nein, ich ...«

»Doch, Ona. Du hast gedroht, den anderen davon zu erzählen, was ihn vor der Gruppe unmöglich gemacht hätte. Es sei denn, er helfe dir, Cordulas Wagen in Brand zu setzen. Um an ihr wegen deiner Großmutter Rache zu üben!«

»Ich verabscheue diese Frau und ihre Arroganz, sie hat es nicht anders verdient«, murmelte Ona. »Und ich hasse diese fetten Karren. Solche Mordautos dürfte es gar nicht geben.«

Der Bann war gebrochen, Onas Redebedürfnis siegte über das Schweigen. Von dem geplanten Treffen im Autohaus hatte Cordula selbst erzählt.

»Also musste ich mir nur den Ersatzschlüssel vom SUV schnappen«, fuhr Ona fort. »Abends sind wir los, Nick und ich. Der Wagen stand auf der Straße vor dem Autohaus. Wir haben gewartet, bis die Versammlung in Gang gekommen war, dann sind wir eingestiegen. Ich bin gefahren, quer durch die Stadt. Irgendwann kam Nick die Idee mit dem Neroberg. Von dem toten Fredo hatten wir keine Ahnung. Das musst du mir glauben!«

»Ich frage mich, was Cordula dazu trieb, den Schlüssel unter deinen Sachen zu deponieren.«

Mit einem nachsichtigen Lächeln, als hielte sie Norma in diesem Augenblick für begriffsstutzig, erklärte Ona: »Na, sie will jeden Verdacht von sich selbst lenken! Sie ist die Mörderin, sie hat Fredo getötet. Nachdem sie Lothar umgebracht hat.«

»Wie bitte?«, murmelte Norma erschrocken.

»Fredo hat es ihr auf den Kopf zugesagt. Dass sie seinen Freund ermordet hat! Und deswegen hat sie Fredo getötet. Damit er sie nicht anzeigen kann.«

»Moment!«, rief Norma. »Was bringt dich auf diese Verdächtigungen?«

»Das habe ich mir nicht ausgedacht. Fredo kam in den Hundesalon. Er wollte zu Onkel Lothar, aber der ist ja verschwunden. Also besuchte er stattdessen seine Tochter. Er war aufgewühlt, wütend, das hat man gespürt. Blieb stehen, wollte sich nicht setzen. Jeanne musste los, Besorgungen machen. Ich sollte den Salon hüten, falls Kunden auftauchten. Fredo ging kurz darauf. Im Treppenhaus ist er Cordula begegnet.«

»Sie haben sich gestritten?«

»Gefetzt haben sie sich«, bestätigte Ona.

»Und du konntest verstehen, worum es ging?«

»Sie waren so laut, ich musste nicht einmal lauschen«, berichtete Ona mit einer abschätzigen Geste. »›Nie im Leben würde sich sein Freund von den Bildern trennen‹, hat Fredo gebrüllt. ›Niemals freiwillig! Du hast ihn umgebracht‹, schrie er.«

»Das hat Fredo ihr vorgeworfen? Cordula soll Lothar getötet haben?«

Ona nickte mit ernsthafter Miene. »Ja, und er drohte: ›Damit gehe ich zur Polizei.‹«

»Uff, ganz schön offensiv. Wie hat Cordula reagiert?«

»Sie hat ihn erst beschimpft und dann ausgelacht. Daraufhin hat er etwas gesagt, das sie … Wie heißt das auf Deutsch? Das sie die Sprache vergessen ließ?«

»Es hat ihr die Sprache verschlagen, meinst du?«

»Genau so war's. Plötzlich war sie stumm wie ein Fisch. Er hat von dieser Stiftung erzählt, dass sein kompletter Besitz dort hineinkommen soll. Jeanne muss lernen, auf eigenen Beinen zu stehen. Dass sie sein Haus nicht verdient hat. Wenn er stirbt, soll sie sein Erbe nicht haben, sondern nur den … Wie heißt das?«

»Jeanne sollte nur den Pflichtteil erhalten«, ergänzte Norma, während in ihrem Kopf die Gedanken Karussell fuhren. »Wann genau hat dieser Streit stattgefunden?«

»Am Freitagmittag vor meiner Pause. So gegen 12 Uhr.«

Das Handy ruckte vibrierend auf der Tischplatte. Wolfert!

Norma nahm das Gespräch an. »Wir sind hier gleich fertig.«

»Ich will nicht drängeln, lasst euch Zeit. Darum geht es nicht.« Er räusperte sich umständlich.

»Mach es nicht so spannend«, bat Norma.

»Ona kann ihr Schweigen getrost brechen, sie muss niemanden mehr schützen. Der Mittäter hat sich gestellt und den Autobrand auf dem Neroberg eingeräumt. Er wolle nicht, dass Ona seinetwegen im Gefängnis sitze, gibt er als Begründung an. Du ahnst nicht, wer es ist!«

»Und ob! Nick Kahlbach!«

Sein zweites Räuspern klang enttäuscht. »Dass man dich mit gar nichts überrumpeln kann.«

Nick Kahlbach habe, wie Wolfert weiter berichtete, widerstrebend eingeräumt, auch für alle früheren Brände verantwortlich zu sein. Der Wagen vor dem italienischen Restaurant gehe ebenfalls auf sein Konto. »Es stimmt zwar, dass er nach der Demo zum Lernen nach Hause gegangen ist. Allerdings mit einem Umweg über das Rheingauviertel. Der auf dem Gehsteig geparkte SUV habe ihn provoziert, sagt er.«

Und eine weitere Nachricht ging auf Normas Handy ein. Timon schickte die Ankunftszeit seines Zugs für den morgigen Mittag.

42

Fredos Zorn und sein Vorwurf, Cordula habe ihren Lebensgefährten aus Habgier aus dem Weg geschafft! Wie sehr hätte sie dieser Verdacht samt Fredos Drohung, die Polizei zu informieren, in Bedrängnis bringen können? Lothar Wiedbrecht war wie vom Erdboden verschluckt, so viel stand für Norma fest. Cordula, eine Doppelmörderin? Hat sie den Maler, der sie des Mordes an Lothar verdächtigt hatte, ebenfalls aus dem Weg geräumt? Während die U-Bahn zur Beschleunigung anhob, schlüpfte Norma mental in Cordulas Haut. Fredo mundtot zu machen, wäre ein starkes Motiv. Und ein zweiter, nicht minder überzeugender Antrieb gesellte sich dazu: die Sorge um Jeannes üppiges Erbe. Wer verzichtete schon gern auf ein Areal in Wiesbadener Bestlage? Aus dem Geldsegen der Tochter ihren persönlichen Nutzen zu ziehen, wäre einer Frau wie Cordula sicherlich ein Leichtes. Sie sah es vor sich. Am Freitagmittag ereignete sich die Auseinandersetzung zwischen Fredo und Cordula. Gute 24 Stunden später starb Fredo durch die Gewalt ihres Wagens. Wie sehr mochten sie seine Vorwürfe aufgeschreckt haben? Sah sie sich zum Handeln gezwungen? Fuhr sie am Samstagnachmittag zu ihm, um ihm diesen Verdacht auszureden? Wollte sie ihn umstimmen, was das Erbe der Tochter betraf? Mit diesen Fragen beschäftigt, stieg Norma im Untergeschoss des Frankfurter Hauptbahnhofs aus und eilte im Strom der anderen Passagiere über die Rolltreppen nach oben.

Zum Glück ließ der Zug nach Wiesbaden nicht lange auf sich warten. Norma verspürte eine kribblige Ungeduld und hielt sich, anstatt nach einem Sitzplatz zu suchen, im Gang auf. Während die Ausläufer der Großstadt am Fenster vorbeizogen, überschlugen sich ihre Gedanken. Ihr Herzschlag beschleunigte sich, als ihr die Fantasie vor ihrem inneren Auge eine Szene ausmalte.

Cordula in ihrem SUV. Am Steuer. Auf dem Beifahrersitz Sohn Till. Unterwegs zum Autohaus, in dem sie frühzeitig eintreffen möchte, doch vorher macht Cordula noch einen Abstecher zu Fredo. Dass ein Wagen in die Einfahrt rollt, fällt niemandem auf, weil der Hybridmotor im Strommodus lautlos fährt. Dass das schwere Gefährt Spuren hinterlassen könnte, bedenkt sie nicht, falls sie bereits in diesem Moment plant, Fredo etwas anzutun. Sie schickt Till zum Hauseingang. Er klingelt und lockt den Maler ins Freie. Nach Marleens Angabe – sie hat die Türglocke gehört – geschieht das gegen 16 Uhr.

Cordulas Wut ist übermächtig. Als genüge nicht allein der Vorwurf, sie habe Lothar auf dem Gewissen. Aus einer Laune heraus will er ihre Tochter bestrafen! Jahrzehntelang ignorierte er Jeannes Existenz, und erst seit sie die 30 überschritten hat, gibt er den Gelegenheitsdaddy. Und nun beabsichtigt dieser Schuft, das eigene Fleisch und Blut um sein rechtmäßiges Erbe zu bringen! Das Grundstück ist ein Vermögen wert. Und dem Erzeuger ihrer Tochter fällt nichts Besseres ein, als es für die törichte Vision einer autofreien Stadt zu verschleudern. Noch ist es nicht zu spät.

Steigt sie kurz aus, um zu reden? Oder tritt sie ohne Vorwarnung aufs Gaspedal? Der Wagen schießt voran. Ein dumpfer Schlag, und der klobige Bug schleudert Fredo zu Boden. Cordula darf keine Zeit verlieren. Von der

Straße droht hinter dem Wildwuchs wenig Gefahr, doch ein Hausbewohner könnte zufällig aus dem Küchenfenster herausschauen. Sie nähert sich dem leblosen Körper. Stößt ihn an. Bückt sich zu ihm hinunter. Keine Bewegung, kein Zucken, kein Röcheln. Nichts rührt sich. Und Till? Er steht unbeweglich da. Glotzt auf den Toten. Schnappt nach Luft. Mit scharfen Worten reißt sie ihn aus seiner Erstarrung. Sie braucht ihn. Jetzt! Er muss mit anpacken, soll helfen, den Toten zum Heck des Wagens zu schleppen. Mit dem Aufgebot aller Kräfte verfrachten sie den Leichnam in den Kofferraum und ziehen die Abdeckplane darüber. Geschafft!

Was nun? Till hat seine Sprache wiedergefunden, auch wenn er stottert wie ein verängstigtes Kind. Er will Fredos Leiche so schnell wie möglich loswerden. Ab in den Rhein, oder – riskant, aber für die Ewigkeit – in die frisch ausgehobene Grube eines aktuellen Wohnungsbauprojekts. Cordula ruft ihn zur Ordnung. Nicht die Nerven verlieren. Sie müssen den Zeitplan beachten, den vorgesehenen Ablauf einhalten. Das wird ihr Alibi sein. Daher zuerst zum Autohaus und, wie dort angekündigt, die Präsentation vorbereiten. Danach die ersten Gäste empfangen und unverdächtigen Small Talk halten, bevor die Hauptveranstaltung beginnt. In der Nacht, wenn es still und dunkel ist, werden sie den Toten zur Baustelle bringen und für immer im Betonbett verschwinden lassen.

Blöd gelaufen, dass der SUV samt der Leiche während der Versammlung vom Parkplatz verschwindet.

So könnte es sich zugetragen haben, befand Norma. Dass Till als Helfershelfer mitgewirkt hat, erschien ihr absolut schlüssig. Allein hätte Cordula den toten Fredo keinesfalls in den Kofferraum verfrachten können.

Der Sohn war Cordulas wunder Punkt! Bei ihm würden die Ex-Kollegen ansetzen, wenn sie die Mordermittlungen auf Cordula und ihr Umfeld konzentrierten, das lag für Norma auf der Hand. Till hatte nicht die Nerven, Wolfert und Milano anzulügen. Wenn er aussagte, wäre Cordula dran.

Offen war noch, was mit Lothar geschehen war.

Vom Wiesbadener Hauptbahnhof aus marschierte sie auf direktem Weg zur Adolfsallee. Im Treppenhaus lauschte sie einen Moment angespannt, um nicht Cordula unversehens in die Arme zu laufen. Auf diese Begegnung konnte sie verzichten – vorerst jedenfalls.

Jorinde empfing sie mit bleichen Wangen und nervösem Atem. Die Nachricht, dass sich Onas Komplize gestellt hatte, nahm sie mit spürbarer Erleichterung entgegen. »Wie geht es Ona?«

Norma schilderte ihren Eindruck. »Sie hat sich eine schwere Last von der Seele geredet. Mehr darf ich nicht sagen, aber sie möchte dir so bald wie möglich alles erzählen.«

»Ich danke dir, Norma! Wir werden uns aussprechen. Wann kommt Ona frei?«, fragte Jorinde erwartungsvoll.

»Sobald die Formalitäten geregelt sind. Ona wird aus der Untersuchungshaft entlassen, ausgestanden ist die Sache bei Weitem nicht. Sie wird sich vor Gericht für den Diebstahl und die Brandstiftung verantworten müssen.«

»Ona wird für alles geradestehen«, versprach Jorinde entschlossen. »Gehen wir in die Küche?«

Es fiel Norma schwer, ihre Klientin mit ihrer gewagten Mordhypothese in Bezug auf den Bruder zu konfrontieren. Doch Verschweigen war keine Option. Sie musste Jorinde einweihen.

Als sie sich am Tisch gegenübersaßen, schlug Norma vor: »Lass uns über Lothar sprechen.«

»Ja, ja, das will ich auch. Es ist etwas passiert.« Jorinde lächelte angespannt.

Norma reagierte verunsichert. »Wovon sprichst du?«

»Mein lieber Bruder, er hat sich gemeldet, endlich. Doch es ist seltsam. Sieh nur!« Jorinde sprang auf und griff in eine Schublade des Küchenschranks. Mit besorgtem Stirnrunzeln überreichte sie Norma eine Postkarte.

Mit zusammengekniffenen Augenlidern studierte Norma die in zittrigen, unleserlichen Buchstaben gesetzte Anschrift, die mühsam als Lothars Name, Wiesbaden und seine Hausnummer in der Adolfsallee zu entziffern war. »Er hat die Karte an sich selbst geschrieben!«

»Ich fürchte, er war sehr durcheinander. Womöglich ist ihm nur die eigene Adresse eingefallen.«

Im Textfeld stand ein einziges Wort in großen, verrutschten Druckbuchstaben: H I L F E.

Norma drehte die Karte um. Das Foto zeigte eine Stadtansicht, darauf stand der Ortsname »Karlovy Vary« – vervollständigt durch die deutsche Bezeichnung »Karlsbad«.

»Wie bist du da rangekommen?«

»Der Briefträger wusste nicht recht, wohin damit. Der Name ist kaum lesbar. Ich habe ihn zufällig vor dem Haus getroffen und ihm die Karte abgeschwatzt.«

»Bist du dir sicher, dass es Lothars Handschrift ist?«

»Ich habe nicht den geringsten Zweifel«, entgegnete Jorinde entschieden und verharrte weiterhin stehend und in angespannter Haltung. »Woran ich sofort denken musste: Cordula ist doch neuerdings für diesen Seniorenverein tätig. Dadurch konnte sie sicher etliche Verbindungen zu Karlsbader Altenheimen knüpfen.«

»Du vermutest, sie hat Lothar nach Tschechien entführt?«

»Darauf würde ich sogar wetten! Um ihn loszuwerden. Womöglich hat sich seine Demenz verschlimmert. Oder Cordula hat ihn unter Drogen gesetzt. Was ist mit dir, Norma? Du schaust so skeptisch?«

Norma schüttelte den Kopf. »Ich zweifle nicht, ich bin einfach nur froh. Ich dachte, Cordula hätte deinen Bruder ... Das spielt keine Rolle mehr. Wir dürfen keine Zeit verlieren.«

»Meine Reisetasche ist im Handumdrehen gepackt. Auf nach Karlsbad!« Unverhofft verpuffte Jorindes Optimismus. »Wie sollen wir ihn dort finden?«

»Indem wir nicht aufgeben«, antwortete Norma zuversichtlich. »Und wenn wir jedes einzelne Heim Zimmer für Zimmer durchkämmen müssen. Wir nehmen meinen Wagen und fahren noch heute.«

Vorher gab es etwas zu erledigen. Zum einen ein ausführliches Telefonat mit Wolfert und Milano und zum anderen das Gespräch mit Timon. Es tat ihr im Herzen weh, ihm mitzuteilen, dass aus ihrem gemeinsamen Wochenende nichts werden würde. Er nahm es gelassen und entschied spontan, das Wochenende in Brüssel zu bleiben.

»Weißt du was?«, meinte er gut gelaunt. »Warum kommst du nicht zu mir, wenn dein Fall gelöst ist? Ich nehme mir frei und zeige dir die Stadt und das Institut.«

Norma versprach es. Er wünschte ihr viel Glück.

Es war früh am Abend, als sie gemeinsam mit Jorinde nach Tschechien aufbrach. Sie erreichten Karlsbad nach einer fünfstündigen Autofahrt.

43

Samstag, der 4. November
Karlovy Vary

Sie starteten die Suche am zeitigen Vormittag. Das Wiesbadener Ermittlerteam hatte seine Verbindungen spielen lassen. In einem Büro der tschechischen Polizeidirektion wurden Norma und Jorinde bereits von zwei Kriminalbeamtinnen erwartet, die bestens über ihr Anliegen informiert waren und ihnen jede gewünschte Unterstützung zusicherten.

»Wo fangen wir an?«, fragte die jüngere Polizistin voller Tatendrang auf Deutsch.

Norma überreichte ihr eine Aufstellung jener Karlsbader Einrichtungen, die von Cordulas karitativer Organisation gefördert wurden. Milano war, auf welchem Weg auch immer, an die Adressen gekommen und hatte die Daten noch in der Nacht per Mail an Norma weitergeleitet. Zu dritt beratschlagten sie ihr Vorgehen, wobei die Jüngere fließend vom Deutschen ins Tschechische und zurück wechselte, um zwischen der älteren Kollegin und Norma zu übersetzen. Jorinde hielt sich still im Hintergrund, als müsste sie mit ihren Kräften haushalten.

Bereits im dritten Seniorenheim, das die Liste aufführte, löste sich das Rätsel um Lothar. Eingeschüchtert vom Auftritt der Polizeibeamtinnen, einer hartnäckigen Privatdetektivin und der sich kämpferisch gebärdenden Schwester des Vermissten, brach die Heimleiterin ihr Schweigen. Sie war, wie sie schuldbewusst einräumte, Cordulas Bestechung erlegen. Für die Versorgung des »speziellen Gastes« habe sie eine großzügige monatliche Zahlung kassiert, dolmetschte die jüngere Polizistin, und ihn wie ausgemacht von allen anderen Bewohnern ferngehalten.

Jorinde rang mit der Fassung. »Genug jetzt! Ich will zu meinem Bruder. Sofort!«

Reumütig ging die Heimleiterin voraus. Das Zimmer, in dem sich Lothar Wiedbrecht befand, lag abseits in einem Seitenflügel. Lothars Zustand war bedenklich, jedoch stabil. Zumindest erkannte er seine Schwester, auch wenn es seine Zeit brauchte. Das Sprechen fiel ihm schwer. Mit Normas Hilfe konnte Jorinde ihrem Bruder aufhelfen. Schwankend, aber mit einem frohen Lächeln ließ er sich ins Freie führen und in Normas Wagen platzieren, der vor dem Haus parkte. Eine Mitarbeiterin des Heims schleppte einen großen Koffer heran, in dem sie offenbar in aller Eile Lothars Kleidung verstaut hatte. Mit Schwung wuchtete Norma das Gepäckstück ins Auto.

Die jüngere Polizistin, die sich währenddessen unter dem Personal umgehört hatte, erschien in Begleitung einer Frau, die als Küchenhilfe im Heim beschäftigt war, und berichtete, was diese ihr anvertraut hatte. Durch den geheimnistuerischen Umgang mit dem deutschen Bewohner misstrauisch geworden, hatte sie die Postkarte für Lothar, die ihm irgendwo zugefallen war, aus dem Haus geschmuggelt, frankiert und in einen Briefkasten geworfen. Die Chefin zur Rede zu stellen, hatte sie nicht gewagt.

Durch das offene Autofenster griff Lothar nach der Hand der Küchenhilfe und drückte sie zum Abschied wortlos, aber inständig.

»Bloß weg hier«, rief Jorinde und kletterte zu ihrem Bruder auf den Rücksitz.

Norma beriet sich mit den Polizistinnen, denen ebenso klar war wie ihr, dass der Senior in diesem Zustand keine Aussage machen konnte und sich später in besserer Verfassung bei den Wiesbadener Behörden äußern sollte. Ihr Vorschlag, einen Krankentransport zu organisieren, wies Jorinde mit dem Argument ab, sie sei nicht nur Schwester, sondern auch Krankenschwester. Wer wüsste genauer als sie, was ihr Bruder brauche? Ihrer Abreise stand also nichts entgegen.

Bei einem Stopp unterwegs meldete Norma sich telefonisch bei Milano und Wolfert. Dass Lothar Wiedbrecht in Sicherheit war, hatte sie ihnen bereits per Kurznachricht mitgeteilt.

Zu Hause sei es ebenfalls Schlag auf Schlag vorangegangen, erfuhr sie. Während sich Norma und Jorinde auf der Suche nach Lothar befunden hatten, hatten sich dessen Lebensgefährtin und ihr Sohn den Fragen von Wolfert und Milano stellen müssen, denen sie letztendlich beide nicht gewachsen gewesen waren. Bald hatte Cordula zugegeben, Fredo S. im Affekt auf seinem Grundstück überfahren zu haben. Till hatte dabei als Komplize fungiert, wie Norma vermutet hatte.

Und Lothar? Mit ihm war Cordula wenige Tage zuvor nach Tschechien gereist, um ihn aus dem Weg zu schaffen.

»Lebendig begraben«, fasste Wolfert zusammen und fügte einen schockierten Schnaufer an.

Das Telefon war auf laut geschaltet. Im Hintergrund erklang Milanos dröhnende Stimme: »Der Mord an Fredo ist genau so abgelaufen, wie du es dir zusammengereimt hast. Du bist unglaublich, Norma!«

Was für ein Lob.

44

Mittwoch, der 8. November
Brüssel

Das Wetter zeigte sich touristenunfreundlich. Es regnete Bindfäden. Durch die wasserbenetzte Schaufensterscheibe der Espressobar schaute Norma den Passanten nach, die mit Schirmen in den Händen vorwärtshasteten oder unter Markisen Schutz suchten.

»Wie steht es um Lothar Wiedbrechts Gesundheit?«, fragte Timon.

Ihr Blick ruhte auf seinem geliebten Gesicht. Die Wangen waren noch hagerer geworden, und in den dunklen Haarschopf, den er wie gewohnt zum Zopf gebunden trug, hatten sich feine graue Strähnen geschummelt.

»Norma?«

Sie sammelte ihre Gedanken. »Lothar? Der Mann kann von Glück reden. Möglicherweise entwickelt er eine leichte Demenz. Seine Desorientierung hatte vor allem andere Gründe. Inzwischen sei er wieder gut beieinander, hat mir Jorinde heute Morgen am Telefon versichert.«

»Dehydrierung und fehlerhafte Medikationen können Übles anrichten.«

»Gut diagnostiziert, Herr Doktor«, antwortete sie lächelnd. »Lothar leidet unter zu hohem Blutdruck. Cordula hat sein übliches Medikament gegen Tabletten mit einem kontraindizierten Wirkstoff ausgetauscht, um ihn gefügig zu machen. Damit hat sie frühzeitig begonnen.«

»Demnach war alles von langer Hand geplant?«

»Vielleicht nicht von Beginn der Beziehung an«, meinte Norma. »Womöglich liebte sie ihn sogar. Irgendwann ist das Pendel umgeschlagen. Er hing wohl noch zu sehr an seiner ersten Frau Ellen. Wenn Cordula ihn nicht voll für sich gewinnen konnte, wollte sie wenigstens sein Geld. Ihre Vision eines guten Lebens!«

»Was ihr über den juristischen Kniff beinahe gelungen wäre. Heißt das, er war nicht Herr seiner Sinne, als er die notarielle Vollmacht ausstellte?«

»Lothar hatte durchaus verstanden, dass dieses Dokument entscheidend war. Er nahm jedoch an, es gehe um Jorindes Wohnung und er besiegle mit seiner Unterschrift deren Übertragung an seine Schwester. Das war ihm ein echtes Anliegen.«

»Ein Herzenswunsch, den seine Partnerin in ihrer Raffgier zu nutzen wusste. Und der Notar? Ihm hätte Lothars desolater Zustand auffallen müssen«, wunderte sich Timon.

»Der Kerl hat mit Cordula gemeinsame Sache gemacht. Nach außen gibt er sich hilfsbereit und seriös. Er hat hohe Spielschulden, wovon Cordula durch einen Zufall erfahren hat. Daraufhin ist sie in seinen Seniorenhilfeverein eingetreten, um sein Vertrauen zu gewinnen. Sie hat ihm einen respektablen Anteil versprochen, wenn er ihr helfe. Um mit dem verwirrten Klienten keinen Verdacht zu erregen, haben sie Lothar am Sonntag, als sonst niemand dort war, in die Kanzlei gebracht. Dank der notariellen Verfügung hätte sie in Zukunft frei über sein gesamtes Vermögen verfügen dürfen.«

Ungläubig schüttelte Timon den Kopf. »Wie ging es nach dem Vertragsabschluss weiter?«

»Kaum war die Vollmacht hieb- und stichfest, hat Cordula ihn ins Auto gesetzt und nach Karlsbad verfrachtet. Das geschah vor Fredos Tod und dem Feuer auf dem Neroberg.«

»Die Heimleiterin hat den Senior also weiterhin mit Medikamenten ruhiggestellt, richtig? Erkläre mir bitte, wie der Tod des Malers in diese hässliche Geschichte passt. War der Mord ein Teil des bösartigen Plans?«

Die Ereignisse der vergangenen Tage waren kräftezehrend gewesen. Zudem hatte sie zu wenig Schlaf bekommen. Sie nahm einen Schluck Kaffee, der stark war und belebend wirkte, bevor sie von dem Streit zwischen Cordula und Fredo erzählte, den Ona mit angehört hatte. »Es war wohl eher eine verhängnisvolle Verkettung. Fredo konnte nicht glauben, dass Lothar die Sammlung auflösen wollte. Er hat Cordula beschuldigt, ihn ermordet zu haben.« Zu diesem Vorwurf sei seine Ankündigung gekommen, das Grundstück in die Stiftung einzubringen und die Tochter damit quasi zu enterben, fügte Norma hinzu.

»Mit dem Mordverdacht lag Fredo auf längere Sicht richtig«, gab Timon zu bedenken. »Die Vernachlässigung wäre ein Tod auf Raten gewesen.«

»Herauszufinden, inwieweit sie geplant hatte, Fredo zu überfahren, ist Sache des Gerichts.«

»Wie auch immer, die Rücksichtslosigkeit dieser Frau ist schockierend. Wie gut, dass Jorinde dich um Hilfe gebeten hat. Du, Norma, hast ihr den Bruder zurückgebracht und die Kollegen auf die Spur der Autozündler geführt. Und eine Mörderin entlarvt! Du hattest einmal mehr den richtigen Instinkt!«

»Am Anfang war es vor allem der Bilderhandel, der

mich misstrauisch machte. Was Lothar betrifft: Er hatte tatsächlich nie die Absicht, sich von Fredos Kunstwerken zu trennen. Es war allein Cordulas Wunsch, sich dadurch zu bereichern.«

»Ist die Sammlung noch vollständig?«

»Weitgehend, ja. Undine wird Lothar unterstützen, um diese Angelegenheit ins Reine zu bringen. Dank Lutz, der auf meine Bitte beide zusammengebracht hat.«

»Der gute Lutz!« Ein Urteil, das aus Timons Mund in keiner Weise ironisch klang.

Der Kellner brachte ein Käse-Tomaten-Panino für Norma. Früh am Morgen war sie aufgebrochen und hatte bis auf einen Kaffee und ein Croissant aus dem Zugrestaurant nichts gefrühstückt. Timon beobachtete zufrieden, wie sie es sich schmecken ließ.

»Frau Ebeling hat mich vorhin angerufen«, sagte sie, nachdem sie die letzten Krümel verputzt hatte. »Sie möchte die Vermietung regeln, bevor ihre Reha beginnt. Am besten sagen wir heute noch zu. Lieber sofort!«

»Nun ja …«

»Du kennst die Fotos. Gefällt dir die Wohnung nicht mehr?«

»Doch, sehr. Nur …«

»Raus mit der Sprache!«

Er holte tief Luft. »Ich … habe ein Angebot. Hier in Brüssel. Der Leiter des Instituts …«

»Wie lange?«

Er atmete aus. »Für ein Jahr. Das LKA würde mich freistellen.«

»Also ist bereits alles geregelt?«, fragte sie entgeistert.

Seine warme Hand lag auf der ihren. »Norma, ich musste das vorher abklären. Zugesagt habe ich noch nicht. Ich möchte die Entscheidung gemeinsam mit dir treffen.«

»Und es ist genau das, was du willst?«

»In erster Linie möchte ich mit dir zusammen sein.«

»Und außerdem willst du den Job!«

Er schaute verunsichert. Erneut sah sie zum Fenster hinaus. Der Regen war versiegt, die Menschen klappten die Schirme zu. Ein Paar, grauhaarig beide und sich mit bedächtigen Schritten gegenseitig stützend, erinnerte sie an Jorinde und Lothar, wie sie sich auf der Rückbank aneinandergedrängt hatten. Die Arme umeinandergeschlungen und sich an den Händen haltend wie Kinder. Als sie nach der stundenlangen Reise das Ziel erreicht hatten und Norma ihren Fahrgast über die Treppen nach oben begleitet hatte, hatte sich sein Körper nicht mehr so vogelhaft leicht angefühlt wie bei der Abfahrt. Jorinde hatte bei sich aufgeschlossen, ihr Bruder ziehe fürs Erste bei ihr ein, hatte sie Norma später mitgeteilt. Die Geschwister waren nicht allein. Ona war zurück.

Timon wartete auf eine Antwort. Dass er, der gewöhnlich die Ruhe in Person war, ihrem Blick auswich und nervös auf dem Stuhl herumrutschte, machte deutlich, wie unwohl er sich fühlte.

»Gut vier Stunden.«

»Wie bitte?«, fragte er irritiert.

»Mit der Bahn! Gut vier Stunden liegen zwischen Wiesbaden und Brüssel. Mit Laptop und Büroarbeit vergeht die Zeit wie im Flug. Wir können uns sehen, wann immer wir möchten. Es ist nur ein Jahr. Unterschreibe den Vertrag!«

»Ich komme so oft wie möglich nach Biebrich.«

»Oder ich fahre zu dir. Muss ja mal raus aus meiner Dachbutze. Das geht natürlich nur, wenn Eva nicht gleichzeitig nach Köln will. Jemand muss sich zu Hause um Poldi kümmern.«

Der Kellner näherte sich. »Encore un café?«

Timons Lächeln galt allein Norma. »Champagner, bitte!«

ENDE

Weitere Titel finden Sie auf den folgenden Seiten und im Internet:

WWW.GMEINER-VERLAG.DE

Privatdetektivin Norma Tann ermittelt:

1. Fall: Weinrache
ISBN 978-3-89977-726-0

2. Fall: Rheingrund
ISBN 978-3-89977-801-4

3. Fall: Kunstgriff
ISBN 978-3-8392-1048-2

4. Fall: Edelsüß
ISBN 978-3-8392-1323-0

5. Fall: Totengruft
ISBN 978-3-8392-1527-2

6. Fall: Hundswut
ISBN 978-3-8392-2134-1

7. Fall: Rosentot
ISBN 978-3-8392-2250-8

8. Fall: Tod am Bauhaus
ISBN 978-3-8392-2399-4

9. Fall: Mord im Kloster Eberbach
ISBN 978-3-8392-2843-2

10. Fall: Wiesbadener Visionen
ISBN 978-3-8392-0426-9

Weitere:

Pferdemörder
ISBN 978-3-89977-625-6

Flammenpferd
ISBN 978-3-89977-655-3

Kultopfer
ISBN 978-3-89977-695-9

GMEINER SPANNUNG

WWW.GMEINER-VERLAG.DE
Wir machen's spannend

DIE NEUEN Lieblings-plätze

ISBN 978-3-8392-0154-1

ISBN 978-3-8392-2730-5

ISBN 978-3-8392-0155-8

ISBN 978-3-8392-0158-9

ISBN 978-3-8392-0160-2

ISBN 978-3-8392-0159-6

ISBN 978-3-8392-0161-9

ISBN 978-3-8392-0163-3

ISBN 978-3-8392-0164-0

ISBN 978-3-8392-2626-1

ISBN 978-3-8392-0156-5

ISBN 978-3-8392-0157-2

ISBN 978-3-8392-0166-4

ISBN 978-3-8392-0166-4

ISBN 978-3-8392-2838-8

ISBN 978-3-8392-0168-8

GMEINER KULTUR

WWW.GMEINER-VERLAG.DE
Mensch, Kultur, Region